嘘とエゴ

幻冬舎

南綾子

嘘とエゴ

装丁　平川彰（幻冬舎デザイン室）
装画　長谷川洋子

サラブレッド1

この間読んだ小説に、「子供時代を象徴する音は何か」みたいなことが書いてあって、その小説の主人公や脇役たちは、食器の音とかドアの閉まる音とか誰かの叫び声とかそういう音をあげていて、あたしは、あたしの子供の頃の音は何だろうと思い返した。

すぐ頭の中に響いた音があった。それは、父が気まぐれにつまびくギターの音色《ねいろ》でも、沈黙になると魔法のように出てくる母のごまかしの鼻歌でもなく、同じマンションの真上の部屋で飼われていたコリー犬の足音だった。

コリー犬は朝も昼も夜も騒がしかった。ふいに、何の前触れもなく大暴れすることがあった。あたしはそのダンダン、ドデンドデン、シャランシャランという音を、首の後ろが痛くなるくらいきつく天井を見上げながら、毎日一人で聞いていた。けれど実のところ、あたしはそのコリー犬の姿をこの目で見たことはない。五歳の春に母と家を出るまで、ただの一度も。

あたしの父は現在、政治家をしている。数えるのも億劫《おっくう》なぐらいたくさんの選挙を勝ち続けて、大臣も何度か経験しているらしい。いつか見たニュース番組では、次の次の総理大臣になるかもしれないと、有名なニュースキャスターが話していた。自分の幼少期をともに暮らした男が政治家で、それもこの国にとって随分と重要な人物らしいと知ったのは、あたしが高校一年の夏休みのときだ。誰に教えられたわけでもない。母からは「パパはあんたが五歳のときに白血病で死んだ」と聞かされていた。

あたしはふいに、一人で、気がついた。季節は忘れてしまったけれど、夕方だった。母と二人で暮らしていたマンションのベランダの窓から、雲のせいでまだらになった夕焼け空が見えたのを覚えている。あたしはポテトチップスを食べながらテレビを見ていた。画面の中でしかめっ面《つら》をしている政治家の男の顔と、思い出の中をふわふわ漂っていた父の顔が、突然、一致した。見れば見るほどそれは父に違いなかった。

父の正体に気がついても、母には何も尋ねなかった。あたしは独自の調査を開始した。証拠はすぐに出てきた。写真だ。物置代わりに使われていた和室の天袋に、あたしたち家族三人がともに暮らしていた頃の写真が、リスが隠した木の実のようにひっそりとしまわれていたのだ。それらに写っていたのは、間違いなくテレビで見た男の若い頃の姿で、そばにいる幼いあたしの顔は、よく見れば男にそっくりだった。

父はいわゆる二世議員で、つまりあたしの祖父も政治家だった。公式なプロフィールによれば、あたしが五歳の頃に父はそれまで勤めていた銀行を退行し、半年後初当選、結婚はさらにその三年後となっている。いくら調べても、最初の結婚についての情報は得られなかった。隠し子の噂さえない。そこで戸籍謄本を取ったら、あたしは私生児だった。あたしは勝手に、こう想像した。父と母は周囲の人々に、とくに父を取り巻く人々にとって許されざる二人だった。母があたしを身ごもると、隠れるように同居しながら、正式な家族になる機会をうかがっていた。ところが当時の農林水産大臣だった祖父が突然の事故で死亡、自分の意思とは無関係に後継者に担ぎあげられてしまった父は泣く泣く母とあたしを捨て、政治の世界に足を踏み入れた。

父は雑誌のインタビューで、出馬を決意したのは祖父が亡くなってからのことであり、それまでは政治どころか世の中のことに全く関心がなかったと語っている。母は高卒で、母子家庭出身で、私生児を産んでいて、あまりにも議員の夫人にふさわしくなかった。父とどうやって知り合ったのかはわからない。ろくな出会いではなかったのだろう。父は文字通りサラブレッドだった。

しかし、あたしの想像には矛盾がある。本当に祖父の後を継ぐ気が父に全くなかったのなら、家族の反対を押し切ってでも母と結婚できたはずだ。むしろそうすることで、周囲の断念を誘えただろう。でもそうはしなかった。父は家族との縁を切らなかった。はじめからあたしたちを捨てるつもりだったのだ。母はわかっていたのだろうか。洋服や化粧品の流行にはとても敏感な人だったけれど、それ以外のことにはとことん疎い人だった。母は作り方を間違えた煮物みたいにぼうっとした人だ。当たり前のように日本の最高学府の頂点を卒業して大手銀行に勤めていた父と、商業高校卒の母がどんな会話をしていたのか、いまだに不思議に思う。

三人で暮らしていたときのことは、断片的ながらいくつか記憶に残っている。飼っていたハムスターの長い前歯、父が作ったカーペットの煙草の焦げ跡。けれど、母と二人で暮らしはじめてからしばらくのことが、あまりよく思い出せない。

どんなふうに父と別れたのか、どうやって東京から遠く離れ、新しいアパートに移り、どんなふうに新しい生活になじんでいったのか。あたしは幸せだったのか、さみしかったのか、貧しかったのか。少なくとも、最初は多少なりとも裕福だったのではないのだろうか。手切れ金とか、口止め料とかもらったはずだろうし。もしかすると最初に二人で住んだのは、アパートではなくもっといいところだったのかもしれない。

記憶がはっきりしはじめるのは小学校の四年からで、なぜそうなのかというと、多分祖母が死んだのがそのくらいの頃だからだと思う。祖母は自殺した。長く精神科に通っていた。通夜も葬式もやたらと人が少なくて、退屈だった。あたしは祖母があまり好きじゃなかった。常に臥《ふ》せっていて、あたしの顔を見ると過剰に構いたがり、口からはいつも甘い柿の匂いがして、とても薄気味悪かった。

学校から帰ると、必ず祖母の家にいく決まりになっていた。母が仕事を終えて迎えにきてくれるまで、そこで待っていなければならない。それが嫌で嫌でしょうがなく、四年生で部活動がはじまると迷うことなく吹奏楽部に入部した。けれど楽譜の読み方がどうしてもわからなくて、周りはピアノを習っている子ばかりだったので、自分だけが置いてきぼりにされるのが辛《つら》くて、二週間でやめた。祖母が死ぬと、あたしは学校からまっすぐ家に帰ることを許された。嬉しかった。あたしはひとりぼっちになりたかった。

学校はあんまり楽しくなかった。勉強も運動もできなかった。クラスで一番ダメな子だったわけではない。多分、下から三番目か、四番目くらいだった。途中から、算数をやたらと難しく感じるようになった。国語の朗読は結構好きで、教師からも上手だと褒められることが多かった。

生前、祖母はよく「響子はやればできる子なのに」と言っていて、自分でも、いつかきっと自分の能力が花開くときがくるだろうとひそかに思っていた。反対に母はしょっちゅう「高校さえ出て無事に結婚してくれれば」とつぶやいていて、その言葉を耳にするたびに、母を悲しませるようなダメな大人になりませんようにと心の中で祈った。給食は残さず食べられた。休み時間をともに過ごす友達はいたと思う。いわゆる、いじめ、の経験はないけれど、ときどき女の子たちに数日間無視された。大したことじゃない。この程度のことは、女子なら誰でも経験することだ。あたしは今でもそうだけれど少し太っていて、ほとんど毎日同じ服を着ていて、つまり地味だった。死を迫られるほど追いつめられてはおらず、でも軽く、自分を取り巻く状況にげんなりしていたような気がする。夕暮れどき、一人でいつも考えた。というより空想した。もしあたしが有名人の子供だったら、どうだったのだろう。今考えるとちょっとおかしくて笑ってしまう。当時は全く気がついていなかったけれど、あたしは紛れもなく、有名人の子供なのだ。

あたしはあたしの中に、別のあたしを作った。両親がともに有名人で、裕福で、授業の合間には子役モデルの仕事をしている。もちろんクラスでは一番人気のグループに所属していて、勉強も一番だし、運動なんて男子よりできる。空想はどんどんエスカレートした。あたしの頭の中のあたしは、小学生にして身長は百六十六センチもあり、体重は四十八キロ、バストはFカップもあった。それでも空想は空想と割り切っていたから、ときに現実とのあまりのギャップに途方にくれる、というようなことはなかった。ただ心の端のほうで、今はこんなに地味でも、努力すればいつか特別になれるはずだと信じていた。それはただの願望で、実現されることは決してないと知る日がきたのは、案外はやかった。

　小学五年の秋から冬休みの直前にかけての間、学校にいかなかった。いわゆる不登校児というやつだ。当時すでに社会問題の一つになっており、不登校児イコール劣等生という意識は、子供ながらにみんな持っていたと思う。自分がそのような存在に落ちたことに、あたしはそれほどには絶望していなかった。それよりも、もっとあたしをいろいろなことからあきらめさせたのは、自分が不登校児になったことそのものでなく、ほとんどのクラスメイトが、あたしが不登校児になったということに、全く気がついていなかったという事実だ。

　それを知らされたのは、休みはじめて一ヶ月半ほど経《た》った頃だった。朝の登校時間に担任とクラスメイトの女子数名が予告もなく我が家へやってきて、あたしを無理やり外へ引きずり出そうとした。正確には担任の中年の女教師だけがあたしをはがいじめにし、女子たちがそれをカエルの共食いでも目撃したような顔で見つめていた。その頃はめったなことでは外に出なくなっていて、だからいつの間にか家の前のイチョウの葉が輝くような黄色に染まっていることを知り、とても驚いたのを覚えている。あたしが必死になって抵抗していると、ふいに誰かがつぶやいた。

多分、クラスで二番目に背の高かった、小田さんだ。

「そういえばさ、中川さんって、いつから休んでいるの」

　するとすかさず、小田さんと仲良しだった澤田さんが言った。

「うん。全然気がつかなかったよね。昨日知ったもんね。男子もみんなそう言ってたよね。いつからいなくなったんだろうねって、言ってたよね」

その言葉にほとんどの女子が、うんうん、と公園の鳩みたいにうなずいた。うなずいていない子もいた。その子はきっと、他の子よりはあたしと仲良くしてくれていたのだろう。

彼女たちに意地悪な気持ちはなかったと思う。本当に気がついていなかったのだ。それまで、あたしはずっと怯《おび》えていた。自分のいない教室で、呪文のようにあたしの悪口がクラスメイトの唇の間からあふれるのを。置き忘れたままの体操着が切り刻まれ、机に花を差した花瓶が飾られ、教師も一緒になってお遊び感覚の葬式が開かれるのを。しかし、全ての心配は杞憂《きゆう》に終わったということだ。誰もあたしの話なんかしていなかったし、あたしの体操着の場所も、もしかするとあたしの席がどこにあるのかさえ、みんな知らなかったのだから。

このとき、これからはもう二度と分不相応な願望を持つのはやめようと心に誓った。人には限界がある。この歳《とし》にして、自分の限界の底を見た気がした。

女子たちの会話を聞き、ものすごい力であたしの両腕を握っていた女教師が、フヒヒッと小さな笑い声を漏らした。とても愉快そうな目をしていた。その、鼻や額が脂でぺっとりと光る生の豚肉みたいな質感の女教師の顔を、あたしはおそらく死ぬまで忘れない。

学校へいきたくなくなった原因はただ一つ、その女教師の存在だった。彼女は夏休み明けに産休代理としてあたしのクラスにやってきて、その日からあたしを目の敵《かたき》にした。最初の算数の授業で、手を挙げていないのにもかかわらずあたしを解答者に指名し、答えられないでいるとヒステリックな声で「わからないはずはないっ」と叫んで、一メートル定規であたしのわき腹と太ももを叩いた。他の子もいろいろな理由で叩かれていたけれど、あたしを叩くときだけとくに力がこもっていた。それからというもの、体育館への移動中に咳《せき》をしただけで私語をしていたとして、四十五分間ずっと舞台の上に立つよう命じてきたり、隣の席の男子が給食の牛乳を笑いながら噴き出したときも、あたしがおかしな顔をしているからいけないと濡《ぬ》れ衣《ぎぬ》を着せ、午後の授業の間ずっと椅子の上に正座するよう言いつけてきたこともあった。女教師はそういうことを、本当に、舌を巻くほどうまく、目立たないようにやった。あたしだけを虐《しいた》げていると気づかれないように、他の子供たちが不審がらないように、こっそりと。そこに一番気を使っているようにさえ見えた。

なぜ地味で大人しかったあたしが狙われたのか。

一つだけ、心当たりがあった。

それは女教師が正式に赴任する前のことで、夏休み中だった。水泳の授業のために登校したのに、プールに着いた途端生理になってしまったあたしは、担任に許可を得て一人で教室に戻る途中の廊下で、見知らぬ女とすれ違った。青白い顔をしていて、一瞬オバケかと思った。女はか細い声で「こんにちは」と言った。保護者かもしれないと思ったけれど、あたしは突然の生理にとても動揺していて、頭を軽く下げることすらできず教室へ急いだ。女が新しい自分の担任だと知ったのは、それから数日後の始業式のときだった。

あの日のことを覚えていて、根に持っているのだろう。当時はそう思い込んだ。でも多分、その考えは間違いだ。大人になった今ならわかる。あたしを虐げたことに理由なんてとくになく、きっとただ単にあたしの存在そのものに、無性にむかついていただけなのだ。小学校時代から今に至るまで、あたしに対してそのような感情を抱く人は、決して少なくはない。どうやらあたしはそういう種類の人間らしい。太めの体型が人の心の平穏を乱すのか、あるいは並びの悪い歯が原因なのか、下ぶくれの顔か、もったりと粘り気のある声か、その全てか。

あたしが学校にいきたくないとわがままを言っても、母は怒りもしなかったし励ましもしなかった。ただ、あたしのしたいようにさせてくれた。母はその頃、保険の外交員をしていて、仕事が性に合っていたのか毎日随分と楽しそうにしていた。当時はバブル景気の末期、母の月給は多いときで四十万以上あった。夕方まで忙しく働いて、夜は同僚や取引先の人と飲み歩いていた。

あたしに無関心だったわけではないのだと思う。その証拠に、あたしが不登校になってから電話一本もよこさずずっと知らん顔をし続けていた女教師が、あの朝、突然我が家にやってきたのは、母が教頭に言いつけたのがきっかけだった。正確には、あたしの日記を盗み読みし、その内容を教頭に暴露した。母と教頭は美容室が同じだった。教頭は頭頂部に禿《はげ》のあるおばあさんで、地元では教育熱心な人物として有名だった。

結局、あたしはその日から三日後、教頭に説得されてしぶしぶ登校を再開することにした。当日は二人の女子が迎えにきてくれた。近所だったからだけで、そんなに仲良しでもなかったと思う。顔も名前も覚えていないから。教室に着いてはじめて、女教師が担任をおろされたことを知った。女教師はあたしが教室から消えると、男子の学級委員だった佐藤郁夫にターゲットを変え、彼の母親からも苦情が寄せられていたのだ。聞いたところによると、そのやり口はかなり悪質だったようで、あたしのときとは違い、それは誰の目にも明らかだったという。

数日ぶりに学校に戻ってみると、自分でも意外なほど女教師のことはどうでもよくなっていた。

彼女はそれから一週間ほどの間だけ、なぜか学校に残っていた。何をしていたのかはよくわからない。昼休みの花壇の前で、二度すれ違った。ドキドキすることもなかったし、挨拶もちゃんとできた。向こうは当たり前のようにあたしを無視したけれど。憎らしい気持ちはほとんどなくて、ただ、なんでこの人はこの仕事を選んだのだろうと思った。母の話から、教師という仕事に就くのはそう簡単ではないらしいことは知っていた。大学に入ってからも人より余計に勉強しなければその資格は得られないようだし、さらに多くの希望者の中から選抜されなければならないという。人が嫌いなのに、子供が嫌いなのに、なぜなったのか。

そんな疑問も、校内で彼女の姿を見かけなくなると、あっという間にたんぽぽの綿毛みたいにどこかに飛んでいった。

そして心の中に、クラスの誰にも気づいてもらえていなかったという事実だけが、真冬の雪のように静かに積もっていた。それはやがて硬い氷になって、いつまでも解けずに残っている。

そうして無事、平穏かつ地味なあたしの学校生活は再びはじまった。しばらくして冬休みに入り、それが明けると春休みがきて、あたしは六年生になり、そしてまたさらに時が過ぎて、あたしは中学生になった。

毎日同じことをひたすら繰り返す日々だった。朝起きてご飯食べて学校へいって授業を受けて、午後に帰宅してからは、相変わらず忙しい母の代わりに家事。中学一年の二学期の途中くらいで、数学と理科と英語の授業についていけなくなった。もっと勉強する時間があれば、幾分マシだったかもしれないとは思っていたし、今でも思う。身長はぴたりと止まり、そのわりに体重が年々増え続けた。部活動は強制だったので、仕方なく合唱部に入部した。思いのほかレベルが高く、しかも上級生が怖そうだったのですぐにいかなくなった。

教室ではいつも一人か二人の友達と、貧乏な家族のように身を寄せ合って過ごしていた。中一のときに同じクラスで仲良しだった松本真知子ちゃんは手芸部で、休み時間には編み物や刺繍《ししゅう》を教えてくれた。二年のときは木下みどりちゃんと山本沙希ちゃんと仲良くしていた。みどりちゃんは剣道部で、明るく快活な子だった。でも水虫でやや嘘つきだった。沙希ちゃんのうちはものすごく貧乏で、六畳一間のアパートにお父さんとお母さんと三人の妹と住んでいて、髪の毛がいつもベタベタしていた。一度だけ、蒸し暑い夏の夜に彼女の家の中を見たことがある。沙希ちゃんがあたしの部屋に夏休みの宿題を置いたまま帰ってしまったので、母と届けにいったのだ。お茶でもどうぞ、と沙希ちゃんのお母さんに言われたけれど、母は断ってしまった。アパートからだいぶ離れてから、母がぽつりと「おでんの具みたいになってたね、あの家族」とつぶやいたのがすごくおかしくて、夜道を歩きながらあたしはケタケタと笑い続けた。だって本当に、そんな感じだったのだ。家族全員なんだか茶色に汚れていて、小さな部屋の中でくっつきながらかすかに揺れているように見えた。

三年生になると再び、松本真知子ちゃんと同じクラスになった。でも離れ離れだった一年の間に、彼女の黒髪は赤いカールヘアに変化し、スカートの丈がくるぶしまで伸びていた。真知子ちゃんは優しいヤンキーで、後輩を呼び出して説教したりしなかったし、あたしにも親切にしてくれた。ただ、授業中に煙草を吸っていた。さすがに元の関係には戻れそうもなかったので、仕方なく、二年のとき同じクラスだったけれど、大して親しくもなかった犬飼智子さんと一緒に過ごすことにした。犬飼さんもあたし以外に当てがあるようには見えなかった。

違う人を友達にしていれば、今頃違う人生を歩んでいたかもしれないとときどき思う。この選択は絶対に間違っていた。

でも時間は戻らない。

犬飼さんはおおらかでのんびりした子だった。体が縦にも横にも大きくて、お弁当がいつもびっくりするくらい大盛りだった。三年のときのクラスは、なぜか学年でも目立つ華やかな女子ばかりが揃っていて、地味なのはあたしと犬飼さんぐらいだった。あたしはとくにそのことに不満はなかった。みんな彼氏のことと受験勉強に忙しいみたいで、誰かをいじめて憂さ晴らしするほど暇な子はいなかったし、あたしはもう、あの朝の屈辱を味わうぐらいなら、はじめから人々の視界の外にいたほうがましだし、そうしたほうがずっと楽しく生きていけると信じていた。

けれど犬飼さんはそうは考えていなかった。それがわかるのは、一年後、高校に入学してからのことだ。

あたしと犬飼さんは、同じ私立の共学高校の普通科に進学した。示し合わせたわけではなく、偶然だった。二人に共通していたのは、きわめて低い学力レベルと、商業科や女子高に対する強い拒絶感で、共学の普通科ではそこ以外にいけるところ、あるいはいってもいいと思える学校がなかったのだ。あたしはただ単に、女だけの世界でゴミクズ扱いされるのが怖かった。犬飼さんは多分、男子と恋をしたかったのだろうと思う。

あたしだって男の子に興味がなかったわけじゃない。二年のときには、同じクラスの男子に告白をされたこともあった。名前は忘れてしまったけれど、学年に友達が一人しかいないような地味で暗くて背が小さくてパグ犬に似た男だった。あたしのことが好きだったのではなく、多分、あたしを自分と同等だと見たのだと思う。校内にはそういう、地味な人同士のカップルがちらほらと存在していた。彼らが妥協の末にくっついたのか、あるいは本当にその相手でいいと思っていたのかはわからないけれど、あたしは絶対にそういうのは嫌だと思った。そんなことになるぐらいなら、一生、高望みしたまま一人でいるほうがいい。

犬飼さんよりあたしのほうが、いつも少しだけテストの点数がよかった。あたしの場合、家事が忙しく勉強する時間があまり確保できなかったという、成績低迷の立派な理由がある。担任の教師もそこのところはいつも同情してくれていた。でも犬飼さんは家のお手伝いなんか全然している様子はなかったし、塾にも通っていたのにあのレベルだったんだから、よっぽどできが悪いんだろうなと思っていた。もちろんそんなこと、口には出さなかったけれど。

二人揃って単願推薦で受験し、合格した。高校に入っても、犬飼さんと同じクラスになれたらいいな、とあたしはひそかに願っていた。あの小学五年の出来事をまだ引きずっていて、彼女さえそばにいてくれれば、誰かのターゲットになることや、クラスメイト全員に忘れ去られる恐怖に怯えることもないと信じていた。はたして、あたしと彼女は同じクラスになった。入学式当日、クラス分けの表が貼り出された掲示板を二人で見にいき、同じ枠に自分たちの名前を見つけたときは、喜びのあまり叫び出しそうになった。口を押さえながら彼女に抱きつこうとした瞬間、自分が何かを勘違いしていたことに気がついた。彼女の顔は血を抜かれたように青ざめていた。

そもそも、その日会ったときに気がつくべきだった。犬飼さんは制服のスカートを校則より五センチ近く短くしていて、当時大流行していたルーズソックス風の靴下をはいていた。

この頃、援助交際やブルセラという言葉がテレビや雑誌で頻繁に取り上げられ社会問題になっていた。いわゆる女子高生ブームというやつだ。あの時代に高校生だった女子は、自分たちが世の中でもっとも注目を浴びている世代だときちんと自覚していた。社会の主役だった。今だって十代の若者たちは、人生で一番すばらしい時間を過ごしているのは自分たちだと強く思い込みながら、それなりの青春を謳歌しているのだろう。けれどあの頃は、とりまく空気が違った。存在しているだけでありがたがられている風潮さえあった。少なくとも本人たちはそう感じていた。そしてその波にのらなければならないという、強迫観念と戦っていた。ただ単に高校生であるだけではだめだ。「女子高生」にはきちんとしたひながたがあり、それを守らなければ認めてはもらえない。髪型、制服の着こなし方、中に着ているセーターの色やブランド、スカートの丈、ルーズソックスは当たり前、大事なのはボリューム感、そして処女でないこと。もしかすると都会の女子高生は、もっと自由に自分のやり方で装っていたのかもしれない。でもあたしの住んでいた中途半端な地方都市では、より忠実に流行に従うこと、雑誌に載っている読者モデルのファッションをいかに正確に再現するかが、「女子高生」として認められるための必須の通り道だった。

新しいクラスは、まっぷたつに分かれていた。もうすでに「女子高生」然としている子たちと、そうでない子たち。二人、すごく目立つ感じの子がいた。橋本珠代と河合恵美。二人とも制服のスカートを膝上《ひざうえ》十五センチのミニにしており、入学式が終わるやいなや職員室に連行された。あたしはとてもどきどきした。女の子たちの目の色。明日にでも橋本珠代と河合恵美に追いつこうと企《たくら》んでいるのが手に取るようにわかる、目の色。事実、翌日にはクラスの女子の半数がスカートを短くして登校した。一週間も経つと、校則に見合った長さを維持しているのはあたしだけになっていた。

犬飼さんは、クラスの中であたしの次にださかった。彼女は極度の人見知りだった。自分ではもう少しうまくやれると思っていたのだろうけれど、引き続きあたしと一緒にいることしかできなかった。そのせいでスカートをより短くするうまい巻き方を教えてもらえないし、安くてかわいいバッグを売っている店や、ルーズソックスのバリエーションを知ることができない。入学間もない頃の彼女は常にいらいらしていた。

同学年の子たちが日に日に新しい環境になじんでいく。その様子は、薄汚い繭《まゆ》から解放され、世界を思う存分いつくしむ若い蝶のようだった。犬飼さんはたとえば、休み時間に廊下を歩くたびにそれを実感しただろう。誰かのスカートがより短くなっている。誰かがポケベルを手に入れた。誰かが流行のルーズソックスをはきだした。あたしはただ、犬飼さんが思っているだろうことを、なぞるように自分も思った。女子高生としてもっとも正しいスカートの長さはどのくらいなのだろう。女子高生っぽい髪型にするには美容師の人になんて注文すればいいのだろう。

そうしているうちになぜか自然と、彼女と同じ焦りが自分の中で育ちはじめていた。周囲のことなどどうでもよかったはずなのに、認めてほしくなっていた。体の一番奥深くに隠したはずの、特別になりたい、という欲望が、知らない間にむくむくと成長して、気がつくと喉元《のどもと》まで出かかっていた。あたしはついに、犬飼さんに倣《なら》ってスカートのウエスト部分をくるくる巻きはじめた。

一学期の途中くらいから、あたしと犬飼さんに新しい二人の仲間が加わった。津田真紀は学校から歩いて五分の大きな屋敷に住んでいて、頬骨の出っ張った顔をしていた。頬骨の上ににきびがいっぱいできていたので、心の中でひそかにごまあんぱんと彼女にあだ名をつけた。星野光子は身長が百四十九センチしかなく、色白でいつもにこにこしていた。二人はあたしと犬飼さんの次にクラスでださかった。

真紀と光子は犬飼さんよりは多少流行のことに詳しく、いつまでも野暮ったいあたしたちにいろいろと教えてくれた。あたしたちは細部から揃えることをはじめた。そのためにはお金が必要だった。一番人気のメーカーのルーズソックスは一足で千三百円以上したし、ポケベルのレンタル料だって安くなく、秋がくる前にラルフローレンのセーターを買わなければならなかった。その頃、うちの母は保険の外交員をやめて、繁華街のビルにテナントを借りてエステサロンを経営していた。以前の仕事で得た人脈を利用し、あたしの知らない誰かに資金を提供してもらっていた。バブルはとうの昔にはじけ、すでに世の中は不況の波にどっぷりと飲み込まれていた。にもかかわらず母の店が繁盛していた理由は、多分母に多少の才能があったからなんだろうと思う。店内をおしゃれにデコレートし、珍しい輸入下着を販売したりして評判を呼んでいた。つまり、とても羽振りがよかった。汚いアパートを出て、駅からすぐのところのマンションを買い、車も手に入れた。店に顔を出せば簡単にお小遣いをくれた。何に遣うのかと聞かれることはほとんどなかった。

　まるでロールプレイングゲームの登場人物みたいに、母の力を借りて順調に一つずつ必要なアイテムを手に入れていった。犬飼さんは置いてきぼりをくわないよう、校則違反を承知でアルバイトをはじめた。言葉には出さなかったけれど、お互いに対抗心を燃やしていた。この勝負に決着をつける方法はただ一つ。一秒でもはやく彼氏をつくり、一秒でもはやく処女を失ったほうが、勝ち。

　やがて高校生活最初の夏休みが訪れた。直前の期末テストでのあたしの順位は、三百二十二人中、五十三位だった。よほど他の生徒が学業をおろそかにしていたのだろう。母に伝えても、とくに何も言われなかった。

　犬飼さんは休みに入った途端、週に五日もアルバイトを入れ、光子は吹奏楽部の活動が忙しく、真紀だけがあたしと同じく暇そうにしていたので、はじめのうちはとくに用もなく呼び出し合っては、ファミレスに長時間居座ったり、街に出てふらふらした。真紀はごまあんぱんのくせに自分のルックスを異常なほどかいかぶっており、そういうところがあたしは大嫌いだった。夏の暑さも手伝って、日増しに彼女の、あまりに細すぎる眉や、下手くそなアイプチ、無理やり塗りたくったラメ入りのアイシャドウ、プリクラを撮るときのすかした顔、好みの男とすれ違うたびに注意をひこうと大声を出したりする愚かな行動にいらだちをおさえきれなくなった。八月に入るとどちらからともなく連絡を絶った。

　残りの夏を、ただただ孤独に、静かに過ごした。お盆を過ぎた頃、父親の正体に気がついた。

写真を見つけて強い確信を抱いたものの、実感はすぐにはわかなかった。自分のことのような、他人のことのような。父の姿をテレビで見ても、頭ではわかっているのに、自分と血のつながった人だとはなかなか信じることができなかった。

それでも、母さえちゃんとした生まれであれば、あたしの人生は今とは百八十度違っていたのだなと思ったりした。幼稚園から私立に通い、周りの大人に常に大事にされて、ひとりぼっちで寂しく時を過ごすことなど決してなかっただろう。環境が違えば勉強だってもっとできたに違いない。家事を押し付けられることもなければ、有名な学習塾にも通わせてもらえただろうし。食べ物や生活習慣もちゃんとしているに決まっているから、太ったりもしなかったはずだ。高級品に囲まれた生活は自然とあらゆるセンスを磨くはずで、だからファッションや髪型を含めルックスは今の百倍よくて、きっと当たり前のように学校の人気者と仲良しになれただろうし、人気者の男の子から告白されることも夢じゃなかった。

そこまで考えて、いつも気分が悪くなった。喉から腕をつっこまれて胸の中をぐるぐるかき回されているような感覚がして、父のことなど思い出さなければよかったと後悔した。それでもたびたび、もう一つの世界、について考えてしまう。パラレルワールドで生きているはずの、もう一人のあたし。きっとあたしはその、もう一つの世界に生きるもう一人のあたしに、嫉妬《しっと》していた。

ただ、祖母の言葉——響子はやればできる子なのに——はあながち間違ってはいなかったのかもな、とも思った。むしろ祖母は全てを知っていて、あんなことを言ったのかもしれないなどと考えた。だったらもっと勉強すればよかったのに、当時のあたしは全く違うほうを向いていたのだからどうしようもない。

夏休みの間、犬飼さんには一度も会わなかった。連絡もなかったし、しなかった。

九月一日、天気は雨だった。いつも待ち合わせしていた駅の改札口前で犬飼さんを見つけた瞬間、全身にびっしりと鳥肌が立った。二重顎《あご》がトレードマークだったはずの彼女が、ガリガリに痩《や》せていたのだ。

「どうしたの中川さん？　何かあった？」

驚いて絶句してしまったあたしに、彼女はわざとらしく聞いた。ブルドッグみたいにだぶついていた頬の肉は削《そ》げ落ち、ミニスカートから伸びる脚は大根からアスパラガスに変貌を遂げている。闇のように黒かった髪が、わずかに明るくなっているようにも見えた。おまけに彼女の根暗さの象徴だった一重瞼《ひとえまぶた》を、糊《のり》付けして無理やり二重瞼にしている。

意地でも「痩せた？」なんて聞くつもりはなかった。いつも通り彼女の先に立って改札を抜けようとした。すると犬飼さんが「報告することがある」と言って、すさまじい力であたしの腕をつかんで引っ張った。「あたし、彼氏できたの」

「うそっ」とうなる自分の声が、自分でもびっくりするほど低かった。

「本当。バイト先の人だよ。いっこ上で、N工業に通ってるんだ。写真見る？」

こちらがうなずく前に、彼女はバッグのサイドポケットから手帳を出した。よく見ると、バッグはN工業指定のスクールバッグだった。

写真と言いつつ、見せてくれたのはプリクラだった。小さいので顔がよくわからない。ただ、彼がやや太り気味の体型をしているらしいことは判別できた。

満員電車に揺られながら、彼女は一方的にN工業の彼との馴《な》れ初《そ》めを語った。どうでもいい情報ばかりだったせいか、するすると耳から耳へ抜けた。あたしが知りたかったことはただ一つ。しかし彼女は巧妙にその話題を避けた。それはすでに成し遂げられたからなのか、あるいはいまだ未遂のままであるからなのかどうか、よくわからなかった。

外は雨が斜めに降りつけ、窓は小さな水滴で覆われていた。その向こうにぼんやりと濡れそぼった町が見える。犬飼さんはきっと、教室に着いたら真紀と光子に全く同じ話をするのだろう。いっそのこと、もうあたしたちのグループからいなくなって、もっと派手な子たちとつるみはじめればいいのに。ついでに真紀もどこかにいってほしい。電車が駅に着いた。パシューッと音を立てて扉が開く。大きな力に押されて弾むようにホームに飛び出ると、犬飼さんはよろめいてあたしの肩をつかんだ。そうしながら彼女が口にした言葉に、あたしは体を氷に包まれたかのような寒さを覚えた。

「夏休み中に、彼の友達を、真紀と光子に紹介したんだ」

悪びれる様子もなかった。

「みんなでカラオケにいったの。別に合コンってつもりでもなかったんだけど、気がついたら二人ともカップルになっててさ。どっちもすぐに付き合いはじめて、うまくいってるみたい」

「へえ」とかろうじて相槌《あいづち》を打つことができた。

「本当は中川さんも誘おうと思ってたんだよ。でも、向こうの人数が揃わなくてさ。ごめんね」

それならば真紀を蹴落としてあたしを選ぶべきではなかったのか。中学からの付き合いではないか。光子はかわいいからわかる。あたしは真紀より格下なのか。

「次、次は必ず呼ぶよ。あっ、でも、みんな彼氏できちゃったし、しばらく合コンは難しいかもしれないなー」

もしかして、以前にも三人だけで合コンしたり、他校の男子を紹介し合ったりしていたのかもしれない。疑念が脳裏をよぎる。それでも、あたしは作り笑顔で「別にいいよ。合コンとかやるような男ってどうかと思うし」と答えた。

「あっそう。もしあれだったら、今度の日曜日に六人で動物園いくんだけど、一緒にいく？　男の子をもう一人連れていくことは無理だと思うけど、三対四になっても大丈夫でしょ。あたし、中川さんのことをひとりぼっちにしないし。あたしの彼ね、手をつないだり、並んで歩くのを嫌がるんだよね」

あたしはうつむいて首を振った。そうしながら、日曜の晴れた青空の下、ゾウの檻《おり》の前で一人取り残され立ち尽くす自分を想像して、心の中だけで笑った。

やられた。

ただ、そう思った。

それからしばらくの間、あたしは一人蚊帳《かや》の外に放り出され続けていた。仲良しだったはずの三人が、あたしには全くわからない話題でばかりもり上がっている。孤独になるのが嫌で、あたしは彼女たちの彼氏のことや、雨天決行されたトリプルデートの内容に興味のあるふりをした。どんなにつまらない話にも馬鹿みたいに笑い転げたし、人の名前を覚えるのが苦手なのに彼女らの彼氏を全員フルネームで覚え、誰かが彼氏のことを話したそうにしているときは積極的に質問した。光子は優しいので、あたしにわからない話はきちんと説明してくれる。反対に犬飼さんと真紀は、わざと当日その場にいた者にしかわからない話題を持ち出して、あたしをたびたびのけ者にした。しかし、雲行きはあっけなく変わる。はじめに光子が、次に真紀が、N工業の彼とだめになった。常に羊のように鈍くのろまだったあたしが、状況に即して機転をきかすことができたのは、もしかするとあのときをおいて他にないのかもしれない。あたしは潤沢な資金を元手に、二人をこちらにひきつけようとした。具体的には母からもらった小遣いで、食事やカラオケをおごったりするようになった。

平日の放課後は、犬飼さんはアルバイトがあるのであたしたちと行動をともにできない。光子は遊ぶ時間が欲しくて夏休み中に吹奏楽部をやめていた。あたしは真紀と光子を連れて、毎日のように街へ繰り出すようになった。

遊びにいく前には、必ず母のサロンに寄るのが決まりだった。日によってもらえる額が違った。一万円以上手に入ったときはデパートで買い物をして、母の持ち金が少なくあまりもらえなかったときは、カラオケかファミレスでお茶を濁した。二人の持ち物のほとんどがあたしの買い与えたものになり、犬飼さんはそれに気がつきつつ見て見ぬふりをした。光子はやっぱり心が優しいので、ときどき罪悪感から遠慮をすることもあった。真紀は三人でお揃いのものを買うと、わざと犬飼さんに見せつけていた。真紀は本当に意地の悪い女だった。あたしに媚《こび》を売るために犬飼さんを積極的に仲間外れにし、それればかりかクラス中に彼女の悪口を言いふらした。真紀がどうしてもというので、犬飼さん抜きで他校の男子と合コンしたことも何度かある。やがて、犬飼さんはあたしたちから離れていった。

だけど、どれだけお金を遣っても、あたしはちっとも女子高生にはなれなかった。髪を染めても、ラメの入ったピンクのグロスを唇にたっぷりのせても、とてつもなく長いルーズソックスをはいても、街に出ると自分が大層間抜けな存在に思えた。当時は自分の何がダメなのかわからず、必死にもがいていた。今ならわかる。もう少し痩せていればとか、もう少し身長が高ければとか、そういう問題でもなく、持って生まれたものが徹底的にダメだったのだ。彼氏もできなかった。学年で一番おかしな顔をしている男に目をつけられて、一ヶ月ほどつきまとわれたことがあったけれど、意地でも口をきくかと思っていた。後で真紀から、「あいつは自分と同レベルの女を見つけてはつけ狙っているらしい」と聞かされて、怒りで体が燃えそうになった。合コンをやるときは相手メンバーの中で二番目に冴えない男の隣に座るようにしていたのに、一度もポケベルの番号を聞かれたことがなかった。

それでも、あたしはあきらめられなかった。あたしは貪欲に自分を飾り続けようとした。犬飼さんを出し抜きたい一心だった。彼女はいつの間にか、以前は挨拶を交わすことさえなかった、クラスで二番目に華やかなグループの中にまんまともぐり込んでいたのだ。あたしたちの関係がぎくしゃくしても、ちっとも意に介していないみたいだった。それどころか、あたしが真紀より光子のことを好きだったのを知っていながら、光子だけをそのグループに引っ張り込んだ。

中学のときは同じ、目立たない女子同士としてうまくいっていたのに。そもそも犬飼さんがあんなふうに色気づいたりしなければ、こんなことにならずに済んだ。中学の頃と同じように、教室の隅で二人ひっそり過ごすことを選んでいればよかったのだ。でももう後戻りはできない。恨めしい気持ちと嫉妬で心の中がぐじゃぐじゃ揺れていた。後悔させてやりたかった。あたしをないがしろにしたこと、あたしをさげすんだこと。

自分が何を目指しているのか、だんだんわからなくなっていた。

学年でもっとも目立っていた女子グループから、突然、遊びの誘いを受けたのは、秋も半ばを過ぎた頃だった。

真紀が買い物のことをあちこち言いふらしていたようだった。彼女たちは噂を聞きつけ、あたしを財布代わりに利用しようと企んだのだ。もちろん、当時のあたしがそのことに気がつくわけもなく、ただただ絶好のチャンスがめぐってきたと有頂天になるばかりだった。

彼女たちのことは思い出したくもない。顔も名前も覚えているけれど、思い出したくない。彼女たちは真紀と光子の十倍は金遣いが荒く、平気で三万円以上もする財布やバッグをあたしに買うよう命じた。満足のいく額の資金が調達できなかったときは、あたしのことを「金のないブタはただのブタ」などと言ってさんざん罵倒《ばとう》し、暴力をふるうこともまれにあった。合コンをやるときはカラオケボックスの前で見張りをさせられた。なぜ見張りが必要なのかというと、ときに彼女たちは合コン相手とボックス内で性交をしたからだ。相手は高校生ではなく、中年男である場合が多かった。一人のときもあるし、複数のときもあった。要するに、あたしは援助交際の片棒を担がされていた。興味本位で中をのぞこうものなら、リーダー格の女に蹴り飛ばされた。金が捻出できるあたしとは違い、セールスポイントのない真紀はさらに格下とされ、使用済みの下着や靴下を売らされていた。つまりこっちはブルセラだ。それでもあたしも真紀もグループの一員になろうと必死なあまり、決してさからうことはなかった。彼女たちと一緒にいることで、学校では人気者の男子と話をすることができたし、リーダー格の女の機嫌のいいときには、有名男子校との合コンに参加させてもらえた。一生自分には縁がないと思っていたクラブにも連れていってもらえたし、女子高生向けの雑誌のスナップ撮影に混ぜてもらったこともある。できあがった雑誌に、本当に自分が写っているのを見たときは一日中にやにやした。とてもとても小さな写真だったけれど、心から嬉しかった。人生ではじめての彼氏もできた。グループの中で比較的優しい性格をしていた女が、一度会ってみないかとこっそり紹介してくれたのだ。相手は女の中学時代の同級生で、あたしたちの地区で二番目に偏差値の低い私立男子校に通う背の低い男だった。もし同じ学校に通っていたら絶対に相手にしないレベルだったけれど、その私立校はかっこいい男の子が多いという噂があり、ワンランク上のように思えたので付き合うことにした。その男とは二、三回ポケベルでメッセージのやりとりをし、一度だけ学校帰りに二人でカラオケにいった。

しょっちゅう店に顔を出し、一人で遣いきるには大きすぎる額の金を何度せがんでも、母はやっぱり何も言わなかった。この頃、あたしたちは家ではほとんど顔を合わせなくなっていて、だから皮肉にも会えるのは、あたしが小遣いをせびりにいったときだけ。ときどき母は申し訳程度に、ちゃんと食事をしているかとか、勉強しているかなどと、普通の母親らしいことをわざとらしく聞いたけれど、大抵はアリのごとく忙しくしているので、放り投げるようにあたしに札を渡し、無言のまま事務室へ消えた。日に日に金額は増え、十二月に入る頃には週に十万円以上もらっても足りないくらいになっていた。冬は何かと金がかかると彼女たちは主張した。他と差をつけるために、マフラーはバーバリーでなくフェンディがいいと言うので人数分揃え、ラルフのセーターもウールでなくカシミアにしたいと言われて、それも人数分揃えた。そうしていくら貢いでも、一向に彼女たちはあたしを正式な仲間として迎え入れてくれなかった。気が向いたときに仲がいいふりをしてくれるだけで、あたしはいつまでも見張り役で、真紀は汚い仕事を請け負い続けていた。

こんなありさまでも、学年で一番目立つ子たちと同じグループにいるということが、あたし、そして多分真紀の、ささやかなプライドだった。犬飼さんのことは常に気になっていたけれど、向こうはどう思っていたかはわからない。ある意味持ちつ持たれつだったあたし、真紀と、グループの関係は、しかし意外な形で破綻した。

冬休みが明けてすぐのことだった。クリスマスから年始にかけて、仕事と称し男とニューヨークに滞在していた母が、あたしに黙って、うちの娘がクラスメイトからカツアゲをされているようだと担任に告げ口したのだ。

何でもないような顔であたしに小遣いを渡し続けながら、内心はずっといぶかしんでいたらしい。決定打となったのは、母の不在時に渡されていたクレジットカードで、クリスマスイブに五十万円近くを一気に散財したことだった。グループの中で唯一彼氏のいなかったリーダー格の女と真紀と三人で、ティファニーで揃いのブレスレットとペンダントを、ルイ・ヴィトンで揃いの手帳カバーを買い、高級中華料理屋でフカヒレなどをたらふく食べた。リーダー格の女ははじめこそ、なぜあたしがお前らみたいな小汚いブタ二人なんかとイブの夜を過ごさなきゃいけないの、などとぷりぷり悪態をついていたけれど、デパートでアクセサリーやブランド雑貨を見てまわるうちに機嫌を直し、その後いったクラブでは、ナンパしてきた男たちに三人は親友同士だと言ってくれた。嬉しかったし、とても楽しかった。あたしは今夜のことを一生忘れないだろうと思ったし、この夜に起こったことがこの先の高校生活に、必ず、必ずよい流れを運んでくれると確信していた。

どうやらカード会社から、残高不足の連絡が母のもとに入ったようだった。休み明けの始業式の直後、あたしと真紀は生徒たちの間で説教部屋と呼ばれていた生活指導室に呼び出され、複数の教師に前後左右を石壁のようにみっちり固められながら事情聴取を受けた。そのときになってはじめて、あたしは母の密告を知った。

あたしは失望していた。母の行為にはもちろんのこと、数週間ぶりに会ったリーダー格の女の態度にも。リーダー格の女はティファニーのブレスレットもペンダントもしていなかった。いつの間にか中学の同級生の男とデキていて、その男からプレゼントされたというおもちゃの指輪を着けていた。再び何事もなかったようにあたしと真紀をブタ呼ばわりした。いきなり親友まで格上げしてくれなくても、もう少しマシな扱いを受けられるだろうと期待していたあたしは、地面に倒れてそのまま根付いてしまいそうなぐらいがっかりした。

　報復が怖くて何も言えなかったあたしとは違い、真紀はここぞとばかりに援助交際やブルセラ行為を、誇張や作り話を加えつつ壮大に暴露し、翌日にはあたしたち二人以外の全員の退学が決定していた。援助交際の見張りをしていたことや、下着を売っていたのが実は真紀だけだったことが不問にふされ、二人がおとがめなしで済んだのは、あまりにあたしたちが彼女らと不釣り合いすぎたおかげで仲間には到底見えなかったことが幸いしたようだ。その後は保護者同士で話し合いがもたれ、全ての家族が協力して全額をうちに返済することで片がつき、警察への通報はしないという約束になった。ところがリーダー格の女の家から十万円ばかりが返ってきただけで、他のところはあっという間に音信不通になってしまった。怒りのおさまらない母は、通報するだけでなく知り合いの弁護士に頼んで告訴するなどと当初は騒いでいたけれど、二週間もしないうちにどうでもよくなったようで、あっけなく再び家に寄り付かなくなった。母はとにかくなんでもすぐに忘れてしまう。多分、あの頃すでに父に捨てられたことを忘れかけていた。そして今は、あたしを産んだことを忘れている。きっとそうだ。そうに違いない。

　あたしと真紀はしばらくの間、注目の的だった。二人とも本当は一緒になって援交をやっていたとか、親が学校に金を出して退学を免除してもらえたなどとあらぬ噂を流された。けれど、あたしは実は、そんなに悪い気はしていなかった。それまであたしと一切口をきこうとはしなかった橋本珠代が何度か話しかけてきたし、上級生があたしの顔を見にわざわざ教室までやってきたこともあった。これできっと、全ての同級生に忘れ去られることはない。そう思うと無性に嬉しかった。

そうしてひそかな喜びを感じつつ、同時に退学した彼女たちからの報復に怯えてもいた。家から駅までは念のため小遣いでタクシーに乗り、何があってもいいように防犯ベルを二つ持った。

何も起こらなかった。彼女たちはあっという間にあたしのことなど忘れてしまった。リーダー格の女は家を出て上京し、東京の有名な洋服屋でアルバイトをはじめたと噂で聞いた。彼氏と子供をつくって結婚した者や、准看護師の資格取得を目指し勉強をはじめた者もいると聞いた。その場に踏みとどまっているのはあたしだけで、誰もが新たな一歩を踏み出していた。

やがて、全てが元に戻る。何事もなかったように振り出しに戻る。あたしは誰からも見向きもされなくなる。誰からも。もしかすると振り出しどころか、退行したのかもしれない。気がつくと一人だった。光子も、犬飼さんも、真紀でさえあたしのそばに寄りつこうとはしなくなっていた。

三人だけではなかった。いつしか他のクラスメイトや教師までもが、あたしへの嫌悪感をあらわにするようになっていた。心当たりはまったくない。クラスメイトはあたしに話しかけるのを異常なほど嫌がり、どうしても声をかけなければならないときは一メートル以上離れたところから名前を呼んできたりした。視線が合うとみんなぎょっとした。変な噂が流れていることを知った。あたしが自分の使用済みの下着を体育教師に売りつけたというものだ。体育教師は二十代後半の男で、冬休み明け直後に突然学校をやめていた。理由は体調不良ということだったけれど、その生徒との不倫が保護者にばれたらしいというのがもっぱらの噂だった。あたしはもちろん、その体育教師に下着を売った覚えもなければ、不倫もしていない。口をきいたことさえなかった。それなのに誰もあたしに真偽を確かめようとはしない。ただただ静かに遠ざかり、誰もあたしを見なくなった。

三学期の最後の登校日、思い切って犬飼さんに話しかけた。このまま引き下がるのは納得いかなかったし、もしかすると変な噂の出所は彼女なのではないかと疑っていた。根に持っていると思った。彼女だけ買い物に連れていかなかったことや、派手なグループと付き合っていたことを。犬飼さんはあたしと顔を合わせなくてもいいように、このところずっと一本はやい電車に乗っていた。わざわざその日はそれに合わせた。声をかけると、彼女はあからさまに迷惑そうな顔になった。

前の晩からセリフを練習していたはずなのに、いざとなると言葉が何も出てこなかった。犬飼さんはうつむいてわざとらしいため息をついた。あたしはやっと、冷たい冬の風に軽く飛ばされてしまいそうなほどの小さな声で「あたし、何かしたっけ？」と彼女に尋ねた。

「最近、全然しゃべってくれないよね。もし、何かしたなら謝るよ」

「別に、なんにもないよ」

犬飼さんはもごもごとつぶやき、「じゃあね」と言ってその場を立ち去ろうとした。勢いよく駆けだし、けれどすぐに立ち止まった。しばらく迷うようなそぶりを見せた後、こちらに戻ってきた。

「あのさ、はっきり言っておくけどさ。みんな最初から、あんたのこと嫌いだったんだよ。光子も真紀も、あたしも。中学のときから、あんたのこと好きって言ってる人、見たことないもん」

　突然何を言いだすんだろう。そう思った。空は煙草の煙のように濃い灰色の雲に覆われていた。ホームの向こうには何も植わっていない冬の田んぼが見えた。犬飼さんが呼吸するたび、彼女の鼻の穴からぴゅーぴゅーと音が漏れた。

「だったら、なんで今になって無視するの」

「別に。いい加減むかついて耐えられなくなっただけ」

「犬飼さんがクラス中にあたしの悪口言ってるんじゃないの？」

「はあ？」と彼女は素っ頓狂な声を出した。「言ってないし」

「だって、みんながあたしのこと無視するし」

「元からじゃん。元からみんなに嫌われてたじゃん。気がつかなかったの？　だから一緒にいるの嫌だったんだよ。とばっちり受けるから」

「どうして……」

　声がつまった。元からみんなに嫌われていた？

「あのさ、四月の最初のホームルームでさ、一人ずつ順番に自己紹介したときのこと覚えてる？中川さん、親がベンツ二台持ってて十八歳になったら片方わけてもらえるとか、芸能人の親戚がいるとか、ありえない嘘つきまくったでしょ。バレてないと思ってたの？　そんなことありえないし。信じるわけないいし。あのときからみんな、中川さんのこと気味悪がってたよ」

　犬飼さんの目が、だんだんつり上がっていく。

「中学のときからそうだよね。いつもありえない嘘つきまくってた。あたし、そういうところ大嫌いだったの」

「だからって、変な噂流さないでよ」

こみ上げてくる涙をこらえながら言ったら、鼻声になった。

「は？　変な噂って何よ」

「あたしが吉田先生に、パンツ売ったっていう噂だよ」

「それさあ、自分で流してるんじゃん？」

「違う」

「そうだよ。前に、吉田先生にお尻触られたって嘘言いふらしていたことあったじゃん。その話に尾ひれがついただけじゃないの」

やがて時間通りに、ホームに電車が滑り込んできた。犬飼さんはあたしと一緒にいるのが嫌なのか、隣の隣の車両に乗り込んだ。あたしはその場でじっとしていた。そのままその日は家に帰った。

犬飼さんとはそれっきり、一度も言葉を交わしていない。遠くから見た印象では、わりと充実した高校生活を送っているようだった。特別目立つわけでもなく、いじめられるわけでもなく、あたしのように無視されるでもなく。中学の頃と比べたら、夢のような日々だっただろう。

二年生になり、クラスが替わった。一人ぐらい誰か友人になってくれるだろうというあたしの読みはかろうじて的中した。マーという苗字の彼女は、日本語がほとんど話せなかった。うちの学校は中国からの留学生を受け入れていたのだ。マーさんは生まれてから十五歳まで中国のどこかの都市で暮らし、来日してから一年がかりでやっと、ひらがなとかたかなをマスターした。

彼女はほとんどの授業を他のクラスの留学生とともに別の教室で受けていて、そのせいか、クラスメイトたちはマーさんの存在そのものを認知していないようなところがあった。彼女のことを知らなかったということは、彼女しか友達のいなかったあたしのことも知らなかったということだ。現に二年のときはマーさん以外のクラスメイトと、ほとんど口をきくことはなかった。

マーさんはとても勉強熱心で、一日でもはやく日本語を完全に習得したいと意気込んでいた。あたしのことを友達というよりも、おそらく便利な辞書ぐらいにしか思っていなかった。あたしの頭のできがあまりよくないことを知ると、マーさんは見下すような態度を取りはじめた。あたしはときどき彼女の質問に答えられないことがあって、そうすると彼女は中国語で何事かをつぶやいた。多分、馬鹿とかのろまとかそういうことだ。それでも休み時間はいつも一緒にいたし、教師からは、マーさんが唯一心を許せる人物だと認められ、三年のときも同じクラスに振り分けられた。

二年のはじめまで常に百位以内をキープしていたテストの成績が、受験が近づくにつれ下降線をたどりはじめた。それまで遊び呆《ほう》けていた他の生徒が、ついに本腰を入れはじめたようだった。付属の大学はあったけれど、あまりに成績の悪い生徒は進めないことになっていたからみんな必死だった。あたしは一年のときの内申書がわりとよかったので、指定校推薦で別の地元の大学になんとか進めそうだった。付属以外なら、大学であればどこでもよかった。自分を知っている人が誰もいないところにいきたかった。どうせ母は文句も注文もつけないだろう。そもそもそんな気もないだろう。だからとくに相談もせず、自分で勝手に進学先を決めた。というより、家に帰ってこないので、相談したくても不可能だったのだ。

ところが夏休み明けの九月、指定校推薦の審査に落とされた。理由はよくわからない。担任は、一年のときのトラブルが問題視されたようだ、というようなことをほのめかしたけれど、ただ単に教師たちがあたしのことを嫌っていただけだったんだと思う。

試験勉強をはじめるにはあまりに遅い時期だった。予備校に通う金まで母が出してくれるかわからなかったし、相変わらず家事の負担は重く、やることが多すぎて勉強をする時間を確保できそうになかった。自己推薦という手もあったけれど、担任にそれはかなり難しい選択だと言われた。だからといって名前さえ書ければ誰でも入れる底辺大学や専門学校にはやっぱりいきたくなかったし、まして就職などもってのほかだと思った。まともな人生をおくるためには、大卒という肩書は必須のような気がした。レールをぎりぎり外れないようにしたかった。大人になってまで人に見下されたくはなかった。

一般入試を受けるのか、それとも推薦制度を使うのかはっきり決められないまま、高校生活最後の冬を迎えた。もういっそ一年目は浪人しようと思い、それを伝えに母の店に出向いた。家で待っていてもちっとも帰ってこないからだ。ところが母は数ヶ月ぶりにあたしの顔を見た途端、思いがけない言葉を吐いた。

「引越しの準備、した？」

赤いバーキンから同じ色の手帳を取り出し、右手の親指を唾液で濡らすと、すばやくページをめくった。

「来週の金曜日に引越し屋さんくるから、荷物整理しておいてって話したでしょ」

「聞いてない」

「嘘。留守電に入れておいたじゃない。マンション売ることにしたって」

そんな大事なことは、直接会って言うべきではないか。そう思ったけれど、一言も言葉を返せなかった。あたしはそういうことが多い。びっくりすると何も言い返せない。こういうのを、頭の回転が鈍い、というのだろう。

「え、じゃあママが再婚するって話も、あんた聞いてない？」

まるで芸能人の噂話でもしているような口調だった。あたしは首を振った。

「えー、そうだっけ。話した気でいたけどなあ。もう半年も前に決まったことなんだけど」

「相手は誰」

「……別に、誰でもいいじゃん」

母はすねた女子高生みたいにつぶやいた。それがなんだかとてもおかしくて、あたしは笑ってしまった。

そこで、記憶は途切れる。その後、あたしたちがどんな話をし、どんな別れの言葉を交わしたのか、全く記憶にない。

年が明けるとマンションは本当に売りに出され、あたしは学校近くのアパートで本当の一人暮らしをはじめることを余儀なくされた。引越しにまつわる作業は、事務的なことを含め、ほとんど母のアシスタントがやってくれた。母がどんな人と結婚したのかも、どこに新居を構えたのかさえ教えてもらえなかった。あたしは体も戸籍もひとりぼっちになった。あたしは父にも母にも捨てられた。

捨てるなら、どうして産んだのかとは思わない。人々は子供をつくる目的だけで性交するわけではないし、若かった母は、中絶手術を受けるくらいなら産んだほうがマシだと判断したから産んだだけで、子育ての苦しみや辛さ、それに対する自分の不適合さ加減など想像もできなかったのだろう。望まれてこの世に誕生したのではない命は、望まれて生まれた他人のそれより軽いものなのだという考えはバカバカしいものだ。全ての妊娠は偶然だ。両親の結婚前だろうと後だろうと違いはない。でも最初から望まれずに生まれて、そのまま誰にも生きていることを望まれずに大人になったあたしは、やっぱり他人と比べて何かが徹底的にダメなんだとは思う。

結局、浪人のことは言い出せず、担任に勧められるまま、N経済流通大学という、名前が書けなくても口頭で自己紹介さえできれば入学できると噂のあった大学の一般入試を受験し、合格した。本当はK女子学園大学とT学院大学も受験した。でも落ちた。担任から、うちの学校でT学院に落ちたのはお前だけだと言われた。

ひとりぼっちで高校を卒業した。マーさんはその三日前に中国に帰っていたので、式当日は誰とも記念写真を撮ることなく、終わったら一人で校門を出た。卒業式はあまりに長くて苦痛だった。退屈すぎて泣けてきた。

家に帰ると押し入れの中からミシンを引っ張り出し、制服のスカートの裾を詰めた。一足だけ残しておいたルーズソックスを、みんながしていたように手で伸ばしてほぐし、はいて、スカートも穿いて、ブラウスの上にラルフローレンのセーターを着て、母から盗んだコテで髪を巻き、化粧をして外に出た。髪を巻くのに少し手間取ったせいで、太陽は西に見えるビルとビルの間に落ちかけていた。

少し遠回りして学校まで歩いた。グラウンドではサッカーの試合が行われていた。卒業式の日には、卒業生と在校生で紅白戦をやるのが部の伝統だと聞いたことがある。数人の女子が邪魔にならないところにレジャーシートを敷いてくつろいでいた。全員、サッカー部の中に彼氏がいるのだろう。犬飼さんの姿がそこになくてほっとした。

あたしは学校の周りを二周した。もちろん誰にも気がつかれなかった。

N経済流通大学はうちから電車とバスを乗り継いで片道二時間半もかかる僻地《へきち》にあり、当初は一ヶ月もつかどうかも自信がなかった。ところがいざはじまってみると、案外居心地は悪くなかった。偏差値が低いということはさぞかし柄の悪い人々が集まっているのだろうと恐れていたけれど、柄が悪いどころか善良そうな人ばかりだった。そして愚鈍そうな人が多かった。要するにあたしも含め、同じような人間がビスケットのかけらに群がる蟻のようにN経済流通大学に密集していた。これまでは環境が変わるたび、新しい友人をつくるのに心を砕くほどの苦労をしてきたのに、大学ではあっという間に何人もの人と仲良くなり、いつも男女複数でお昼ご飯を食べ、休み時間におしゃべりをした。一人だけ、付き合ってもいいなと思える人がいた。ところが彼は、ほんの一ヶ月ほどで理由も言わずに退学してしまった。その途端、何もかもが退屈に思えた。身の周りにいるのが、物事を自分で考えようとする意思のない人間ばかりだと気がついたからだ。これは人としてかなりダメなポイントだと思う。彼らは大学で過ごす以外の時間の全てをもてあましていて、それをどう処理すべきかを他人に委《ゆだ》ねてばかりいた。遊ぶ場所はカラオケか居酒屋、あるいは誰かの家に集まってゲームをするかのどれかで、それは遊びというよりただの時間つぶしであり、あたしが何か違うことをしようと提案しても、誰も賛同しないし、意見すら言わない。考えることが面倒なのだ。面倒なのでアルバイトもしない。将来のことも考えない。卒業後はどうするのかと尋ねても、大概の連中は「何とかなるでしょ」の一言で終わらせた。就職氷河期は自分たちが卒業する頃までにはとても終わりそうもなく、そんな時代にあたしたちのような底辺学生をまともに入れてくれる企業があるとは思えなかった。自分のことですらあやふやなのだから、授業など当然みんなろくに聞かないし、というより講師の話す内容の九割が理解できない。彼らの脳は虫サイズだ。虫の中でもカナブンとかコオロギとかカマドウマとかそういうやつだ。一緒にいたら自分までもが虫になってしまう。それは嫌だ。彼らを見ていると、あたしはやっぱり真の落ちこぼれにはなれないのだなと思った。たまたま運が悪かったからこのような境遇に甘んじているだけで、血が、落ちぶれることを許さないのだなと思った。

できるだけ無駄に過ごす時間が減るように、アパートの近くにあった薬局でアルバイトをはじめた。時給は八百五十円、店長は温和な中年の男の人だったけれど、副店長の女が男のアルバイトをあからさまにえこひいきするどうしようもない人で、当然あたしは一日目からターゲットにされ、トイレットペーパーを出すのが遅いと難癖をつけられ、雑巾の絞り方が甘いといって一時間も説教された。四回いってやめた。それからすぐに薬局からほど近いところにあった酒屋で働きはじめた。そこでも先輩の女子高生にいびられて六回でやめた。その次は高校の近くの喫茶店に履歴書を持っていった。ところが面接のときに同級生が三人も働いていることが発覚し、お腹《なか》が痛くなったふりをして逃走した。近所で働くのは危険だと悟り、今度は隣の駅の近くにあった大型の家電量販店で働きはじめた。これが最後だと思ったのに、結局そこも五回でやめざるをえなかった。さすがに遠すぎた。大学とは方向が逆だったので定期が使えないし、自転車だと三十分もかかってしまう。おまけに制服のウエストがきつくて立っているだけで吐き気がした。もう一つ大きいサイズを注文すればよかったのかもしれないけれど、そのサイズを着ている女子店員は店に一人もいないという話を聞いていたので、どうしても申し出ることができなかった。

そもそも、母から当面の生活費として学費のほかに二百万円もらっていたので、実はそれほど働くことに必要性を感じていたわけではなかった。あたしは仕事を探すのをやめた。仲間との怠惰な生活に戻った。もう二度とアルバイトせずに済むように、省エネ生活を心がけた。考えることをやめた。授業は適度にさぼり、食事は三食ともふりかけご飯かお茶漬けで済ませた。そのわりに痩せなかったのは、多分極度な運動不足と友人がわけてくれるお菓子を食べすぎたせいだ。そこまで節制したにもかかわらず、大学二年の途中で困窮状態に陥った。あたしはパチスロにはまりだしていた。友人の付き添いで見ているだけのつもりがなんとなく自分も試してみたくなり、はじめて打った瞬間から、預金残高が一万円を切るまで、あっという間だった。

本当に速かった。

前に住んでいたマンションのベランダから見えた、街を切り裂くように走りぬける新幹線のスピードぐらいに、あっという間だった。

母の店に電話をした。翌日、三十万円が振り込まれた。一ヶ月で遣い果たすとまた電話した。それを何度か繰り返し、母が電話に出なくなると、店に直接出向いた。母はあたしを見るやいなやものすごく強い力で腕をつかんできて人目のつかないところに連れていき、財布から一万円札をあるだけ出して、どうしてそんなに金がいるのかと聞いた。就職のために英会話教室とパソコン教室に通っていると嘘をついた。多分、信じてはいなかっただろう。それでも、店にいけば毎回必ずいくらかは出してくれた。日々は流れ、成人の日が近づいた。着物をレンタルしたいという名目で、母に百万円催促した。そのときになってはじめて気がついた。母は妊娠していた。ぺたんこだったお腹がふっくらしていた。それを指摘すると、母は鼻声になって、こういうことはもうこれを最後にしてほしいとつぶやいた。これから生まれる新しい命のためにたくさんのお金が必要なので、あたしなどにはビタ一文出したくないということなのだと思った。大学の費用は最後まで出すから、今後はそっとしておいてほしい。そう言って、母は背を向けた。その日を最後に、母には一度も会っていない。あたしは完全に捨てられた。パーフェクトな天涯孤独になった。

頼んだ通り百万円は振り込まれた。その代わりに翌月から、光熱費と携帯電話の料金と家賃の引き落とし口座が勝手に母からあたしのものへと変更されていた。母の店に電話したら、あたしの番号は着信拒否設定にされていた。ついにパチスロをやめた。あれほどハマっていたのに、働くことと天秤にかけたらいとも簡単に足を洗うことができた。

当然成人式なんかやらなかった。交通費がもったいないので、アパートを解約し、家具を売りさばいて、大学の近くに住んでいた阿部美佐子の部屋に居候させてもらうことにした。

阿部美佐子は伊豆の高級旅館の一人娘で、学生の一人暮らしにはあまりに広すぎる3LDKのマンションに住み、BMWを所有していた。おしゃれで金持ちなのにあたしのことをバカにしないし、いつも陽気で朗らかで、大学の友人の中では彼女のことが一番好きだった。彼女はほとんど毎日男のところに入り浸っていたので、居候というよりは部屋を譲りうけたようなものだった。授業がない日はどこへも出かけず、阿部美佐子の部屋で寒波から卵を守る皇帝ペンギンのようにじっとしていた。他の友人との付き合いは減らした。自然と大学では一人で過ごすことが増えた。制服を着ていた頃はあれほど一人になるのが怖くて、それだけは避けようと必死だったのに、いざそうなってみると案外平気だった。全く問題なしだった。ちっともさみしくはなかった。

大学三年の終わりぐらいから、同学年の学生がリクルートスーツを着ている姿をよく目にするようになった。阿部美佐子もこの頃になると部屋に帰ってくる回数が増え、男に買わせたノートパソコンで熱心に企業情報を収集していた。彼女は実家に帰るのを拒否していて、東京のアパレル会社に就職するのを熱望していた。

しかし、世の中を覆う不況はだらだらと続いており、就労状況は最悪の様相を呈していた。メディアでは「リストラ」の言葉が連呼され、街中では季節を問わず、真新しいスーツを着た若者が、瞳を濁らせ背筋を曲げ、さながら亡霊のようになって歩いていた。

あんなことをしても無駄だ。校内で亡霊を見かけるたびに思った。三百社にエントリーしたのに一社もひっかからなかったと、有名私大の学生がインタビューに答えているのをニュース番組で見たことがある。ましてうちのような底辺大学に通う底辺人間が、世の中に必要とされているとは思えなかった。

だからあたしは何もしなかった。阿部美佐子は業種に関係なくあちこちの企業の説明会に足を運び、せっせとエントリーシートや履歴書を作成していたけれど、一次審査でばっさり落とされまくっていた。無駄だ。何もかも無駄だ。それでも四年生になると、あたしもさすがに不安になり、何度か大学の就職資料室に顔を出した。壁にずらりと貼り出された求人情報の中にろくな会社はなかった。まともな会社はとっくにエントリーを締め切っていた。でもあたしのような女が、銀行や商社や大手メーカーなどにお勤めするOLになれるとは夢にも思っていなかったのでどうでもよかった。だからといって資本金一千万円程度の、いつつぶれるかもわからない会社で営業アシスタントなんかやるのはごめんだ。雑巾のように使いふるされて捨てられるのは目に見えている。

何もしないまま夏休みになった。阿部美佐子は夏のはじめに人工妊娠中絶手術を受けており、そのせいで精神的にかなり衰弱していて、あたしと同じように連日室内でごろごろしていた。

その阿部美佐子が神妙な様子で話しかけてきたのは、夏の終わりの夕暮れだった。あたしたちは珍しく部屋を出て近所を散歩していた。空はまだ青く、雲だけが燃えるようなピンク色に染まっていた。畑の近くに出ると泥の匂いがした。足元に生えている雑草の中で、緑色の虫がぴょんぴょんと飛び跳ねていて、阿部美佐子が「おりゃっ」と叫びながら捕まえた。おんぶしていないオンブバッタだった。

「中川ちゃんは、卒業したらどうするの？」

阿部美佐子はこちらを見ずに言った。あたしはわざとおどけて、「決まってるじゃん。お弁当屋さんやるんでしょ」と答えた。

以前から、卒業後は二人で商売をやるのはどうかと、あたしたちは半ば冗談で話し合っていた。お弁当屋さんかクレープ屋さんがいいなあ、でも難しいだろうなあ、と阿部美佐子は少女のような笑顔でいつもその話をした。あたしは結構本気で考えていた。資金は阿部美佐子の両親に出してもらえばいい。阿部美佐子が社長であたしは彼女の部下ということでもいい。意地悪な先輩や上司のいない世界なら、あたしはきっとちゃんと働ける。

「それはそれとして、中川ちゃんは就職とかしないの？」

阿部美佐子はバッタを逃がした。あたしは思い切って自分の考えをはっきり言うことにした。

「ねえ阿部ちゃん。この際だから言うけど、本当に、真剣に、商売のこと考えない？　冗談じゃなくて。阿部ちゃんのやりたいようにやっていいし、お弁当でも、クレープでも。あたしはサポート係に徹するからさ。こんな世の中だし、会社に入るよりも自分たちで起業したほうが絶対にいいと思うの。ほら、今って学生の起業家とか多いらしいじゃん」

「でも、実際問題、難しいんじゃないのかな。借金とかできないし」

「阿部ちゃんのお父さんに、頼めない？」

「無理だよ。電話したら帰ってこいって言われるだけ」

「じゃあ、阿部ちゃんは就職するの？　できるの？」

阿部美佐子はバス停の前で立ち止まり、ベンチに腰かけた。あたしは立ったままでいた。ベンチは汚れていた。

「もし商売やるなら、もっと賢い人と組まなきゃ。あたしと中川ちゃんみたいなバカ同士じゃ、あっという間に破産しちゃうよ」

他人にバカと言われると腹が立った。阿部美佐子よりは自分のほうが優秀だという自負もあった。それでもあたしはへりくだりながら食い下がった。

「大丈夫だって。阿部ちゃんは流行に敏感だし、意外と商才あると思う。二人でやるのが心配だったら、もう一人誰か仲間に入れる？　阿部ちゃん、賢そうな友達たくさんいるじゃん」

「ごめん、中川ちゃん。あたしたち、いい加減現実を見たほうがいいと思う」

「もしかして、どっかから内定が出たんじゃないの？」

聞きながら、とっさに、もし本当にそうだった場合に自分を取り繕う言葉を考えた。そうなんだ、おめでとう。やっぱりね。アパレル会社？　給料安いらしいけど、頑張ってね。平気、平気、商売なんてあたしも本気で言ってたわけじゃないし、それにあたしも実は一社決まりそうなんだ。親のコネなんだけど。ほら、うちの親、エステやってるじゃん、その関係で……。

「友達と、洋服屋さんをやろうかと思ってる」

あたしは「へえ」と間抜けすぎる相槌を打った。

「海外で買い付けた古着とか、あたしがデザインした雑貨とかを売ったり。最初はネット販売からはじめると思うんだけど、いずれは店舗も持ちたいと思ってる」

「そうなんだー」

「中川ちゃんのことも誘おうかとも思ったの。最初に起業の話を持ちかけてくれたのは、中川ちゃんだし。でもあたしはどっちかっていうと、飲食よりもアパレルがよくて、アパレルやるなら、やっぱりセンスがいい子とやりたいし。パートナーはもう見つけたの。もし中川ちゃんがどうしてもお弁当屋をやりたいっていうのなら、一緒にやってくれそうな人探してみてもいいけど、どう？」

ああ。随分と昔、似たようなことを言われた覚えがある。そう思ったけれど、具体的には誰のどんな言葉だったか、思い出せなかった。

別にいいよー。あたし別に、真剣に考えてたわけじゃないし。そう強がりを言う気力さえなかった。それから、二人は蜘蛛《くも》のように黙りこくった。雑用係でもいいから仲間に入れてほしい。そう言うべきか。迷っているうちに完全に日が暮れた。あたしたちは無言のまま彼女の部屋に帰った。

とりあえず、三月いっぱいまではここにいていいよ。阿部美佐子は言った。その代わり、就職したら出ていってね。容赦のない口調だった。九月に入ると、阿部美佐子の言う「パートナー」がたびたびやってきては、寝室にこもって何かの作業をすることが多くなった。パートナーは予想に反して女だった。阿部美佐子と見かけがよく似ていた。

十月、ついにあたしは遅すぎる就職活動を開始した。アルバイトでは一人暮らしの生計をたてるのにあまりに心もとないし、以前のようにすぐやめてしまうかもしれない。正社員になれば、多少のことは我慢せざるをえないだろうと思った。しかし、氷の上を歩くように、ツルツルと入社試験に滑った。あたしは日に日に寒くなっていく街をさまよう、スーツ姿の亡霊となった。仲間の亡霊は日が経つにつれて多少の減少はみられたものの、不景気のおかげか、街からいなくなることはなかった。

活動をはじめてから意外な発見があった。あたしは意外と面接官受けがいいらしい。集団面接ではとくにそれを実感した。どうやらとっさの嘘話をするのが人よりうまいようだ。子供の頃、友達が欲しいあまりにありえない嘘話をたくさん作ってきた経験が、大人になって突然役に立った。ある印刷会社の面接では、学生時代に打ち込んだことは何かという質問に対し、母がエステサロンを経営しておりましたので、社会勉強の一環として、社長である母の秘書を四年間無償で務めました、もちろんアルバイトとしての単なるサービス業務とは違います、この不況の中、いかに会社を大きくしていくか、いかに顧客の満足度を上げられるか、経営者の視点で考えることを学んだ四年間でした、そのまま母の会社に残ることも考えましたが、同じ世代のライバルたちにもまれて成長したいという気持ちを捨てることができず御社に云々と答えたら、面接官はそれ以降、他に三人の学生がいたのにもかかわらず、あたしに対してしか質問をしなくなった。ある小さな出版社の個人面接では、趣味としてオリジナルの痩せる体操を開発することを挙げ、今もって開発中であると仰々しく説明し、実際にその開発中のものをやってほしいと言われたので、阿部美佐子に教わったバレエと体操を融合させたダンス（阿部美佐子は合コンで知り合った体育大生に教えてもらったそうだ）をやってみせたら、面接官全員から喝采を浴びた。またある学習塾では、夏休みは毎年田舎に住んでいる小学生のいとこを預かることになっていて、よく宿題をみてやっていたので、小学生に勉強を教えるのは得意中の得意だと話し、なんて頼もしいのだと感心された。しかし、三社ともあっさり落とされた。理由は多分、あたしの嘘がばれたからでなく、あたしが地味で、底辺大学に通っていて、私生児だったからだろうと思う。他に理由が思いつかない。

内定の手紙が届いたのは、三月の半ばを過ぎた頃だった。企業向けのユニフォームやヘルメットなどの安全用品を取り扱う、総従業員数三十五名の、一応は商社だった。いったことも住んだこともない町の、新しいマンションと古い住宅が入り混じって建つ地域の国道沿いにあった。初任給は手取りで十六万、月五千円で寮に入ることができる。選択の余地はない。他に結果待ちをしている会社にはろくなものがなかった。入社誓約書にサインをするときは涙がこぼれた。嬉しかったわけではない。あたしの人生の全ての可能性が断たれた。そんな気持ちになった。四月から、あたしは一日の半分をあの小さな会社の埃《ほこり》臭い事務室で過ごし、もう半分をゴキブリが大量に潜んでいそうな小汚い寮でほとんど死んだように過ごす。やがて、同じ会社のつまらない退屈な男と結婚をして、何のとりえもない子供を産むのだ。どうしてあたしはこんなことになってしまったのか。この国有数のサラブレッドである父の血が体に流れているはずなのに、どうしてことごとく全てがだめなのか。母は決して育ちはよくないし頭もよくなかったけれど、人に好かれる才能と、流行を読み取る鋭い感性を持ち合わせていた。父はおそらく人より愛情が薄いという欠点はあるものの、それ以外の全てを備えたほぼ完璧な人間だ。その二人の子供が、いわばサラブレッドの娘が、手取り十六万に甘んじることになるとは誰が想像できるだろう。人の能力は血で決まるわけではないのか。遺伝子など本当は意味をなさないものなのか。与えられた環境が悪ければ、何もかもだめになってしまうのか。あるいは本当は父の子供でも、母の産んだ子供でもないのかもしれない。昔母が冗談で話していたように、橋の下に捨てられていたのを拾われたのかもしれない。そのほうがよっぽど納得がいく。

入社式の三日前になって、やっと阿部美佐子の部屋を出た。阿部美佐子は別れ際、なぜかヨックモックの箱をくれた。洋服屋が順調なのかどうかはわからなかった。

仕事は想像していたよりも単調で退屈で楽だった。でも一年と二ヶ月でやめた。主な原因は上司のセクハラで、でも他にもいろいろあった。

次の仕事は見つかっていなかった。てっとりばやくお金を稼ぐには体を売るしかないことはわかっていた。でも、道を外れることが怖くて、どうしてもその方法を選択できなかった。将来何があるかわからない。できるだけ自分の経歴を傷つけることはしたくない。戸籍に記された「私生児」の文字だけで十分だ。しかもあたしは処女だった。

そのとき、ある考えがひらめいた。なぜそれまでそのことに気がつかなかったのか、不思議なくらいだった。

父。

父に、自分はあなたの娘だと、名乗り出たらどうなるだろう。あるいは週刊誌にその情報を売ったらどうなるだろう。証拠はある。前のマンションから、写真を三枚盗んでおいた。一枚はまだ首もすわらないぐらいの赤ん坊だったあたしを、喫茶店のような場所で父が抱いているもの。一枚は一歳半ぐらいのあたしを、波打ち際で両親が両側から手をつないで歩かせているもの。一枚は離ればなれになる間際だろう、五歳ぐらいのあたしと父が、ソファに並んで座り、にこにこしながら見つめ合っているもの。写真の中の男は、当時の農林水産大臣の面影をあまりに色濃く残していた。

父とコンタクトを取るにはどうするべきか。事務所に連絡すればどうにかなるだろうか。あるいは農林水産省か。そこまで考えたところで、思いついた全てのことを消す努力をした。それをしてしまったら、あたしはもう何もかも終わり。あたしは人間でなくなり、小学校のときのあの女教師や、犬飼さんや真紀や光子や、あたしを無視したクラスメイトや、その他あたしを虐げた連中、人を思いやる優しい心を持たない、人を傷つけいじめることに喜びを見出《みいだ》す獣人間たちと同じになってしまう。あたしは純粋でいたい。あたしは普通でいたい。自分ができそこないであるとわかっている。だからこそ、人に対して後ろめたいことはしたくない。

父を利用するのは、最後の手段だ。この道の先に見えるのが、死、それのみになったとき、もう一度検討することを自分に許す。そう決めた。

とにかく、生活するためには何がなんでも働かなければならない。安アパートを借り、近くにあったディスカウントショップのアルバイト事務員になった。時給はレジ係より二百円高い千百円。なぜか特別にボーナスをもらえることになった。オーナーはあたしのことが好きみたいだった。当時すでに六十歳を過ぎていた彼は腎臓を悪くしていて、皮膚が泥のような色をしていた。彼の娘の若い頃に、あたしは似ているのだという。その娘は三十五歳のときに、うつ病が原因で自殺をしたのだそうだ。

二年目で正社員にしてもらえた。三年目に入った直後から、電化製品売り場担当の山本祐樹という二歳下の社員と付き合いはじめた。本当はあたしは、ゴルフ用品売り場の田村という男が好きだった。田村は背が百九十センチもあり、昔の役者のような彫りの深い顔立ちをしていて、だけど既婚者だった。山本祐樹のことははじめ全く眼中になかったけれど、あたしを目の敵にしていたレジ係の高木という太った女が彼に何度も告白して振られ続けているという話を聞いて、付き合うことを決めた。二十三度目のデートでラブホテルにいき性交をした。お互いにはじめてだった。山本祐樹はやや金にケチすぎるきらいがあり、けれど基本的には優しく穏やかな人だった。それでも店をやめようと思うに至ったきっかけはいくつかある。山本祐樹のプロポーズを断ったせいで、顔を合わせるのが気まずくなってしまったこと。オーナーの体調が芳《かんば》しくなく、というかそろそろ死んでしまいそうだったこと。実際、あたしがやめた三ヶ月後に腎臓がんで死んだ。他にも、アパートの水道管が詰まってどうしようもないとか、より給料のいいところで働きたいとか、お金も随分たまったし、人生のうち一度は東京で一人暮らしをしてみたいとか、こまごまとした理由はたくさんあった。それらが少しずつ体の中に積もっていき、ある一つの出来事がそれを下から勢いよくつきあげて、あるときあたしの口から全てが飛び出した。

誰にも内緒で、小説を書いていた。それがある文学新人賞の二次選考まで残った。

就職活動の最中に気がついた自分の能力、人よりうまく嘘がつける能力を、何か別の形で生かせないかとずっと考えていた。人を傷つけずに思う存分嘘をつく方法。そこで浮かんだのが、物語を作ることだった。

山本祐樹からの誘いを三度に二度は断り、平日の夜も休みの日もひたすらモグラのように部屋にこもって、約一年がかりで百二十枚の小説原稿を書き上げた。タイトルは「愛のシーズン」。主人公は当時の自分と同じ二十六歳の、町の役場に勤める善良な独身女で、処女、性的欲求が雪だるま式に増していく日々を、卑猥《ひわい》な妄想をふくらませることでしのいでいる。やがて同じマンションの階下に住む怪しげな男に惹《ひ》かれはじめ、ひょんなことから言葉を交わすようになるが、男は自らを火星人だと名乗りだし……という私小説と官能小説を混ぜ込んだもので、自分としてはそこまでできがいいとも思えなかったけれど、とにかく勢いで出してみた。蓋を開けてみれば、応募総数約千八百作のうち、二次選考を通過した十二作の中の一つに選ばれたのだった。

最終候補には残れなかったものの、できのよくないものでそこまでやれたのだから、できのいいものを出せば間違いなく受賞できると確信した。あたしは嘘の天才だ。そして、物語を作る天才でもある。人生を逆転させるチャンスだと思った。それにはまず環境を変えることからはじめなければならない。

そして、あれから約三年が経つ。二月で三十歳になった。東京はいまだに好きになれない。道が狭くて、人が多くて、臭い場所が多い。小説は三作書いた。いつも同じ話を書いている。一作も一次選考にすらひっかからない。何がだめなのかわからない。仕事は四回変わった。最初は通信販売のテレフォンオペレーターで、その次は商社の事務職で、次は不動産会社の営業事務で、全て派遣だった。今は生命保険の事務センターで書類チェックの仕事をしている。今回は派遣でなく、契約社員として直接採用された。そしてあたしは今日、その職場で働きはじめて三度目の無断欠勤をした。

二度目の無断欠勤をした後、上司に言われた言葉を思い出す。本当は一度でダメだけど、君には三振法を適用してあげる。なぜなら君が泣いて土下座して謝ってくれたから。スリーストライクス・アンド・ユー・アー・アウト。あたしは今日、多分アウトになった。

メールの着信音で、響子は目を覚ました。

寝返りを打って首を持ち上げたら、窓を優しく叩く細い雨が、カーテンの隙間《すきま》から見えた。携帯を見ると画面には午後三時二十五分と表示されている。時刻設定は三十分ほど遅れているから、もう四時前だ。

昨日は何時に寝たのだっけ、とかすみがかかったような頭で考える。少なくとも日が昇る前には意識を失っていた。会社を無断欠勤した日から、毎日毎日体が溶けるほどたくさん眠っているのに、それでも毎日毎日眠たくてたまらないのはなぜだろう。

もしかして、これこそがうつ病の初期症状なのかもしれない。いっそうつ病になってしまえたら、どんなにいいだろうと響子は常日頃から考えている。仕事をしない正当な言い訳になるし、少なくとも医者には心から心配してもらえる。症状がひどい場合は精神障害者と認められ、いろいろと優遇されると聞いた。しかしそのために病院へいって仮病の演技をするのは面倒臭いし、役所まで出向いて手続きをするのはもっとわずらわしい。

メールは、小林弘子からだった。タイトルは「元気にしてますか」。響子は声に出して、彼女からのメッセージを読む。「仕事やめることになったって佐川さんから聞いたよ。復帰は難しいかもって佐川さん言ってたよ。でも、あたしはそれでいいと思う。やり方は少しまずかったけれど、こうでもしないと、中川さん仕事やめられなかったよね？　あんな会社、さっさと抜けたもん勝ちだよ。今週の金曜日会えない？　近藤さんとご飯食べにいくんだ。一緒にどう？」。相変わらず絵文字が一つもないそっけないメール。もっとも、小林弘子からメールがきたのも随分久しぶりのことだった。彼女は二ヶ月前に妊娠を理由に退職した。近藤喜代は半年前にやめて、今はデパートで洋服を売っていると聞いた。

彼女たちが本気で心配しているはずはないと響子は思った。身近な人間が絵に描いたように落ちぶれていくのを、実際に目で見て確かめたいだけだ。今頃二人で、「あの子、自殺でもするんじゃないの」なんて笑い合っているに違いなかった。響子はさっそくメールを返信した。「久しぶり〜。元気にしてるよ〜。実は出版社の知り合いから原稿依頼の話があって、そっちに集中したいから仕事さぼっちゃっただけなんだ。もう三回目だし、クビになるのはわかってたから平気だよ。今、すごく忙しくてさ〜。もうすぐ締め切りなんだ。だから、ご飯はまた今度ね」。二回読み直して、結局送信せずに消去した。

　布団の中にもぐったまま、テレビを点《つ》けた。今はドラマの再放送の時間なのに、なぜかニュースの生番組をやっている。どうやら何か大きな事件があったようだ。それも国会とか政治とかそういうことに関係のあるものらしい。起き上がって、テレビの真正面に座った。手探りで背後のテーブルから煙草とライターを取り、火を点けて吸い込む。ねぼけまなこの目に煙が沁《し》みた。

　国会議事堂の廊下らしきところを、たくさんの記者と数人の政治家が駆けずりまわっている。顔面が土の色をした六十代ぐらいの男が記者に囲まれインタビューに応じる映像に切り替わった。響子にはその男の言ってることの意味が全くわからない。

　再び国会議事堂内の映像に切り替わる。その瞬間、響子は慌てて録画ボタンを押した。それはほんの数秒だった。自分の父親だと信じる男が、大勢の記者を振り切ってものすごい速さでテレビ画面の端から端を駆け抜けたのだ。しかしＶＨＳテープはセットされていなかった。最新型のテレビならハードディスクに簡単に録画できるのに、この部屋にあるのは、何年前に製造されたのかもわからないテレビデオだった。

　舌打ちをして、まだ長い煙草を灰皿の上に置く。昔はテレビで父親の顔を見かけても何とも思わなかったのに、上京してからというもの、心臓を吐き出しそうになるくらいドキドキしてしまうようになった。どこかで偶然会うことがあるかもしれない。子供の頃、あれだけ自分を可愛がってくれた父のことだ。忘れるなんてありえない。響子はときどき意味もなく永田町近辺をうろついた。父親どころか、顔を知っている政治家一人として見かけたことはない。

上京してからすぐの頃、選挙があった。どこかで演説をしていないかと暇さえあれば街に出た。父親の選挙区が東京ではなく島根県にあると知ったのは、選挙が終わり、父親が外務大臣に任命されたというニュースを見たときだった。

響子はインターネットを使って父親のことを調べた。家族や趣味など、仕事に関係のない個人的な情報ばかりを集めた。以前は人に教えられたって知りたいとは思わなかったことだ。自分の父親は政治家で大臣である。その事実だけをわかっていれば十分で、余計な情報を付け足したせいで、心の中で勝手に動きだされるのが嫌だった。

妻と長男、長女の四人家族。趣味はテニスと乗馬とうどんを打つこと。うどんは十年ほど前からはじめ、今では日本手打ちうどん何とか協会の会員だか名誉会長だか世話人だか、そんな感じのものをやっている。響子より三歳年下の長男はテレビ局に勤めていて、長女は音楽大学を卒業し現在はイギリスに留学中、妻とは見合い結婚だそうだ。

今のところ、女性関係のスキャンダルは起こしていない。献金がどうとか発言がどうとか、政治にかかわることでよくない記事を書かれることはたびたびあるようだが、他の政治家に比べると世間ではクリーンなイメージを持たれているようだ。ニコニコ大臣とあだ名をつけられるほど、常に笑い顔でいるのが功を奏しているらしい。あれは笑顔でなくて、もともとそういう顔なのではないかと響子は思っている。

二本目の煙草に火を点け、パソコンデスクの上に出しっぱなしの、書きかけの便箋に指を伸ばした。

父親に宛てた手紙だが、父親に送る気は毛頭ない。そもそも父親の事務所に送ったところで、彼の手に渡る前にシュレッダーで粉々にされてしまうに決まっていた。

以前住んでいたマンションから持ち出した三枚の写真とともに、父宛の手紙を女性週刊誌の編集部に送るつもりでいた。写真の掲載を許可する代わりに、こちらの条件として手紙も載せてもらう。それがだめなら、写真も情報も提供しない。

こういうことをした場合の週刊誌側からの報酬の相場がどれほどなのか、響子には想像がつかなかった。それでも、もう他に手段はなかった。先月末、口座から家賃が引き落とされた時点で、残高は五万円を切った。今月の半ばに最後の給料が入るが、もしかすると罰金をとられているかもしれない。こんなご時世、すぐに次の仕事が見つかるとは思えないし、見つかったところで給料日まで働けるかわからない。派遣はもう嫌だ。でも正社員になるのも嫌だし、アルバイトはもっと嫌だ。要するに働きたくない。

借金だけはしないでおこう。それだけは心に決めて生きてきた。大学時代にパチスロにはまったとき、一緒に遊んでいた友人はためらいもなく消費者金融に手を出して、あっという間に自己破産し、そのまま姿を消した。自殺したとか、やくざの情婦になったとか、有名な風俗街でストリッパーをやっているとかいろいろな噂を聞いた。しばらくして、響子は彼女から一度だけ手紙をもらった。田舎に帰って十五歳年上の漁師とお見合い結婚したとそこには書かれており、港らしき場所で大笑いしながらY字バランスのポーズをとっている彼女の写真が同封されていた。

自分には、助けてくれる家族はいない。響子の母親は数年前に経営していたエステサロンを畳んでいた。それを人づてに知ってすぐにテナントビルのオーナーに問い合わせると、母親は夫の仕事の都合で、アメリカか、あるいはイギリスに渡ったということだった。

借金をして、万が一返せなくなったら。もう死ぬしかなくなってしまう。そもそも今の時点ですでに、死は選択肢の一つとなっている。この道の先に見えるのが、死、それのみになったとき。いつかそんな想像をした。響子は指でつまんだ便箋をデスクに戻す。自分のしていることは正しいことなのだろうか。正しいこととは一体何だろう。自分の人生は正しかったのか、間違っていたのか。普通でいい、せめて普通になりたいと思っているだけだったのに、どうしてこんなことになってしまったのだろう。

ときどき、異母きょうだいたちのことを考える。彼らが優秀なのは、母親の血のおかげなのか、それとも育ちのおかげなのか。彼らが生涯で遣う金の総額は、自分のそれと一体どれほどの差があるのか。

携帯が鳴っている。手に取ると、案の定、霧島健司からだった。

霧島はこの間まで勤めていた職場の上司で、二度、無断欠勤を見逃してくれた。勤めはじめた頃、ルックスがよく外面のいい霧島に響子は憧れていたが、彼のいじめのターゲットにされてからは、毎晩のように死んでくれと呪いをかけていた。

三度目の無断欠勤をしてクビが確定してからというもの、彼は日に何度もこうして電話をかけてくる。最初の一回だけ出た。「お前、わかってるだろうけどクビだよ」と言われたので「わかってます」と答えたら、なぜか「今夜会えないか」と誘ってきた。こっちをその気にさせて、からかっているだけなのだ。過去何度もその手口にはまり、恥をかかされてきた。

やがて、着信音は鳴り止《や》んだ。どうせまたかけてくるだろうと思っていたら、すぐに再び鳴りだした。画面を見ると、知らない番号からだった。


雨は二日間、降り続けた。季節が夏から秋へ変わろうとしている。空を湿った雲が覆い隠し、まだ午前十一時過ぎだというのに日暮れどきのように薄暗い。

コーヒーショップに着くと、カウンターでスチームミルクを注文した。できあがったものを受け取ってから、待ち合わせ相手の姿を探す。Ａ４サイズの茶封筒、一つに縛った黒くて長い髪、黄色のカーディガン。カウンター右手に並ぶテーブル席の一番奥に、条件に該当する女を見つけた。響子はそのときになって、鼻の下に生えたうぶ毛を処理していないことを思い出した。眉毛はもっと長い間手を入れていない。一旦トイレに入って鏡を見るべきか迷っているうちに、女の前にたどり着いてしまった。

女は読んでいた文庫本から顔を上げ、「あ」と声を漏らした。その顔にどことなく見覚えがあるような気がして、響子も同じように「あ」と息を吐いた。

「中川響子さんですか」女はつぶやいた。響子はうなずき、「遅くなってすみません」と一応謝ってから、向かいの椅子に座った。

とりあえず、スチームミルクをすすった。思っていたより甘くて熱かった。

女は驚きと戸惑いの入り混じった表情で響子の顔を数秒見つめた後、慌てたように「坂田初音です」と名乗った。左手の薬指に指輪をしている。指輪は二つで、片方にはダイアモンドらしき石があしらわれている。服装は地味、化粧もファンデーションを塗っただけ。それなのに、左手のその部分だけ和室に飾られたシャンデリアみたいに不自然に豪華で、響子は親しみととっつきにくさの両方を彼女から感じた。

「突然お呼び立てしてすみません。どうしても、響子さんとお話がしたくて」

初対面の人間に下の名前で呼ばれたのははじめてだったので、どきっとした。

「あの、あなたは雑誌の記者さんか、何かですか」

響子は聞いた。初音は目を見開いた。

二日前、突然かかってきた知らない番号からの電話を、響子は三回無視した。四回目、これほどしつこくかけてくるということはもしかして母なのではと期待して電話に出ると、聞き覚えのない女の声で名前を確かめられた。戸惑いつつも「そうです」と答えると、今度は思いもよらぬことを聞かれ、しばらくの間、頭の中が真っ白になった。

あなたのお父さんのことをお聞きしたいんです。現在の内閣官房長官でいらっしゃいますね。

初音はくすくすと笑いながら、首を振る。

「違います。わたしはただの主婦です」

「じゃあどうして、その、父のことを」

「塩原みゆ子さんって女性、ご存じですよね」

　響子は黙ってうなずいた。確かにその女を知っている。上京して最初に就いた仕事の同僚で、同期でもあった。

「実はわたし、彼女と同じマンションに住んでるんです。とはいっても彼女、つい最近、旦那さんの仕事の都合で群馬に引越してしまったんですけど。今、妊娠されていて、もう八ヶ月なんですよ」

　響子は塩原みゆ子のマンホールのごとき巨大な丸顔を思い出す。はじめて会ったときは女子プロレスラーかと思った。豪快な外見に似合わず大人しく素直な性格で、洋菓子作りと編み物を趣味にしていた。

「いつだったか、なんてことのない世間話をしていたとき、自分のお友達で、生き別れたお父さんが有名な政治家だって言い張ってる変な子がいる、なんて話を塩原さんがしはじめたんです。その政治家の名前を聞いて、わたし、心底驚いた」

　相槌すら打てず、響子はただぽかんと相手の顔を見つめる。

「塩原さんはその話を全然信じていなかったみたい。だけどわたしは、嘘かどうかはともかく、一度その人に会ってみたいと思った」

「どういうことですか」

「わたしの父もそうなんです。わたしの生き別れた父も同じ人かもしれないんです。わたしたち、異母姉妹かもしれないんです」

ぶっ。大きな破裂音が耳元で響いた。自分の笑い声だった。

「何がおかしいんですか」

頬を引きつらせて初音は言った。

この女は詐欺師だ。間違いない。いつかこのような輩《やから》が現れるだろうとは覚悟していた。自分も同じ男の子供だ、一緒に訴えを起こそうなどと言って、裁判費用をだまし取ろうと考えているのだ。そうに違いない。

「信じてないんですね」

どうしてそんな話を素直に信じると思えるのか、こちらのほうがびっくりしてしまう。それにしても、目の前にいる女は小学校教諭には見えても、まさか詐欺師だとは到底見抜けない。もっとも、見た目だけでそれとわかるようでは、職業として成立していないのだろうが。

「これ、見てください」

初音は自分の右側に置いたバッグから、ハガキサイズのファンシーな柄の入った封筒を取り出した。色は薄いイエローで、可愛らしい熊が跳び箱を跳んでいるイラストが描かれている。だます相手を油断させるために、こんな少女趣味の小道具を使うのだろうか。

封筒に入っていたのは、三枚の写真だった。

初音はそれらを、響子に正面から見せる形で、テーブルに横一列に並べた。

こめかみが、ズキン、と痛んだ。

とっさに、これが合成写真であるという証拠を探そうとした。しかし見れば見るほど、本物だとしか思えなかった。

一番右の写真に写っているのは、明らかに、若かりし頃の自分の父親だった。わりと大柄な女性が、父親にしなだれかかるようにして立っている。響子が持っている写真——首もすわらないぐらいの赤ん坊だったあたしを、喫茶店のような場所で父が抱いているもの——の父と、この写真の男が着ているシャツの柄は同じに見えた。

真ん中の写真は、右の写真と同じ女性が、室内で生まれたての赤ん坊を抱いているものだ。最後の一枚は、その女性と小学校一年生ぐらいの少女が、微妙な距離を置いて畳の上で正座しているもの。少女は、数十年前の初音で間違いないと思われた。

「この男性、誰だかわかりますね」

初音の声は落ち着いていた。響子は自分の膝を見ながら、うなずいた。

「この男性が、あの人。隣に立っているのは、わたしの母です。そしてこの写真は、母と赤ん坊の頃のわたし。それからこれが……」

「わかります。だけど、三枚の写真に何のつながりが？　これだけで、あなたが父の娘だと認めるわけにはいきません」

「でも、少なくとも、母とこの人の間に何らかの関係があったことは、信じてもらえますよね」

「それは……まあそうですけど」

「で、響子さんにもお願いしていましたよね。写真持ってきてくださいって」

途端に初音の目つきが鋭くなる。彼女もこちらに関しては半信半疑のようだ。

響子は一つ咳払いをして、布のバッグから大学ノートを取り出した。折れてしまわないように、その中に写真を挟んできた。

もったいぶった手つきでテーブルの上に載せる。初音はなぜかそれを虫でも見るみたいに横目で確認した。

「これが、あなた?」

初音はいぶかしげな顔を響子に向けた。

響子は三枚の写真のうち、一枚しか持ってこなかった。——一歳半ぐらいのあたしを、波打ち際で両親が両側から手をつないで歩かせているもの——それはかなりひいた位置から撮影されており、よちよち歩きの響子の手を握る父親は横を向いてしまっている。

「他にはないの?」

「ありますけど、今日は持ってこなかった」

「ふうん」初音は、今度は手に取ってしげしげと眺めた。「わたしの母と写ってる写真と比べて、少し太ったみたいね、この人」

「そうですか?」

「うん。でも、髪型は一緒に見える」

「はあ」

「だけど……本当に他の写真は持ってきていないの?」

「ええ」

「この間の電話の話だと、五歳頃まで一緒に暮らしてたみたいだけど」

「そうです」

「そのときの写真はないの？」

「もしかして疑っているんですか」

「いや、そうじゃないの。ただ、写りがあんまりよくないから、わかりにくいなあと思って」

「写真は他にもありますけど、知らない人には見せたくないから」

「そうだよね。わかる。わたしも同じだし」

初音は笑顔で取り繕って、写真を響子に返した。

「とにかく、あたしの写真は本物です。そちらのは、どうかわかりませんけど」

響子は言った。とにかく今は、彼女の持ってきた写真が偽物だと立証できない以上、そのことについては納得したふりをするしかない。彼女が自分の異母姉妹だとして、姉なのだろうか。妹なのだろうか。薬指の二つの指輪、きちんとした身なり、古いがブランドのロゴが入ったバッグなどから、自分よりは相当マシな暮らしをしていると見て間違いなさそうだ。

そう考えると、ちょっと愉快な気分になる。

もし彼女の話が本当なら、おそらく今、初音は打ちのめされていることだろう。感動の初対面を果たした後は、腹違いの姉妹の間でささやかな交流がはじまることを期待していたはずだ。だから会いにきたのだ。しかしきっと、自分たちは今日を最後に、互いの顔を見ることはない。自分のようなできそこないを、身内にしたいなどと考える人間はいないのだ。

「どうしても、会ってみたくて。わたしの妹に」

妹。

「響子さん、今三十歳なのよね？　とすると、わたしの母は多分、あなたのお母さんがこの人と出会うより少し前に知り合って、ほんの短い間だけ、付き合っていたみたいなんです。わたしを妊娠したときは、もうすでに関係は終わっていたようで。だから実はわたし、この人とは一度も会ったことがないんです」

初音は父親のことを少なからず憎んでいるらしい。この人、という言い方から、響子はそう感じ取った。

「あたしのこと、知ってたんですか」

響子は聞いた。初音はうつむいて首を振る。

「知らなかった。でも、母がしょっちゅう、他にも隠し子はいるはずだって話していたし、わたしもそうだろうなと思ってました」

「名乗り出ようと思ったことはある？」

「ううん。正直、この人のことはどうでもいいの。でも、もしわたしと同じように捨てられた子供がいるなら、会ってみたいとはずっと思ってた。この人、音楽が趣味だったでしょう」

響子はうなずいた。

「だから子供には音楽に関係のある名前をつけたいって、いつも話していたそうです。だからわたしは初音。あなたは響子。実をいうと、あなたの名前がそうだと知って、その話は嘘じゃないかもって思ったの。ところで、今の家庭の子供たちの名前、知ってる？　上の男の子はソウタ。奏でるに太い。下の女の子はサヤカ。爽やかな歌、ですって。ただしわたしの名前は、母がその話を覚えてて、勝手に考えてつけただけなの。あの人は、わたしを産むこと自体、認めてなかったみたいだから」

響子という名は祖母がつけたと聞いていた。何かがこみ上げそうになって、舌をかんで耐えた。

「ねえ、響子さん。今まで、どんなふうにして生きてきたの？　生まれたときから今までのことを、教えて」

エース1

後ろ姿をぼんやり眺めながら、ああやっぱり三十歳っておばさんなんだなあと、新之助は思った。おそらく他の同年代の女よりは、彼女は若さをキープしているほうだと思う。この間ナンパしたカスミとかいう女、確か二十三歳だと言っていたけど、あいつのほうがよっぽどだらしない体をしていた。それに比べて女の腹は相変わらずぺちゃんこで、足は鍛え抜かれた馬のように長く、引き締まっている。そのわりにほどよく太ももがむちむちしていて、それが異様にエロかったりする。本人も自分のスタイルに自信ありげだ。しかし。背中。たるんでいる。背中は自分で見ることができないから、自覚するのが難しいのだろう。それと肩に広がるあのものすごい数の茶色の染み。カレーうどんの汁がいっぱい飛び散った白い服みたいになっている。あれが彼女の貧乏臭さを二百倍増しぐらいにしているような気がする。

　そういえば、来週の七月十五日は女の三十一回目の誕生日だ。

　こんなふうに、セックスした相手の欠点を目の当たりにすると、新之助はいつも思うことがある。もしプロに入っていたら、こんなB級と付き合う必要もなく、もっとレベルの高い女だけを抱き続けていれば済んだのかもしれないということだ。たとえばモデルとか、グラビアアイドルとか。要するにハズレ無し。新之助は考える。今の俺の状態では、モデル並みのスタイルの女を抱くのはなかなか難しい。というかもうそれは奇跡に近い。結局、俺の人生のピークは高校三年の夏だったということなのだろうか。あのときに、もっとたくさんのモデル級の女を抱いておくべきだった。まさに入れぐい状態だった。いや、餌など撒《ま》かなくても、じっとしているだけで女が俺の上にまたがりたがった、あの日々。思い出すだけで懐かしすぎて涙が出てくる。ああ、Y高じゃなくて、例えば、そうだ、N高とかに入っていればなあ。もう少し肩ももったかもしれないよなあ。Y高はしょぼかった。俺以外に使えるやつが一人もいなかった。俺一人の力であそこまで勝ち進んだようなものだ。俺がいなかったら県大会のベスト8にすら残れなかった。N校は層が厚かったから、あそこまで酷使されることはなかったはずだ。それとも大学なんかいかずにそのままプロに入っていれば、少なくとも二年はおいしい思いができたのだろうか。そういえば大学一年のとき、当時グラビアアイドルとして人気だった榎本夏生と合コンで知り合い、「プロに入ったら結婚してください」って逆プロポーズされたことがあった。当時の彼女はやや太り気味で、好みのタイプとはほど遠く、冷たくあしらってしまった。あの後、彼女が女優としてあそこまで大成するとは思ってもみなかった。榎本夏生と結婚していればなあ。今頃、金の心配もなく遊んで暮らせたよなあ。

ま、過ぎたことを考えてもしょうもない。そもそも俺、野球嫌いになってたし。才能はあったけど。それにやっぱり昔も今も、榎本夏生を抱きたいとは思わない。あのプルプルの二の腕と、しゃくれた顎がどうも苦手だ。無駄に巨乳なのもなんだか気に食わない。いかにも乳輪がでかそうだ。乳輪のでかい女が一番ひく。

「はい、できたよ」

女が振り返って言った。小ぶりの乳房がぷるんと揺れるのを、新之助は見逃さない。女からシャツを受け取った。直してもらったボタンのところを、なんとなく指で確かめる。自分でできると言ったのに、女が「わたしがやる」と強引に奪い取ったのだった。

「裸で裁縫する姿って、何か変だよ」

新之助が言うと、女は少しだけ笑ってベッドに倒れ込み、シーツで体を隠した。

「お裁縫セットを常に持ち歩いてる男も変だけどね」

「いや、たまたま鞄に入ってただけだから」

「あんたって昔からそう。ずぼらに見えて、意外と几帳面なのよねえ」

女がテレビを消した。新之助は床に脱ぎ捨ててあった古着のTシャツを着ようとして、視線を感じて女をちらりと見る。女は眉をひそめた深刻そうな顔で、新之助をじっとにらみつけていた。もしかして、もう一回やりたいのかな。でも今日は二回もやったし、やろうと思えばできないこともないけど、ああ、なんだか今日はとても疲れた。はやく帰りたい。新之助は首を回して、骨をぽきぽきと鳴らした。俺も歳をとったということだろうか。だってもう今年で二十八だしな。

女は、自分が先に新之助のことを見ていたくせに、むっとした様子で「何か用？」と彼に聞いた。新之助は「いや」とつぶやいて、さっきボタンをつけ直してもらったシャツを羽織る。俺はこれからの人生、この女とあと何回セックスするのだろう。そもそも今日を合わせて何回セックスしてきたのか。想像もつかない。はっきりしているのは、これほど長く関係が続いているのは、彼女をおいて他にはいないということだ。

つまり他の女は全員、新之助の人生が下降線をたどるとともに、少しずつ姿を消していった。彼女たちに対する恨めしい気持ちはこれっぽっちもない。俺が女でもそうすると新之助は思う。いい男にはいい女がくっつく。この「いい」には男女で違いがあって、男の「いい」は仕事とか、有名であることとか、金とか、そういうものだ。女の「いい」は、ただ単に外見。俺は、自慢じゃないが外見はいい。何より顔がいい。いや、単純に整っているとかそういうことではない。俺にはどうやら、女にしかわからない、色気、があるらしい。母性本能をくすぐる顔だ、と何度か言われたことがある。でも仕事と金がなければ、色気も母性本能もどちらも無意味だ。知名度はとうの昔にすっかり失った。

新之助と女が知り合ったのは、新之助の人生折れ線グラフが、ちょうどもっとも高い位置を示していた頃のことだった。高校三年の夏の甲子園、決勝戦で二百十二球を投げて優勝した。大会期間中はさすがの新之助も試合のことを考えるだけでせいいっぱいで、自分が世間からどれほどの注目を集めているかなんてことには気が回らなかった。地元へ帰ってくると、屋内にいるとき以外は常に報道陣に囲まれているような異常な生活が待っていた。しかしそんな日々は、新之助にとってなんだか他人事《ひとごと》のようだった。みんな本当の俺じゃなくて、幻想のようなものを必死になって追いかけている。そんな感じがした。今考えれば、もう少し積極的にアピールしておけばよかったと思う。そしてテレビ局のスタッフと懇意にしておけば、もっとマシな未来が待っていたのかもしれないとも思う。時間が経つにつれてマスコミ連中の起こす騒ぎは落ち着いていったが、いわゆる「おっかけ」は、減るどころか日に日に増える一方だった。おっかけ女たちの中には当然ピンからキリまでいて、断然キリのほうが多かった。というよりキリばかりだった。レベルの高い女は、誰のおっかけもしないのだなと十七歳の新之助は思った。そんな中で、ほとんど唯一といってもいいほどの、ピン、として彼の目に留まったのが、当時、都内のお嬢様大学に通っていた、女だった。

とっくの昔に童貞を失っていたどころか、その時点で経験人数はゆうに百人を超えていた新之助だったが、付き合う相手は自分と同じ高校生か、中学生ばかりだった。だから女が、とても大人っぽく、美しく見えた。実際あの頃の彼女は、誰が見ても文句なく美しかったのだと思う。後から知ったことだが、女はその頃、雑誌の読者モデルをしていて、女子大生の間では結構な有名人だった。練習を終えて自宅に帰る途中、突然正面からやってきた女に、「サインください」と声をかけられたとき、新之助はとっさに周囲をきょろきょろと観察してしまった。悪質なテレビ番組が、ドッキリカメラを仕掛けたと思ったのだ。

その日の女の姿を、今でもはっきりと覚えている。ななめに流した前髪、体の線がくっきりとわかるタイトな白のトップス、黒の膝丈のスカート、黒の網タイツ、肩にかけたバッグはグッチの持ち手が竹のやつだった。戸惑う新之助に、女はニコリと妙に作り物めいた笑顔を見せた。この女は、俺のことを童貞か、それに近い感じだと決めつけている。そして、美人でファッションセンスのある自分には、こんな子供はいとも簡単に御《ぎょ》せるだろうと高をくくっている。そう思った新之助は、わざとドギマギしながら、女が差し出した色紙にサインした。隅に自分の携帯電話の番号をこっそり書いておいた。その翌日、新之助は女とラブホテルへいった。

何度か会うにつれて、女はどうやら、新之助と付き合うことが友人たちへの自慢のネタになると思っているらしいことがわかってきた。練習が忙しくアルバイトもしていなかったので、ファミレスのハンバーグすらごちそうしてやれない自分のどこにそんな利用価値があるのかわからなかったが、女は金より、ただ新之助の知名度が魅力的だったようだ。

それでも、新之助は女と会うことをやめなかった。女がどう思っていようと、そんなことはどうでもよかった。同時に、他の女と付き合うこともやめなかった。というより、新之助の中に、「女と付き合う」などという概念は存在しない。彼にとって女は三つの種類に分かれる。やりたいと思う女。やってもいいと思える女。やりたくない女。やりたいとまで熱望できるほどの女にはめったに会えない。やってもいいかな、と思えたら、とりあえずやれるように努力する。どんな女も大抵一度目はものすごくガードが堅い。しかし二度目以降、徐々にいろんなところが柔軟になっていく。それがいい。逆に最初からゆるいと大層冷める。女はやっぱり保守的なのがいい。プログレ女はダメだ。徐々に柔らかくなった女は、次第にご飯をおごってくれたり、服を買ってくれたりするようになる。そうこうしているうちに、勝手に女のほうで二人は付き合っているということになっていたりする。新之助は一度も認めた覚えがないのに。だがそれについて何も言わない。女の好きにさせておく。余計なトラブルを避けるために、一応は、他の女の存在は隠すよう努力する。が、ばれたところで慌てない。一人ぐらい減ったって別にどうってことないからだ。また新しいのを補充できるわけだし、勝手に気づいて勝手に去っていってくれるのは、逆に都合がいいとさえ思う。

そもそも、浮気、とか、二股、などという言葉の存在意義もよくわからない。世界中にこんなにたくさんの人がいて、ただ生活しているだけでものすごくたくさんの人と知り合うことができるのに、どうしてセックスの相手を一人に限定しなければならないのか。この国で家族をいくつも持つのは経済的に苦しいだろうから、一夫一婦制には反対しない。だが「不貞行為」などとして、配偶者以外との性行為を法律で禁じてしまうのはどうなのか。そんなの人の勝手じゃないか。もっとその辺ルーズにしておいたほうが、みんな幸せに明るく暮らせるのではないか。避妊と性感染症予防をせずに不特定多数の相手とセックスした人間だけ、罰すればいい。それさえ守れば自由。誰とやってもオッケー。そんな世の中になれば、旦那の浮気に苦しむ主婦の悩みも解決するだろうし、上司との不倫地獄の只中にいるOLだって、開き直ってより楽しい人生を送れるはずだ。

新之助は心の底からそう考えているが、これまでに共感してくれた人間は一人もいない。高校時代からのナンパ仲間で、新之助には遠く及ばないが、二百五十二人の経験人数を誇る友人の達也でさえ、自分の浮気はいいが相手の浮気はだめなどと、よくわからない矛盾を口にしたりする。浮気という概念そのものが無意味なのに。どうしてみんなそのことに気がつかないのだろう。

その女も、新之助の考えを認めてくれたわけではないが、ただ他の女とは違って、新之助の、不貞、を知っても離れていくことはしなかった。それどころか、「違う女とするときは必ずゴムをつけなさい」などと年上らしく指導することさえあった。そんなふうにしばしば弟のように扱われ、それは彼にとってやや不愉快なことだったが、少なくとも当時は、自分より女のほうが、いろんなことを知っていたし、経験豊富だったのだから仕方がない。

女が自分と同じく、養子に出された経験があるということを知ったのは、出会ってから一ヶ月ほど経った頃だった。場所は高校近くにあった激安ラブホテル、休憩三時間二千五百円。三年間で五百回ぐらいは使ったような気がする、ベッドとテレビとシャワーしかない小さな部屋。新之助は普段から、自分が養父母に育てられていることを隠そうとはしていなかった。だからなんとなく話の流れで、自分と両親の間に血縁関係はないと打ち明けたとき、女がとても驚いた顔で「わたしもそうなの」とつぶやいても、とくに大した感想は抱かなかった。だがよく考えれば、自分が養子であると公表している人間は周りに一人もいなかった。もしかすると本当はそうなのにいろいろな事情で隠している人も案外たくさんいるのかもしれないと、そのときはじめて考えた。そして、別に大したことじゃないのにな、と思った。

現に女は、ずっと隠して生きてきたのだ。新之助は自分の生い立ちの全て、生家のあった住所から本当の兄弟の人数、以前の苗字まで一気に打ち明けたが、女が口にしたのは、実の父親には一度も会ったことがないということだけだった。そこまで隠されると逆に気になってしまい、しつこく問いただした。そうしながら、女の何もかもを知ってしまうのは、なんだかとてつもなく面倒臭いものを背負い込むことにもなりそうだと気がついて、途中であきらめたふりをして話題を変えた。途端に、女の目の色が濁った。本当は聞いてほしかったみたいだった。ああ、やっぱり聞かなくてよかったと、心の底から新之助は思った。

高三の秋、新之助が早々に大学進学の意思を表明したとき、周りの人間で反対したのは女だけだった。養父母は将来のことを考えてもとから進学を熱望していたし、野球部の監督に至っては、お前のようななまけ者は絶対にプロでは成功しないと、野球そのものをやめることを本気で新之助に勧めていた。新之助自身、あの時点でプロへいく気はほとんどなかった。自信はなくはなかったし、もっとちやほやされたいという願望もなくはなかった。しかし、今のままでも周囲は十分すぎるほど自分を特別扱いしてくれる。相変わらず女にもてまくってもいる。これ以上身辺が騒がしくなるのも、それはそれで面倒臭い。多額の契約金や年俸は確かに魅力的だったが、彼の養父母はとても裕福だった。それにやはりどうしても、肩が心配だった。プロに入って投げまくったら、あっという間に壊れてしまうだろう。そのぐらい彼の肩は十七歳の時点で深刻な状態となっていた。四年間、大学野球のノロノロペースでだましだましやっていれば、知らないうちに不安な部分もいやされ、元通りになるかもしれない。それどころかもっとすごい球が投げられるようになっているかも。自分の都合のいいように考えているとは思わなかった。むしろ、この先の俺の人生は、何もかもが自分の都合のいいように進んでいく。当時の新之助は何の疑いも抱かず、腹の底からそう信じていた。

十五歳までの人生が、人と比べてあまりにも不運すぎた。あまりにもひどかった。犬とか猫とか、そういうのと同じレベルの暮らしだった。十五年間で、普通の人の五倍ほどの不幸はみっちり味わったような気でいた。子供時代がこんなに不幸だったのだから、逆にこれからはいいことしか起こらない。人生において不幸と幸せの量は半分ずつ、という話を、いつか誰かから聞いたことがある。それはただの迷信ではなく、真実のような気がしていた。

現に、養子に出された後の人生は順風満帆そのものだった。養父は弁護士でありながら都内にいくつもマンションを所有しており、莫大な家賃収入があった。養母は有名な童話作家だった。昔のテレビドラマにでも出てきそうな、絵に描いたような金持ち夫婦だった。

養父母はもともと、実父がやっていた商売の顧客だった。新之助は勘がいいという理由で、きょうだいの中で一人だけ父の手伝いについていかされることが多くあり、それで養父母とも顔見知りになった。養父が大の野球好きということを知ると、実父の目を盗んでは、甲子園にいきたいが高校に進学するのは経済的に難しいかもしれないなどと、悩みを打ち明けるようになった。下心はなかった。野球の話ができれば誰でもよかった。そんな相手は、学校にも、家の中にさえもいなかったのだから。新之助を不憫《ふびん》に思った養父が自ら養子縁組を実父に申し出たときも、このおじさんもしかして頭がおかしくなったんじゃないかと驚くだけだった。まさか本当に実現するとは、夢にも思ってもみなかった。

しかしよく考えれば、金とセックスのことしか頭になかった実父が、これを拒否する理由はない。あっという間に、新之助は生まれ育った家に別れを告げることになった。名残惜しい気持ちは少しもなかった。きょうだいたちのことを思い出すときだけ、人生において不幸と幸せの量は半分ずつ、という話はもしかして嘘なのかもしれないと考える。だって、あいつらの誰一人として、不幸の泥沼から這《は》い上がる才能も根性も運もあるようには思えないから。人生を逆転させるには、やっぱりある程度の才能とか運が必要なのかもしれない。俺には才能があってよかった。それにこの国に野球というスポーツが根付いていて、本当に本当によかった。俺は強運の持ち主でもあるのだ。

そんなふうに、十五歳からの人生があまりに順調だったせいで、この先もずっと順調であり続けると思い込んだ新之助は、だから、大学の三年の夏に肩が痛くて痛くてどうしようもなくなったときも、大したショックを受けなかった。

手術をしなければ、もう投げられない。手術をしたところで、リハビリが完了するのに三年はかかる。これが専門家の診断だった。周囲の誰もができるだけ隠すよう忠告したが、新之助は懇意にしていた新聞記者に全て打ち明けた。翌日の朝には、話したことの何もかもが記事になっていた。同時に、プロへの道は断たれたも同然になった。

中学のときはあれほど好きで、プロになれなければ死ぬとまで思っていた野球をあっけないほど簡単にやめることができたのには理由がある。故障する以前より、大手の芸能プロダクションからタレント契約をしないかという誘いを受けていたのだった。

仲介役になったのは、女だった。女はお嬢様大学を卒業した後、六本木でキャバクラ嬢をしていた。本当は雑誌の記者か何かになりたかったらしいが、夢叶わず、就職をせずにそのまま学生時代からのアルバイトを本業にした。女は常日頃から客や同僚たちに対し、K大学野球部の堺君と友達だと自慢げに吹聴していたらしく、噂がめぐりめぐってプロダクション幹部の耳に入り、新之助へのオファーに至った。その後、女と幹部は愛人関係になったが、そんなことはどうでもよかった。

もちろん新之助にとっては願ってもない話だったが、案の定、養父からは猛反対された。プロ野球を目指すことにすら渋い顔をしていた養父が、より浮き沈みの激しい芸能の仕事を許すはずはない。できれば弁護士や会計士など難易度の高い資格を得るか、それが無理なら公務員になってほしいというのが、彼のたっての希望だった。

俺にはこんなに知名度があって、顔もよくて、おまけにスター性もある。それを生かさずにおくのはあまりにももったいない。親のコネで弁護士になれるのならいいが、勉強する時間があるならナンパしたいし、まして公務員なんて地味な仕事、頼まれたってやりたくない。養父に対してそうはっきり断言したことはなかったが、新之助は自分が間違った考えを持っているとは思えなかった。意思を曲げるつもりもなかった。

大学三年の一月、芸能プロダクションの幹部も交えて、最初で最後の家族会議が開かれた。

決裂した。新之助にとって、この結末は衝撃的だった。どうしてもタレントの仕事がしたいのだと熱意をもって話し続ければ、養父もいずれ折れてくれるだろうと高をくくっていた。新之助にとって養父は、よく言えば柔軟な、悪く言えば御しやすい父親だった。新之助がしょっちゅう部屋に女を連れ込んでも何も言わないし、小遣いは求めれば求めるだけくれる。弁護士のくせに、無免許の頃からセカンドカーを新之助に使わせていた。それなのに、進路のことになると岩のように固くなって譲らない。なぜ養父がそこまでこだわるのか、一つだけ心当たりがあった。

養父は占いを妄信していた。かかりつけの占い師というのが何人かおり、その中で養父がもっとも信頼していたアミコとかいう女に、余計なことを吹き込まれているようだった。養父はアミコのキャッチコピーであった「卑弥呼の生まれ変わり」という戯言《たわごと》すら、本気で信じていた。

本格的に弁護士を目指すか、あるいは我々の用意した縁故採用を受け入れるか、もしくは公務員採用試験を受験するか。それ以外は認めない、自分の反対を押し切ってでも芸能人になりたいというのなら。

勘当。

そう言われた。

驚いた。驚いたが、頭の中は冷静だった。だから大げさに驚いた顔を作りつつ、必死になって身の振り方について考えた。勘当とはつまり、今後は養父の経済力を当てにはできなくなるということだ。もしかしてあの占い師はうちの財産を狙っているのかもしれない。しかしここでその話をしても逆効果だ。占いをバカにするのは養父に対して一番してはいけないことだった。勘当。

勘当。勘当。脳裏に文字がプカプカ浮かんだ。まさか俺の夢よりも占い師のヨタ話を尊重するとは。そういえば俺を養子にすると決めたのも風水師にアドバイスされたからだと話していたもんなあ。結局、俺のことが可愛かったわけでも、まして子供が欲しかったわけでもないんだよなあ。

養父母のところに残れば、一生食いっぱぐれることはない。それどころか死ぬまで贅沢三昧だ。しかし、やはりどうしても、新之助はあきらめることができなかった。たとえ養父の言う通りにしたところで、うまくやっていける自信もない。いつかきっと、俺は二人を裏切るときがくる。自分がどんな人間か、十分わかっていた。期待にこたえられない。有名大学にいけたことさえ、奇跡のようなものだった。

賭けだ、そう思った。人生において不幸と幸せの量は半分ずつ。十五歳まで、あれほどひどい暮らしに耐えたんだから。嫌なものをたくさん見た。痛い思いもたくさんした。これから先、養父と同じぐらいとは言わないまでも、たくさん金を稼いで、超足の長いモデルを嫁さんにもらうぐらい成功しなきゃ計算が合わない。だから俺がどんな選択をしようと、失敗などするはずはないのだ。

新之助は家を出た。生活の面倒はプロダクションが見てくれることになった。大学は中退した。

それから一年ぐらいの記憶が、あまりない。とにかく毎日ストレスの積み重ねだった。二十二歳での芸能界デビューは決してはやくはない。くわえて新之助は、まともな演技や歌のレッスンを受けたことが当然全くなかった。どれだけ訓練しても、セリフ一つまともに言えない。歌も上達しない。テレビのバラエティ番組に呼ばれても、笑っているのがせいいっぱいで気のきいた返答一つできなかった。現場ではスタッフや先輩のタレントに嫌味を言われた。最初は壊れ物を扱うように新之助の世話を焼いたプロダクションの人間たちも、日に日に数が減り、次第にあきらめのムードを漂わせるようになった。野球界では圧倒的なエリートだった新之助にとって、かつてないほどの屈辱にまみれた日々だった。

やがてレッスンをさぼるようになり、寮にも帰らず女のところを転々とするようになった。ところが二年目に入ると同時に、担当マネージャーが替わり、それが一つの転機になった。その山本という男は入社して一年足らずだったが、新之助を俳優として成功させようと熱心に動き回ってくれた。新之助も心を入れ替え、演技レッスンに力を注ぐようになった。それまで避けていた舞台の仕事も引き受けたし、暇さえあれば自主的にオーディションを受けた。高校野球のスターだった自分は忘れることにした。女遊びも控えた。

二年目の終わり、大きなチャンスを手にした。著名な舞台演出家の映画監督デビュー第一作の、準主役に抜擢されたのだ。母親殺しの疑いをかけられた主人公を追い詰める重要な役どころで、クランクイン前には厳しい稽古がおこなわれた。興行的には決して成功したとはいえず、一部の評論家に演技を酷評されたりもしたが、若手俳優がたくさん出演していたこともあり、大きな話題になった。新之助のもとにも、テレビドラマや映画出演のオファーがいくつか舞い込んだ。ほうら、やっぱり、俺の人生はどうやったって成功することになっている。新之助は再び有頂天になった。新之助の人生折れ線グラフは再び上昇しはじめたかに見えた。

が、すぐにまた下降した。

はじめての連続ドラマ出演が正式に決まった日、同じプロダクションの若手女優が、現在妊娠三ヶ月であると自身のマネージャーに伝えた。子供の父親が、新之助であるということも。新之助の記憶が正しければ、その女優と関係を持ったのは一度か二度だった。真実がどうであれ、もっとも売り出しに力を注がれていた女優におてつきをするという失態を犯したことに間違いなかった。新之助の芸能生命は風前のともし火となった。

そのわずかに残った火が完全に消されることになったのは、女優が秘密裏に中絶手術を受けてから一週間後のことだった。テレビドラマの撮影現場で、「でくのぼう」と陰口を叩かれたことに腹を立て、男のＡＤをたまたま持っていた小道具の傘で殴った。人に暴力をふるったことなど、このときをおいて後にも先にもない。ＡＤは左目の視力が失明寸前まで落ちた。何もかもが悪いほうへ向かっていた。原因はわからないが、いくつかの歯車が壊れてしまっていた。

これ以上、面倒見切れない。マネージャーはつぶやいて、涙を流した。彼はほどなくして、イベント関連の子会社に出向になった。新之助はドラマを途中降板し、そのまま芸能界を引退した。二十四歳で無職になり、それ以降、一度もまともに働いていない。飯は女たちが食べさせてくれる。住むところも女たちが提供してくれる。女と女がもめて、殺されそうになることが年に五度ぐらいある。こんな人生だが、まだ死にたくない。

だって、人生において不幸と幸せの量は半分ずつなのだから。今はまた、数年間の不幸ゾーンの中にいるだけだ。これがいつまで続くかわからないが、いずれ終わるのだから耐えるしかない。それに今の暮らしは、十五歳までのそれと比べれば極楽もいいところだ。

「じゃあ、俺、帰るわ」

「あ、そう。じゃあ、はい、これ」

女はまだ裸でいる。新之助はいつか誰かにプレゼントされたエルメスのトートバッグを肩にかけ、女から金を受け取った。


自分が現れたことに、思いのほかみんなが驚いてくれなかったので、新之助は腹を立てている。第一、たかだか同窓会くらいでこんな気取ったイタリア料理屋なんか予約するなよ。心の中で悪態をつく。男は会費七千円とかふざけすぎだろ。それでどうして女は五千円だよ。二千円の差はなんなんだよ。忙しい中わざわざきてやったのに、超つまんねえ。あーあ、一人でラーメンでも食ったほうが一億倍マシだよ。

「それにしても、新之助君は変わらないよね。他の男子はみんな老けたけど」

左隣の女がなれなれしく新之助の太ももに手を置いて言った。佐藤智子。高校時代はテニス部だった。他に、彼女に関する記憶はない。今はカーディーラーで事務員をやっているらしい。新之助はわざと腕に腕をぴたりとつけ、酔ったふりをしてじっと目を見つめた。彼女は不敵に笑っていたが、すぐに照れて顔を伏せた。

「いや、子供ができると男は老けるんだよ。堺はまだ独身だろ？　現役バリバリって感じだもんな」

新之助の真正面に座っているスーツ姿の男が言う。林正雄。帰宅部。三年のときに同じクラスだったが、当時は一言も口をきいたことがなかった。それなのにさっきからやけに親しげに話しかけてくるので、新之助はムカムカしている。

「えー、子供ができて老けるのは、女じゃないの？」佐藤智子が言い返す。彼女はバツイチで、子供はいない。

「いや、それが違うんだな」と口を挟むのは井川武。井川は軟式野球部員で、昔から気が優しく女にもてた。大卒後、親のコネで大手メーカーに就職した。

「女の人ってさ、とくに最近は、化粧とか髪型とかのバリエーションも増えて、アンチエイジングっていうの？　ああいうのがすごいじゃない。それに出産するとさ、ホルモンの関係なのか、逆に一瞬若返ったりするんだよね。とにかく最近のお母さんはみんなきれいだよ。だけど男の場合、子供ができると守りに入っちゃうっていうか、女の子にもてたいって気持ちが減って、一気に老け込んじゃうんだよね」

井川は大卒後すぐにできちゃった結婚をし、今では子供が三人もいるらしい。確かに彼は老けた。額が一・五倍ほど広くなった。とても二十代には見えない。

「ああ、わかるかも」と井川の左隣でけだるげに頰づえをつく後藤久仁子がつぶやいた。現在の姓は山田。ヤマダクニコ。三後藤の一人。当時、後藤という姓を持つ美しい女子生徒が三人いて、総称してそう呼ばれていた。新之助は学年で唯一、三後藤を制覇した男だった。他の二人の後藤の姿は見えない。

目の前にいる後藤久仁子に、三後藤時代の面影は皆無だった。ただの太ったオバサンだった。

時間とは本当に残酷なものだと新之助は思う。

「うちの旦那、まだ三十三なのに、見た目はもう四十過ぎ。頭もハゲちゃって。新之助君と結婚してればよかったわ」

両腕で挟んだ豊満な胸をテーブルに載せながら、後藤は身を乗り出した。昔はあんなに奥ゆかしかったのに、などと思いつつ、つい流し目で彼女を見つめてしまう。

「本当、新之助だけ時間が止まってるみたい。大学時代のままだよ。今は何？　広告代理店で働いてるんだっけ？」

井川に聞かれ、新之助は煙草をくわえながら黙ってうなずいた。佐藤智子が火を点けてくれようとしたが、優しく断ってから自分のライターを使った。

「すごいよなあ。あの会社ってなかなか入れないんじゃないの？　新卒入社の倍率が何千倍だかって話、聞いたぜ？」

「いやいや、大したことないって。俺の場合、前の仕事関係のコネがあったからさ」

「おや、同業者発見しちゃったかな？」

さっきまで別の連中と話し込んでいた東沢徹が、いきなり割り込んできた。元サッカー部でフォワード。家が新之助の養父母をしのぐ金持ちで、当時からいけすかない奴だと思っていた。

「俺、お宅の同業他社に勤めてるわけだけど。ま、お宅が一番手で、うちは二番手ですが。あ、これ名刺」東沢は小さな四角い紙を手裏剣みたいにして飛ばす。遠くの壁に当たって落ちた。

「俺はテレビ関係なんだけど、そっちの会社にも知ってる人たくさんいるんだよね。堺はどこのセクション？」

「あー、悪い、俺、経理なの。テレビとか関係ないんだ」

「……へえ、そうなんだ。派遣じゃないよな」

肌で感じる。うさんくせえっていう、空気、みんなの視線。そんな目で俺を見るな。バカにするな。

「ま、でも大きな意味では同業者なわけだし、今度飲みにでもいこうよ。名刺くれる？」

そのとき、テーブルに置いた新之助の携帯がぶるぶると震えだした。二週間前に別れたはずの女からの電話だった。なんてグッドタイミング。使えない女だと思っていたが、今、はじめて役に立った。

「わりい、ちょっと」

新之助はいそいそと立ち上がり、店の出口に向かった。電話に出るふりだけをして、携帯の電源を切った。

外は小雨が降っていた。芸能界を干されてからというもの、こういった類《たぐい》の集まりは避けてきた。野球部OBの飲み会にすら長いこと参加していない。高校時代にバッテリーを組んでいた河合に、「同窓会のたびにお前の話題になる、とくに女子はお前に会いたがってる奴が多い」などと言われ、喜び勇んで顔を出したらこのザマだ。誰も俺のことを覚えていないじゃないか。俺と会うことなんか期待していないじゃないか。すっかりそのかされた。東沢につっかかられているとき、遠くの席で河合がさも嬉しそうににやにやしているのが視界に入った。俺に何の恨みがあるんだ、あいつ。とそこまで考えて思いつく。ああ、もしかして、ばれたのかな。あいつのカミさんと、やっちゃったこと。

「あのう、すみません」

背後から声をかけられ、振り返った。出入り口をふさいでしまっていたことに気がつき、慌てて横にどいた。しかし女はその場を動かず、もの言いたげな目で新之助を見つめている。

「えっ、何か用？」

「あ、あたし、小川です。小川妙子」

「ああ、小川さん、久しぶり」

その名前に聞き覚えもなければ、目の前に立つ女に関する記憶は全くない。

「えっ。覚えてくれてるの？　本当に？」

「当然だよ。同じクラスだったよね？」

「……一度も同じクラスになってないけど」

「そうだっけ？　あれ？　わかった、野球部のマネだった？」

「違います……」

「でも、一度か二度は、しゃべったことあったよね？」

「うん。あったけど……」

「いつ、どんな話をしたっけ？」

小川妙子は頭をぶんぶん振りながら、フヒヒッと笑った。全体的に挙動不審な感じだ。一瞬、脳の奥がざわざわっとした。ああ、何かを思い出しそうだ。

「二年のとき、友達に堺君のこと、音楽室に呼び出してもらって……」

「ああ思い出したっ。泣いちゃった子だ」

あれは二年のときだったか。一年じゃなかったか？　三年間で何度も同じようなことがあったので、記憶がごっちゃになっている。ただ、告白を断った瞬間、目の前で号泣されたのは後にも先にもあれだけだったので、他の女子よりは多少は印象に残っていた。

それにしても、十年もの月日が流れれば人は本当に変わるものだ。三後藤のうちの一人の後藤久仁子は美少女からブタおばさんになり、小川妙子はブス女子高生から、明らかな美人に変身していた。

細身の体。新之助の好みからすると、身長はやや低すぎるし、服のセンスもいまいちだが、きつめのジーパンを穿いた脚の感じは悪くない。太ももと太ももの間にある隙間がいい。エロそうな脚。裸を見たい。

「本当に恥ずかしい。過去に戻って全てをやり直したい。あのときはどうかしてたわ。自分みたいにダサイ女子が、堺君の相手になれるわけないのにね」

小川妙子は顔を真っ赤にしながら身をよじる。あのときと同じだ。記憶がずるずると引きずり出されていく。

「いや、でも小川さん、すごく変わったから、気がつかなかったよ。きれいになったっていうか……もしかして、整形した？」

「やだ、そんなわけないじゃない。痩せたぐらいかな。本当、何もしてないよ」

「今日きてる女子の中で、一番若く見える。十代に見えるよ」

「そんなあ。お世辞うまいなあ。でも、いつも家の中にいて、日に当たらずに済んでる分、肌の衰えが緩やかなのかも。家で仕事してるから」

ということは、結婚しているのか。人妻とやるのは後が面倒だから、やめておいたほうがいいだろうか。

「仕事って、何？　内職？」

「やだっ。内職って、いつの時代の言葉？」小川妙子はさらに身をくねくねとよじる。随分と体が柔らかそうだ。「漫画家なの、わたし」

その瞬間、後頭部を重たいものでガツンと殴られたような衝撃を感じた。いつだったか、誰かが言っていた。同じ高校の奴に、超売れっ子漫画家になった奴がいるらしい。年収が一億近くあるらしい……。

「ねえ、俺さ、もうつまんねえし、抜けちゃおうと思うんだけど」新之助は平静を装いながら、店のほうを指差した。「小川さんはどうするの？」

「あたしも帰ろうと思ってる。女子はみんな結婚してて、幸せ自慢ばっかり。もう疲れちゃった」

「だよな。独身同士、ちょっとその辺で語り合おうよ。同窓会のやりなおしだ」

小川妙子はもともと赤い頬をますます赤く染めてうなずいた。新之助の中で小さな新之助が、本物の新之助の代わりに思いっきりガッツポーズする。ついにきた。ついに、再び俺の時代がきた。ほうら、やっぱり。それ見たことか。長年の不幸ゾーンを抜けるときがやってきたのだ。人生を取り返すチャンスが、めぐってきたのだ。

「じゃ、俺、車できてるからさ、大丈夫、酒は飲んでないよ」

良子《よしこ》から車を借りてきておいてよかった。少しぐらいはあいつに感謝してやってもいいだろう。新之助は小川妙子の生脚を想像しながら、ポケットの中のキーケースを握った。

小川妙子は処女だった。お互い素っ裸になり、いざ彼女の脚を舐《な》めようとしたところで、突然打ち明けられた。彼女はそのままバタンとうつぶせに倒れ、めそめそ泣きだしてしまった。二十八歳で処女。なんか、すごい。処女膜とかどうなってるんだろう。そもそも入るのか？ていうか、血とか見るの、嫌なんだけど。

「ごめんね、新之助君。本当、恥ずかしい、あたし。この歳で未経験なんて」

泣くぐらいならなんで俺のこと家に入れたんだよ。なんで自分から寝室に誘ったんだよ。わけがわからない。そう思いつつも、新之助は彼女の肩にそっと手を置き、「そんなことないって」と慰めの体勢に入る。「人それぞれだし、歳とか数とか、そんなこと大した問題じゃないよ」

「うそっ。新之助君、絶対あたしのこと、気持ち悪い女だって思ったでしょ」

「思わないって。まあ多少はびっくりしたけどさ」

「ほらっ。やっぱり」

「違うって。そうじゃなくて、なんていうか、昔のままの君だったら、そう不思議にも思わなかったけど……今はすごくきれいになってるのに。彼氏とか、今まで一人もいなかったの？」

シーツで体を隠しながら、彼女はのそのそと体を起こした。両方の鼻の穴から透明な鼻水が大量に出ている。

「あたし、十八歳で漫画家になって、それから仕事ばっかりで。彼氏どころか、友達すら一人もいないの。最近になってなんだかいろいろあせっちゃってさ、髪型変えてみたり、服装変えてみたり、頑張って化粧も覚えたけど……元がダメだから、何をしたってだめなの」

「全然、だめじゃねえって」

今だ。新之助は小川妙子の髪を優しくなでる。女の髪は性感帯。「全然だめじゃない。小川さんはきれいだよ、すごく」

「無理しなくてもいい」

「無理なんかしてない。それに、ただやりたいだけで、こんなこと言ってるわけじゃないからな。誤解するなよ」

左耳に唇を近づける。左耳から右脳へ。右耳はだめだ。左脳につながっているので嘘がばれる。

「そのままでいいのに。おしゃれしてるときも十分きれいだったけど、今のすっぴんの小川さんのほうが、なんていうか、惹かれるよ」

「嘘っ」

「だから、嘘じゃないって。今まで彼氏ができなかったのはさ、ただ単に、仕事が忙しすぎただけなんじゃないの？　化粧しておしゃれをしても、家の中にいるだけじゃだめなんだぜ？」

「……確かに、あんまり出かけてない」

「だろう？　それに、出歩いたからって簡単に出会いが見つかるわけでもない。彼氏や友達をつくるには、もっと積極的にならなきゃ」

「積極的ね。うん、わかった」

「だけど……それも嫌だな」

自分と彼女の額を、ぴたりとくっつける。右手は髪をなで続けたまま、左手をゆっくり背中へ。あと少し。もう一押し。

「積極的になって、彼氏ができちゃったら嫌だな」

彼女の体が再び緊張で硬くなるのを、新之助は手の平で感じた。なんだか今日はやけに疲れた。本心はすぐにでも眠りたいところだったが、やらないわけにはいかない。新之助は彼女の頭のてっぺんにキスをした。

その晩、新之助は二回射精した。一度目は外に出して、二度目はあえて、中で出した。

朝、やけに騒がしいと思って下着姿のまま廊下に出ると、数人の若い女がバタバタと掃除や洗濯をしていた。一瞬、自分がどこにいて何をしている何者なのかわからなくなった。

女たちは新之助に気がつくと、全員魔法をかけられたように固まった。目がしょぼしょぼとして何人いるのかも数えられなかった。妙子が慌てて出てきて、寝室の中に引っ張り込まれた。

彼女たちはアシスタントで、中にはこの家に住み込んでいる者もいると聞き、新之助は当てが外れたと思った。これからじわじわ外堀を埋め、少なくとも二週間以内には完全に同棲に持ち込むつもりだった。夜中にこっそり探索してみたら、この家には全部で部屋が六つあった。おまけにリビングは二十畳以上ありそうだし、しかもこのマンションは賃貸ではなく、二年前に購入したものらしい。うまくいけば自分の部屋を持たせてもらえるかもしれないと思ったのに、完全に計算が狂った。良子のマンションに居候したままこの女と付き合っても意味がない。何かいい方法はないだろうか。

「堺君、何考えてるの?」妙子が不安そうな顔でささやいた。「もしかして、怒ってる?」

彼女はTシャツを一枚着ただけで、下は下着のままだった。白い脚。股間がもぞもぞした。

「いや、そうじゃないんだけどさ。こんなにたくさんの若い女の子が出入りしてるなら、俺、ここにくるのはもうよしたほうがいいよね」

「どうしてよ。そんなことないよ。あの子たちのことは気にしなくてもいいから」

「そう言われても、気になるよ」

「そんなあ、じゃあ次はあたしが新之助君のところに遊びにいくよ」

「いや……実はさ、俺、今、友達と住んでるんだ。実を言うと、俺、今月で会社辞めるんだよ。上司とモメちゃってさ。だから節約しなくちゃいけなくて。そろそろ友達の家も出なきゃだめだし……要するに、家なしなんだよね」

話しながら、妙子の表情をちらちらと確かめる。いいぞ。いい感じだ。考えろ、よーく考えろ。

「ごめん。俺みたいな負け犬にすり寄ってこられても、迷惑だよな」

「そんなことない。ねえ、もしよかったら、今夜からここに泊まってもいいよ。そうだ、二人で別の新しいマンションを借りよう」

「いや、だから俺……金が」

「そんな心配はしなくていい。あたしが勝手にそうするの。そうしたいの。お願い、だから、今夜もここにきて」

「ありがとう。嬉しいよ」

妙子を抱きしめ、優しく髪をなでながら、新之助は腹の中でほくそ笑んだ。よし、きた。やったぞ、でかした俺。俺にやれないことはない。昨日の晩、頑張って二回やってよかった。俺は天才だ。完璧だ。何もかも完璧だ。

その後、新之助は昨晩に借りた車を朝のうちに良子のマンションに返しにいき、ついでにこっそり自分の荷物を持ち出して、昼前には妙子のマンションに戻った。彼女はその日、夜遅くまで仕事部屋にこもりきりだった。アシスタントが新之助の分の食事も作ってくれた。彼女たちに気に入られなければ、妙子との将来もないだろう。嫌われてしまったら最後、世間知らずな妙子に余計なアドバイスをしかねない。そう考えた新之助は、翌日から積極的に家事を手伝った。アシスタント一人一人の名前を覚え、挨拶を欠かさず、午後三時にはおやつを差し入れた。作戦は成功した。妙子の部屋に転がり込んで二週間目の夜、彼女にこう言われた。

「いい人、見つけましたねってみんな言うの。あんなに尽くしてくれる男の人、なかなかいないって。絶対に逃がしちゃだめですよって」

妙子は新之助に腕枕をされながら、彼の腹に自分の体を巻きつけるようにした。彼女の頭頂部に鼻を押しつけると、やや汗臭かった。

「最近は家事の得意な男も多いけど、なんていうの？　なんだかんだ言って本心では、家のことは女がやるべきだって思ってるんだよねー、大抵の男はみんな。でも新之助君は前に言ってたでしょう？　家事も仕事も、やれるほうがやればいいんだって。それ、本当にそうだと思う。わたし、どう頑張っても専業主婦にはなれないもの。死ぬまでバリバリ働きたいし」

新之助は妙子の肩甲骨をなでながら、彼女の左耳にささやきかける。

「俺は逆に、自分は外で働くのは向いてないのかもしれないって、君と付き合って思うようになった。こうして家にいて、家事をしたり、みんなを手伝ったりするほうが合ってるみたいだ」

「本当？　本当は嫌なんじゃない？」

「嫌じゃないよ。俺、最近はいろいろ考えるんだ。もし俺たちに子供が生まれたら、俺が子育てしたいなあって。妙子は絶対、自分の子供に働いている姿を見せるべきだよ。だって、お母さんが売れっ子漫画家って、すげえかっこいいじゃん。子供にとっちゃヒーローそのものだよ」

妙子は何も言わなかった。事実上のプロポーズに困惑しているのかと思ったら、彼の腕の中で泣いていた。

一ヶ月後、新之助は二人にふさわしい新居を見つけ、妙子の代わりにもろもろの手続きを済ませた。自由が丘の３ＬＤＫ。新之助としては、そのままあのマンションに住み続けてもよかったが、妙子はどうしても、夜の音を住み込みのアシスタントに聞かれるのが気がかりだったようだ。

セックスを覚えてからというもの、彼女の声は日に日に大きくなっていく。

その翌月には妙子の両親に挨拶を済ませ、正式に婚約した。高校時代、同級生の保護者に決して評判のよくなかった新之助だが、両親はすでに経済的にかなり妙子に依存しているらしく、娘の人生に意見できる立場ではないようだった。妙子はすぐにでも結婚をしたいと主張したが、父方の祖父が三ヶ月前に亡くなったばかりだったこともあり、喪が明けてから籍を入れることになった。しかし、新之助としてもそこまで待つつもりはなかった。なんとかチャンスを見つけて子供をつくってしまおう。何か余計なトラブルが起こる前に。子供さえできれば、俺と妙子の縁は一生切れることはなく、それはつまり、俺と妙子が稼ぐ金との縁も、切れないということだ。

何もかも順調だった。順調すぎるほど順調だ。それでも、新之助は覚悟している。数年前に芸能界を干されたときのように、いつか必ず俺の人生は不幸ゾーンに再突入するのだろう。それは一年後かもしれないし、一ヶ月後かもしれない。五年続くかもしれないし、三日で終わるかもしれない。でもきっと、一生は続かない。俺は何度でも復活する。俺は多分、こういう星のもとに生まれた男なのだ。大事なのは腹を据えることだ。そして、そのいつかのときのために、周到に準備をしておくことだ。

その準備の一つとして、今日、新之助は新しい銀行口座を作ることにした。近々、妙子が税金対策のために設立した会社の経理を任されることになっている。なんとかうまくやって、売り上げの一部を自分の口座にプールしようと考えていた。

新入りのアシスタントと昼食の準備をした後、人と会う約束があると言って妙子のマンションを出た。外は雲一つない晴天だった。いつの間にかもうすっかり秋だ。今年の夏は一度も海にいかず、一度もナンパもせず、妙子以外の女とセックスをせずに終わってしまったが、それでも十分満足していた。あ、あの女。忘れていた。あの女とは、相変わらずたびたび会っている。

ふいに、妙な気配を感じ取る。尾行されている。新之助は道沿いの本屋に入るふりをして、すばやく背後を振り返った。

見覚えのある女がいた。しかし、何かが違う。どこかが変わった。

「新ちゃん、久しぶり」

良子は言った。髪型を変えたのか？　服装か？　化粧か？

「やっと見つけた。新しい彼女ができたみたいね」

じりじりと近づいてくる。なんでそんな野暮ったい格好しているのだろう。ミニスカートにハイヒールがユニフォームみたいな女だったのに。

「お前……なんか、太った？」

「馬鹿ね。わからない？　あたし、妊娠してるんだよ」

良子はゆるやかにもりあがった腹をさすった。ああ、そうか。腹が出てるんだ。だから別人みたいなんだ。あんなに引き締まっていたウエストが、台無しだ。

「新ちゃんの子だよ。わかってると思うけど。六月の十三日にやったときにできた子。ねえ、結婚してくれる？　悪いけど、絶対におろさないからね」

「いや、でも俺、金ないし」

「絶対に逃がさないから」

背中がやけに熱かった。日差しが強すぎる。もう夏は終わったと思ったのに。考えろ、俺。どうすべきか、はやく考えろ、俺。もうきたのか？　もう不幸ゾーン再突入か？　いくらなんでもはやすぎるだろ。ふざけんなよ。みんな死んじまえよ。

コールガール1

わたしを妊娠したとき、母はまだ十五歳だった。相手の男とどのようにして知り合ったのかは、よくわからない。誰かに紹介されたという話を何度か本人から聞いたことがあるけれど、母はいい加減な人だったから。本当のところはいまだによくわからないの。ただ、はっきりしているのは、ろくな出会いではなかっただろうということだけ。今さらそんなこと、どうだっていいのだけれど。

十五歳だった母がどうして中絶を選択しなかったのか、その理由については物心つく頃には理解してたわ。赤ん坊のときから、母や祖父やおじやおばたちに、さんざん話を聞かされていたから。うちの家族には、子供に聞かれたくない話、という概念が存在しないの。お金の話も性的な話も、何でもおかまいなしに食卓にのぼってしまう。そういう家庭だったのね、わたしが生まれ育ったのは。

要するに、相手の男からお金をもらえると思っていたの。母だけでなくて祖父たちも。それだけが目的だった。

ところが蓋を開けてみれば、お金どころか認知さえしてもらえなかった。当たり前の話よね。クルクルのパーマヘアに分厚い化粧をした、幼いホステスのようだった十五歳の少女が、当時の農林水産大臣の息子と恋人同士で、しかも彼の子供を妊娠しているなんて話、誰が信じると思う？　その頃はまだＤＮＡ鑑定なんてなかったし、証拠を出せと言われても、あるのはこの、唯一のツーショット写真だけ。これだって、別に腕を組んでるわけでも手をつないでるわけでもないし、ただの知り合い同士が一緒に撮っただけと言われたら否定のしようもない。本人や彼の家族に訴えてもダメなら、テレビのワイドショーに出してもらおうと、当時人気だったニュースキャスターの事務所に手紙を出したんですって。ところがこちらも無視された。いたずらだと思われたのかもしれない。あるいは、どこからか圧力がかかったとか。それでも、他にも別の方法、たとえば直接テレビ局や雑誌社に情報を売り込むとか、ライバルの政党に相談してみるとか、やり方はいろいろあったはずなのに、うちの家族は早々に何もかもあきらめてしまった。昔からそう、何事にもすぐに顎を出してしまう。これは遺伝。祖父も母もおじもおばもいとこたちも、みんなそう。だから、いつまで経っても貧乏から抜け出せない。わたしだけがただ一人、わりと我慢強いというか、しつこい性分で、これはもしかしたらあの人に似たのかもしれないね。

それで結局、母はイヤイヤ、わたしを一人で産んだの。

初音の養育費で、もっといい家に住めるはずだったのに。初音の養育費で、もっとたくさん肉が食べられたのに。お前の父親がろくでなしだったせいで、余計な食いぶちが一人分増えただけになった。さんざん言われたわ。幼い頃は自分だけが悪者のような気がして肩身が狭かったけれど、小学校に入る頃には、そんな意地悪は軽く聞き流せるようになってた。余計な食いぶちは、わたしのあとにもどんどん増えていたから。それはもう本当に、ネズミのように増えてた。次第に、わたしが生まれたときの騒ぎのことを誰も口にしなくなった。もちろん、その話題をわざと避けていたわけじゃなくて、ただ単に、みんな忘れてしまっただけ。

あの家では、誰が誰の子供であるか、そんなことはどうでもいいことだったの。男であるか女であるか、それさえはっきりしていれば、他のことはどうでも。

家族の中で一番偉いのは、祖父。わたしが生まれたときは、まだ四十代だったのかな。もしかするとぎりぎり三十代だったのかも。祖母はいなかった。いとこたちの間では、祖母は祖父に殺されて、家の隣の公園の砂場の底に埋められているって話になってた。まあそんなことはありえないから、おそらくいろいろなことに耐えられなくなって、家出してしまったんでしょう。

うちの祖父はね、占い師だったの。近所のデパートの三階の、エスカレーター乗り場のそばの小さなスペースで、一日五時間ほど人の手相を見てた。他にも、占い師養成学校みたいなところで講師をしたり、一時期は雑誌の連載なんかも持ってて、稼ぎは世間で思われてるほどには悪くなかったと思う。商売柄いつもにこやかで、家の中とは違って、外ではゆっくりと優しい話し方をするから、近所の人にはとても好かれてたみたい。それどころか、秘密の相談を受けたりすることも多くてね。旦那が浮気してるとか、子供が暴力をふるうとか、普通のご近所付き合いの間柄では話せないようなこともこっそり打ち明けられたりしてた。まるで駆け込み寺。外国なら牧師さんね。

わたしが中学三年生の頃、祖父は仕事をやめてしまった。いろいろあって。これはまた、追って話します。それ以降、誰が一家の家計を支えるようになったのか……これもまた、順を追って話します。

母は五人きょうだいだったんだけどね、一番上の笑子《えみこ》おばさんは母より三つ年上で、とにかく静かな人だった。没個性的というか、わたしは子供の頃、笑子おばさんは自分の気配を消す不思議な魔法を知ってるはずだって、思ってた。ふいにいなくなってしまうの。笑子おばさんは学校にも通っていなかったし、仕事もしてなくて、家事を一人でこなしてたんだけれど、一人でどこか遠くに出かけることなんて滅多になくて、それは家族の常識だったはずなのに、なぜかたびたびみんなが口にするの。「笑子おばさんどこいった？」って。すると、冷蔵庫の陰からとか、脱衣所のドアからにゅっと顔を出して、「いるよ」って。今思うと、わざとそうしてたのかなって。わざと、いなくなったと思わせてたのかなって。毎日毎日大変な苦労をして、みんなの身の回りの世話をしてたのに、みんなは自動的にご飯がテーブルに並べられて、自動的に脱ぎ捨てた服が洗濯されるものだって思ってたんだもの。消えたくなるよね。わたしなら耐えられない。ずっとそう思ってた。

笑子おばさんより一歳下の弟が、誠おじさん。誠おじさんは、わたしたちが住んでた家のすぐ近くの団地で、お嫁さんと子供と三人で暮らしてた。仕事は、確かどこかの工場で働いてたような気がする。誠おじさんは祖父と仲が悪くって、あまりわたしたちにも近寄らないようにしてた。でもね、わたしのことだけは、唯一可愛がってくれた。

わたしが十四歳のとき、一番困っていて、一番どうしようもなくて、目の前の道がふさがれてどこにも逃げ場がなかったとき、助けの手をさしのべてくれたのは、他でもない誠おじさんだった。もうずっと会っていないけれど、それも、誠おじさんが決めたこと。俺には連絡するな、お前は過去を断ち切れって。その言葉、そのときの誠おじさんの声を、今でもときどき思い出す。

誠おじさんの次が、うちの母。つまり母は次女。もし祖父に隠し子がいなければの話だけどね。母の一つ下に、牧子おばさん。牧子おばさんは面白い人でね。我が家のムードメーカーだったな。でもわたしのことはあまり好きじゃなかったみたい。わたしだけがみんなと違って、小柄で色白で、顔も一番可愛いからだなんて母は言ってたけど、本当かどうか、よくわからない。

一番下が、勝おじさん。勝おじさんだけ、少し歳が離れてた。勝おじさんは十五歳のときに自殺した。彼に関する記憶はほとんどないんだけれど、写真を見ると、勝おじさんが一番自分に似てる気がする。それってよく考えれば少し不思議な話なの。でも、そうなの。目が二重で大きいところとか、体と比べて頭が小さいところとか。家族の間では、彼の自殺の原因は学校でのいじめってことになっていて、誰もそれを疑うようなことは口にしなかった。というより、できなかったのね。いつだったか誠おじさんからこっそり聞いたことがある。勝おじさんが自殺した原因は、祖父。祖父の秘密を知ってしまって、それがショックで、自ら命を絶ったの。

祖父と笑子おばさんは、夫婦同然の関係だった。

物心つく頃からそれが当たり前だったから、おかしいとも、気持ち悪いとも思わなかった。むしろ親子っていうのは、ある程度の年齢になれば、ああいう関係になるべきものなのかなあ、なんて勝手な解釈をしてて……おかしいよね。今考えれば随分と祖父に都合のいい解釈。あの人のやっていたことは、よく考えれば、ってよく考えなくても、十分立派な犯罪だった。

え？　どうして犯罪って、だって、ああ、奥さんの代わりっていうのは、別に家事をしたり、甥っ子や姪っ子の面倒を見たりすることだけじゃなくて、えっと、はっきり言うと、笑子おばさんは、子供を七人産んでいたんだけれど、その子供の父親は祖父なの。

びっくりでしょう。本当、ありえない。しかも最初の子供は笑子おばさんが十三歳のときに産んだ子だっていうんだから、獣同然よね。

そう。それが、歳の離れた末っ子として育てられた、勝おじさん。勝おじさんが生まれたとき、祖母、要するに笑子おばさんやうちの母のお母さんなわけだけど、まだ一緒に暮らしてたらしいの。だから、勝おじさんは笑子おばさんの息子でなく、弟として育てられることになったってわけ。

勝おじさんの次に生まれた子は養子に出され、その次の子はすぐに死んでしまった。その次に生まれたのが、武。彼から、生まれた子供は笑子おばさんの私生児として戸籍に入れられた。その次が優で、その次が順子、最後が洋子。上の三人は年子なの。順子はわたしの一つ上だったかな、洋子は一つ下。洋子を産むと同時に、おばさんは避妊手術を受けた。それに、母がわたしの後に産んだ奏子と弦、それから牧子おばさんの子供が六人いて、祥と稔と茜と寛と寿と舞、それで家族全員。あ、母と牧子おばさんの子の父親は、祖父じゃないよ。奏子の父親は三軒隣に住んでいた竹田さんのご主人で、弦の父親は近所の魚屋のご主人。牧子おばさんのところは、わたしもよく知らないし、本人たちでさえわかってなかったみたい。

大人と子供を合わせて、全部で十七人。これだけの人間が、台所と居間と、三つの小さな部屋しかない、築五十年以上は経っていそうなトタンと安い木でできたボロ屋に、あんなにも長い間一緒に暮らしていたなんて、今でも信じられない。うち、近所の人たちになんて言われてたかわかる？

便所ハウス。ひどいでしょ。でも本当、トイレみたいな家で、わたしは暮らしていたんだよ。当然、笑子おばさんも母も牧子おばさんも、ろくな教育は受けてなかった。牧子おばさんだけはかろうじて中学を卒業したらしいんだけれど、笑子おばさんなんて、小学校の卒業式のときにはすでに妊娠してたって話なんだから、中学なんてまともに通えるはずはない。

我が家に生まれた子供はね、みんな同じ道をたどるの。男の子はグレて暴走族に入る。女の子は十代の前半のうちに妊娠する。武は小五で地元で一番大きな暴走族に入って、十五でやくざになった。順子も洋子も中学のときに妊娠して、順子は中絶して洋子は男の子を産んだ。他の子たちが今どうしているのかはわからないけれど、多分同じような感じだと思う。そして彼らがつくった子供もまた、きっと同じ道をたどるの。これはさだめなの。遺伝って多分そういうこと。我が家の遺伝子はとくに強いから。強いっていう表現は合っているのかな。濃い、といったほうが正しいのかな。外見からしてみんな同じ。みーんな同じ顔。色黒で、眉毛が濃くてたらこ唇、そして大柄。唯一の例外がわたし。わたしは誰にも似てない。みんなと違って色白で、赤ちゃんのときから小さかったし、二重瞼で、みんながゴリラなら、わたしはバンビって感じ。さっき勝おじさんとは似てたって話したけれど、それだって無理やり似てる人を探した結果そうだったってだけで、そっくりっていうほどでもないし。

違うのは、外見だけじゃなかった。わたしは勉強もできたし、暴力的ではなかったし、クラスメイトをいじめたりすることもなかったし、男の子にももてたしね。

だからわたしだけ、家族として認めてもらってないようなところがあった。のけ者というか、赤の他人みたいに扱われてるというか。母でさえそうだったわ。娘というよりも、他人の子供に対するような感じで、いつも一歩引いてるの。

でも今考えると、わたし自身の外見や性格や頭のできがどうのこうのというのは実はあまり関係なくて、体の半分をあの人、大きな家に住んでたくさんのお金を稼いで、貧乏や無教養とは全く無縁の、特殊で貴重なあの人の家系の血が流れている、そのことにみんなこだわってたのかもしれない。いとこたちはわたしのことを、できそこないってときどき呼んだ。金持ちのできそこない。この家に生まれさえしなければ金持ちになれたのに、この家に生まれてしまったばっかりに、金持ちになるチャンスを永遠に失った、できそこない。

女のいとこたちは、わたしを自分の立場をおびやかす敵のような目で見てた。ほら、小学校や中学校の女子って、クラスで特定の子を無視したり、仲間外れにしたりすることがあるでしょう。

あれが、わたしの場合、家の中で起こってた。学校では何のトラブルもなく平和そのものだったのに、だから家にいるのは苦しかった。本当にひどい意地悪をたくさんされたわ。とくに順子と洋子はひどかった。無視は当然だし、掃除当番とかお皿洗い当番とか女の子にだけいろいろあったんだけど、ほとんどわたしに押し付けてくる。洋服をトイレの水につけられたこともあった。教科書を家の前のドブに捨てられたこともあった。大人はいつだって知らんぷり。

男のいとこたちも、幼い頃は彼女たちと同じようにわたしを嫌ってたと思う。でも彼らは常に自分たちの遊びに夢中だったし、寝る部屋も別で、生活圏が違う感じがあった。我が家は男女の仲が悪くて、きょうだいやいとこ同士でしょっちゅうケンカしてたの。だから、女の子たちと一緒になって、わたしをいじめるということはなかった。それよりも、戸惑ってるというのか、わたしに対してどういう態度で接すればいいのかわからない様子だった。彼らにとって、わたしはやっぱりあくまで、よその子だったんだよね。

けれどその目が、次第に異性を見るようなそれに、変わっていったの。

あのことが、きっかけになったのかもしれない。わたしが小学校五年のときだった。

まだ幼かった舞と一緒にお風呂に入ってたら、脱衣所に順子と洋子が入ってきて、二人で脱衣籠や洗濯機の中をごそごそかき回しはじめた。いつもそうして、わたしの下着を隠したり、捨てたりして彼女たちは遊んでたから、そういうときのためにあらかじめ予備の下着を洗濯機の裏に隠してあったの。だからわたしは知らん顔して舞の体を洗ってたんだけれど、突然、二人が大きな叫び声をあげて、その次に、爆発するような笑い声。見つかってしまったと気がついた。わたしは裸の舞を抱いて、大慌てで風呂場から飛び出した。

案の定、順子がわたしの隠しておいた下着を指でつまんでブラブラさせて、ゲラゲラと笑ってる。洋子はなぜかわたしのパジャマを振り回してた。「あんた、パンツにウンコついたからって、こんなところに隠したらだめじゃん」って順子が言うの。何のことかわからずにぽかんとしていたら、順子がわたしの下着を大きく伸ばして、こちらに差し出した。すると、その部分がね、ホコリで黒く汚れてたの。うち、汚かったから、洗濯機の裏なんて、ホコリだらけなのね。わたしは必死で否定した。「それ、ホコリだから」って。そんなこと言ったって、あの二人が認めるわけがないよね。その下着を持って、みんながいる居間に走って逃げてしまった。わたしは急いで舞の体を拭き、服を着せて、自分はバスタオルを体に巻きつけて二人を追った。二人は居間で、「ウンコ付きパンツ」なんて言いながら、わたしの下着でキャッチボール。想像できるでしょ。男の子や母親たちは、見て見ぬふりをするか、薄笑いを浮かべてた。わたしは洋子が下着をキャッチした瞬間、彼女に飛びついた。あの子はわたしより年下でまだ体が小さかったし、ちょっとどんくさい子だったのね。腕をつかんで下着を奪おうとしたら、順子がやってきて、わたしのバスタオルを取り上げた。

わたしは小四の終わり頃から、急激に体が成長しはじめて、その頃はもう胸も膨らんでいたし、毛も、生えていたの。みんながわたしを見てた。もう、恥ずかしいなんてものじゃないよ。ただでさえあの年頃って、自分の体の変化に嫌悪感や羞恥心を強く抱きがちでしょう？　見られた、と思った。死にたい、と思った。とにかくその場から逃げたくて、慌てて脱衣所に戻ろうとしたら、順子に腕を強くつかまれ引きとめられた。そしてあの子はわたしに、炬燵《こたつ》の上に立ち上がるように命じた。みんなに体を見せろって。

さすがにそこで、その場にいた大人がストップをかけたけどね。うちの母だったか、笑子おばさんだったか……覚えているのは、その後、わたしは泣きながら脱衣所に戻って、服を着たということ。

順子はわたしより一・五倍は体が大きかったし、一つ年上だったのに、性的な成長は遅かったみたいで、だから、わたしの体つきがよっぽど衝撃的だったようなの。それからというもの、毎晩わたしが風呂に入っていたり、着替えをしていると、いたずらをするふりをして、裸を見にくるようになった。大人になりはじめたわたしに対する嫌悪と嫉妬が、ぐちゃぐちゃと彼女の中で絡み合ってしまって、本人もそれをもてあましているようだった。そうなると不思議なんだけど、みんなの前でバスタオルをはがされたときは、あれほど恥ずかしくて、自分の女らしい体が恨めしくて仕方なかったのに、順子に対してだけは、くびれたウエストや膨らんだ胸を妙に誇らしく感じて、見せつけたいような気持ちになった。順子はわたしの裸を見るたび、汚らしい言葉でわたしを罵《ののし》ったわ。でもわたしは知らん顔で、わざとゆっくりシャワーを浴びたり、丁寧に体をスポンジでごしごし磨いたりした。その態度が余計に順子をあおってしまったのね。彼女の罵りは日に日にひどくなって、そのうち他のいとこたちを仲間に加えるようになった。それまで、順子のいたずらになんか全く興味を示さなかった、彼女の兄の武と優や、まだ小学校の低学年だった祥や稔が、しぶしぶ順子に付き合うという体《てい》を装って、毎晩わたしの裸を見にくるようになった。

それから、彼らの言葉で言う「夜這い」をされるようになるまで、すぐだった。あの頃から、わたしは人生の下り坂を転がりはじめたんだわ。まあ、生まれた瞬間から坂道だったけどね。その坂の角度が、あのとき突然ものすごい急になった感じ。今思い返すとだけど。

夜這いといってもね、最初のうちはただ、寝ているわたしの服を脱がしたりして、くすくす笑ってるだけだった。うちは部屋の数が少ないから、当然自分の部屋なんかなくて、一階の居間を祖父と笑子おばさんが、二階の三つの部屋のうち、一つを牧子おばさんと小さな子供たち、一つを小学校以上の女の子、そしてもう一つをうちの母が下の二人の子供と使ってて、男の子たちは外のプレハブで寝てたんだけれど、夜の二時を過ぎると、武や優や祥がこっそりそこを抜け出して、女の子の部屋にやってくる。他の女の子たちは気づかずに眠ってた。でも順子はわかってた。それどころか、ときどき男の子たちを呼びにいくこともあったから。

当然、行為はどんどんエスカレート。パジャマや下着を脱がして、素っ裸にして見てるだけだったのが、次第に体をまさぐるようになってきた。すごく怖かったよ。今日は何されるんだろう、何されるんだろうって、夜になるのが毎日怖かった。でも逃げ場はないの。母のところに避難しようとしても、順子に連れ戻される。それに母も、子供たちとの時間をわたしに邪魔されたくなかったろうし、わたしのことを厄介な問題だと思ってたようだから、たとえ助けを求めても、きっと適当にあしらわれたんだろうな。

でもさすがにね、最後までは……要するに、入れるところまでは、できなかったみたい。せいぜい、胸をもんで、あの、あそこ、を指で触る程度。性的な行為というよりは、女の人の体を調べてるような感じ。とにかく、ある一定のラインを超えるつもりはないらしいとわかってからは、多少は楽になった。多少ね。それでも、嫌は嫌だったけれどね。

「夜這い」は、わたしが中学に入っても続いた。相変わらず行為は中途半端なまま。それでも、わたしにとっては恐ろしいことに変わりはなかったよ。いつか、そう遠くないうち、一線を超えてしまうかもしれないっていう恐怖心があった。だから中学を卒業したら、家を出ようって、いつも考えてた。アルバイトしてお金ためて、看護師の専門学校にいきたかったの。

ところがね、ある出来事がきっかけになって、状況が一変した。あれは確か、中学一年の夏休みのときだったはず。順子が妊娠したの。相手はどこかのヤンキーだった。あの子は産むつもりだったんだけれど、祖父が許さなくて、結局、中絶手術を受けたのね。だけど経過がよくなくて、寝込んでしまったの。順子が、洋子以外はそばにいてほしくないっていうから、わたしは母の部屋で、茜は牧子おばさんの部屋で眠るしかなくなったというわけ。

もう、そのときの安心感といったら！　大人がいれば、さすがの武も手だしはできないからね。ずっとずっと、順子の体調が悪いままでありますように、わたしがこの家を出るまで、ずっと寝たきりでありますようにって、起きている間は祈り続けてた。それが通じたのか、順子はなかなか快復しなくて、かわいそうなほど痩せていってしまって。夏だったし、ろくな食べ物を与えないから、バテてもいたんだと思う。今考えれば、あれは確実に入院が必要だったわね。だけど医療費はバカにならないから。祖父がそんなことにお金を遣うはずはないわ。

でもね、平和な日々はそう長くは続かない。わたしはつくづく、運に見放されてると思った。

母に新しい男ができて、また家を出てしまったの。

奏子と弦は残された。茜も牧子おばさんの部屋から追い出されて、その日から、その四人が一つの部屋で眠ることになった。

また苦しい夜がはじまるんだ。そう思った。しばらくの間、順子のおかげであの苦痛から遠ざかっていられた分、前より武たちに対する嫌悪感は増してたと思う。深夜の二時を過ぎると、予想した通り階段を上る足音が聞こえて、嫌で嫌でしょうがなくて、わたし、布団の中にうずくまって自殺を試みたの。といっても、舌を強くかんでみただけなんだけどね。そのときは十分本気だった。

足音から、武一人だとわかった。目を開けてると殴られるから、わたしは布団で顔を隠してじっとしてた。いつもね、まず、わたしの足元にひざまずいて、わたしの足の裏をくすぐるの。ちゃんと眠ってるか、確認のつもりだったみたい。それなのにその夜は、なぜかわたしの左側に座ったのね。しかもいつまで経っても指一本触れてこない。あれ、おかしいな、と思ってこっそり薄目を開くと、そこにあったのは祖父の大きな背中だった。

子供たちの様子を見にきたんだと思った。祖父は孫に厳しかったけれど、可愛がっていたからこその厳しさだと思っていたしね。小学校の低学年以下の小さな子供たちのことは、とくに気にかけていたし。

わたしが窓に一番ちかい位置に、その隣に茜、奏子、一番ドア寄りの場所に弦が寝ていたんだけれど、祖父は茜と奏子の間に体を横たわらせて、茜を抱くようにして眠りはじめた。

祖父は毎晩そうして、茜と奏子の間で眠るようになったの。祖父がいれば、とてもとても、武たちはこの部屋にこられない。もし、のこのこやってきて祖父に見つかろうものなら、体のどこかの骨が折れるぐらい、めちゃめちゃに殴られるに決まってる。

ついにわたしは毎晩安心して熟睡できるようになった。祖父がそばにいるのはちょっと緊張するけれど、武に乱暴に体を触られるよりは、ずっとマシだからね。

それで、あれは、最初の夜から、何日ぐらい経ったときのことだったかな。その日はわたし、なぜか眠れなかったの。目を閉じても意識は冴えていくばかりで、幼いいとこたちの寝息を聞きながら、ずっともんもんとしてた。いつも通り祖父がやってきて、いつものように、茜と奏子の間に横たわった。起きてることがばれたら叱られるような気がして、ドキドキ緊張しながら寝たふりした。

しばらくして、茜が「イヤ」って小さく叫ぶ声が聞こえたの。

茜は、一度眠ってしまうとなかなか起きない子だった。お腹が痛いのかもしれないと思って、目を開けた。

祖父がね、茜の上に覆いかぶさってた。

祖父と目が合った。猫みたいに、眼球が光ってるように見えた。寝たふりをしなきゃいけないと本能的に思ったけれど、体も、顔の筋肉も動かなくて、目を閉じることができなかった。茜の涙が見えて、祖父のお尻も見えた。祖父が自分のパジャマと下着をずり下げていることがわかった。茜の股の間に自分の体をねじ込んで、自分の、その、アレを、茜のそこに、押し当てていたの。入っては、いなかった。

あの子は当時、まだ小学五年生だったの。信じられる？　茜が小さな泣き声をあげて、でもその程度の声じゃ、奏子や弦は目を覚まさない。わたしだって、眠っていたらきっと気がつかなかった。祖父は一旦茜の上から降りて、茜の体を横に向かせた。わたしたちは向かい合う形になって、でも何も言葉を交わせなかった。祖父は茜の後ろに回って、彼女をきつく抱きしめて、自分の股間をごそごそいじった後、入れたの。

二人が同じリズムで揺れはじめて、床がキシキシ鳴ってた。目を離せなかった。あの子がわたしの手を取って握ったの。わたしも強く握り返したわ。茜は目を閉じたり、開いたりしてた。苦しそうだった。

祖父は案外はやかった。当たり前のように中で出した。その瞬間、変な声をあげて、それがすごく気持ち悪かった。今でも思い出すと鳥肌が立つ。めまいと吐き気もする。祖父はゆっくり起き上がると、そのまいなくなった。茜はすばやくパジャマを着て、何事もなかったかのように、いつも眠ってるときと同じ体勢になった。そのうちまた戻ってきて今度はわたしがやられるんじゃないかと思って、怖くて朝まで眠れなかった。

後からわかったことだけど、多分、茜だけじゃなかった。わたしが思うに、洋子も一時期、茜と同じ年の頃、祖父からそういうことをされてた。本人がはっきり言わないから、真相は藪《やぶ》の中なんだけれど、とにかくはっきりしているのは、誰かが犠牲になって我慢するしかなかったということ。順子とわたしが、そして昔、母と牧子おばさんがそれを免れることができたのは、きっとただの偶然。祖父からしてみれば、全員とやりたいけど、それだと家族がおかしくなってしまうからやむをえずターゲットを限定してただけ。茜がダメなら次は奏子だったかもしれないし、わたしだったかもしれない。自分のためにも、わたしは茜を助けなかった。

夏休みが終わって、新学期がはじまってしばらくすると、順子の体はだいぶよくなって、学校にも通いはじめた。それと同じタイミングで、母が男と別れて家に戻ってきたので、順子と洋子とわたしと茜は、再び同部屋で生活することになった。なぜか武たちは、もう触りにはこなかった。でも茜と祖父の関係は続いてたと思う。ときどき、二人だけでいなくなることがあったから。

わたしが中学二年のとき、今度は洋子が妊娠した。家の中はそのことで常にバタバタしてたわ。洋子の相手が、わたしたちの中学にサッカーを教えにきていた大学生で、お金持ちの家の子だったのね。確か、お父さんが有名な自動車会社の重役だったはず。要するに、わたしを妊娠したときの母のケースと同じ。なんとかして慰謝料を、あるいは養育費をせしめようと、家族総出で動き回っていたというわけ。祖父もかなりはりきっていたみたい。

そのさなかにね、茜がいなくなったの。

その日、夕飯をみんなで食べてたときに、「茜がいない」って笑子おばさんがつぶやくまで、誰も気がついてなかった。でも誰も探そうとは言わなかったし、まして、警察に連絡しようなんて言う人もいない。朝になっても帰ってこなくて、それで、その日の昼、隣町で遺体で発見されたの。

公園のジャングルジムに縄跳びをひっかけて、首吊りしてた。遺書はないとされたけれど、本当はあった。わたしの枕カバーの中に、入れられてたの。寝具を洗濯するのはわたしの担当だったから、他の人には見つからないと思ったんだろうね。そして、わたしなら外の誰かに訴えてくれると思ったのかもね。思ったんだろうね。

でもわたしはすぐに、母に見せた。母は祖父に見せた。そして、あっという間にライターの火で燃やされて灰になったの。

葬式は家で、本当に簡単におこなわれた。簡単すぎて、記憶にないぐらい。家族以外の参列者はいなかったよ。茜の体が燃えてなくなると、最初からあの子なんかいなかったみたいになった。誰もあの子の話をしなくなった。

茜の次に祖父の餌食《えじき》になったのは、意外にも順子だった。意外にもって、茜の下にいた女の子は奏子と舞で、奏子は当時まだ七歳、舞なんてまだ三歳だったから、よく考えたら不思議なことでもないんだけれどね。洋子は妊娠中だったたし。もしかして、次はわたしかもしれないなんて恐れていたから、ほっとした。

祖父は順子を、三番目の奥さんにしたの。つまり笑子おばさんはもう、引退。順子は居間に移り、笑子おばさんがわたしたちと一緒に二階の部屋で寝るようになった。二人のポジション交代の表向きの理由は、洋子のつわりが治まらないので笑子おばさんの世話が必要っていうことだったんだけれどね。まあ小さな子供を除いた全員が、祖父の魂胆に気がついてたわけだけど。

ああ、思い出すと笑っちゃう。順子はね、あのとき、すごく声が大きいの。もう、家中に響くぐらい、叫ぶのね。それまで、笑子おばさんと祖父がしてても、あるいは茜と祖父がしてても、誰もそのことを口にはしないし、常にそういうことは、みんなわかってるのに、なかったことにされてた。でもね、順子の声はあまりに大きくて、無視することがどうしてもできないのよ。ある夜、とうとう笑子おばさんが笑いだした。その日はいつにも増して、声が大きくてね、ああ、真似してあげたいけれど、さすがに恥ずかしいわ。とにかく、笑子おばさんが布団で顔を隠して、くすくすと声を漏らしはじめたの。

その次に洋子が、さらにその次にわたしが笑いだした。そうなると止まらなくて、三人顔を見合わせて、声を殺して笑ったわ。すると笑子おばさんが、祖父のことや、他の家族のこととか、要するにそれまでタブーとされていたことを、笑いに引きずられるみたいにしてぽろぽろ話しはじめたの。それからほぼ毎晩、下から順子の声が聞こえてくると、誰かが笑いだして、それをきっかけに一時間ぐらい、三人で取り留めのない話をするようになった。

笑子おばさんに言われたことで印象的だったのが、「人間誰もが、配られたカードで勝負するしかないのよ」って言葉。洋子はあんまり意味がわかってなかったみたいだけれど、わたしは今でも、ときどき思い出しては、いろいろと考える。

お腹が目立つようになると、さすがに洋子は学校へはいけなくなって。それで、あれは妊娠六ヶ月ぐらいだったかな、相手側のやとった弁護士が、我が家に一度だけ現れた。同席を命じられた笑子おばさんによると、弁護士は祖父の、要するに、近親相姦、の噂をほのめかして、洋子のお腹の子の父親も、家族の中の誰かなのではないか、みたいなことを、はっきりとではないけれど、言ったらしい。とにかく、生まれるまでは自分の依頼主の子供だと認めるわけにはいかない、と主張して帰っていったそうなの。

要するに、わたしの母の時代にはなかったDNA鑑定、っていうのに、持ち込まれることになったわけ。洋子は絶対に彼の子だって言い張ったけれど、祖父は、もし違っていたらただじゃおかないってものすごく怖い顔で言ってた。なかなか自分の思うようにいかないことに、そして赤の他人に自分のしてきたことをやんわり非難されたことに、とても動揺しているように見えたわ。だからといって、相変わらず順子とは、やりまくってたんだけれどね。

年が明けて、一月の終わりに、洋子は元気な男の子を産んだ。すぐにDNA鑑定がおこなわれて、結果が出る前に、洋子は赤ん坊を置いて家出をした。

子供の父親が大学生である確率は、一兆分の一以下だか、十兆分の一以下だかっていう結果が出たとき、ああ、やっぱりって、わたしは、ていうか誰もが思った。祖父は意外にも、何事もなかったかのような顔をしてた。茜と同じく洋子のことも闇に葬り去って、今まで通りの生活に、すぐに戻ろうとしてた。

でも、そうはならなかった。

我が家の秘密が、近隣住民に広まりはじめていたの。

洋子？　ああ、結局一週間ぐらいで帰ってきたよ。近所の友達のところにいたみたい。赤ちゃんは、滋って名づけられた。祖父に。

それで、話を戻すけど、わたしの地元はあんまり治安もよくなくて、貧乏な家が多かったの。

そういうところはおおむねどこも家庭環境が悪いって相場が決まってるものよね。父親のいない子供も近所に多くて、だからうちにどれだけ子供が増えようとも、それをどうこう言う人はいなかった。というか言われてたんだろうけれど、噂になるのは決してうちだけじゃなかったということなの。

たとえば、わたしと小、中と同じだった女の子のところは、お母さんが近所の工場の工場長と不倫をして家を出たんだけれど、遠くに住むのならまだしも、どちらの家からも歩いて十分ほどのアパートで暮らしはじめてね、しかもすぐに子供が生まれた。学校帰りに寄り道していると、よく赤ちゃんを抱いたそのお母さんとすれ違ったわ。とにかく、そういうことがごく当たり前にある地域だった。

だけど祖父のやってることは、それらとは違って明らかにタブーであり、犯罪。さすがに近所の人も見過ごせなかったみたい。噂はあっという間に広まって、知らない人は近所にいないほどになったわ。噂の出所は、どうも洋子だったみたい。あの子が彼氏にしゃべったのよ。祖父のところを訪れる客は明らかに減って、頻繁に祖父の占いを受けにきていた近所の人々も、次々に遠ざかっていった。

占い師学校の講師をクビになり、デパートの仕事も多くて月に三度ほどしか入れてもらえなくなって、怒った祖父は自分からやめてしまった。中学を卒業して下っ端のチンピラみたいなことをしてた武にろくな収入はないし、祖父にはギャンブルで作った借金もあったみたいで、たちまち我が家は困窮した。まあ元からしていたんだけれど、度合いが一気に強まった感じ。

それでね、わたしが中学三年に上がる前の春休みのことなんだけれど、朝起きて居間に下りたら、知らない男がいたの。

歳は、四十歳ぐらいで、太ってて、なんだか恥ずかしそうにもじもじしながら、ちゃぶ台の前のいつも祖父が座るところに、座ってた。うちにお客さんがくることは珍しいから、誰だろうなと思いつつもパジャマのまま朝ごはんの支度をしていると、武がものすごく怖い顔で、「さっさと着替えてこい」って怒鳴るの。なんでそんなこと言われるのかわからなかったけれど、大急ぎで身支度したわ。するとすぐに、どこから借りてきたのかもわからないポコポコの軽自動車に男と一緒に乗せられて、二十分ぐらい走って、ゾンビ通りって呼ばれてた路地の入口で無理やり降ろされた。

なんでゾンビ通りっていうのかというと、昼間は誰もいなくてひっそりしているのに、暗くなった途端、どこからともなくゾンビみたいにわらわらと人が現れるから。そこは小さな風俗街だったの。

路地を入ってすぐのところに、汚いラブホテルがあって、武にそこまで引っ張って連れていかれた。それでもわたしは、自分の身に何が起こったのかわからなかった。ぼんやりしていると、武がわたしの耳元で、低い声で「いってこい」って言った。それでもわけがわからなくて、「どこに？」って聞いたら、武は笑いながら「お前って処女だよな」って言った。それで、ああ自分は売られたんだって、悟ったの。

逃げようとは思わなかった。不可能だから。もしそんなそぶりを見せたら、いとも簡単に武に捕まえられて死ぬほど殴られるに決まってる。わたし、感受性を停止させたの。それはいつの頃からか身につけたわたしの技でね、多分、そう、武たちに夜中、触られるようになってからかな。何も感じない、感じないとおまじないをかけ続けたら、いつの間にか自由自在に自分の感受性を操れるようになった。だからそのとき、わたしは一瞬で心を無にした。

相手の男の名前は、忘れちゃった。する前に、薬飲んでた。バイアグラみたいなやつ。それでも途中でだめになっちゃったんだけど。ホテルを出ると、男は武にお金を渡してた。いくら渡したのかは見てない。

ああこれで家に帰れると、感受性のスイッチを切から入に切り替えたら、武は軽自動車を家には向かわせず、着いた先は隣町の銀行で、そこに立っていた男を拾い、またさっきのラブホテルの前に戻ったの。

それでね、その日、わたしは夕方までの間に五人のお客をとったの。

売春婦。

わたしは、十四歳でそれになったんだなあと思った。順子は実の父親の奥さんになって、洋子はシングルマザーになって、わたしは売春婦になるんだ。いや、なったんだって。

春休みが終わって中三になると、週に一度ぐらいしか学校へいかせてもらえなくなった。一日多いときで、六人ぐらいだったかな。いずれはもっとたくさんのお客をとりたいって、祖父は言ってた。でも最初のうちは、わたしの商品価値がどうとか、クオリティがどうとか、そういうことを理由に数を抑えてた。

毎回、変な人だったらどうしよう、殴られたらどうしようと不安でたまらなかったけれど、ほとんどの人は拍子抜けしてしまうほど普通だったよ。本当、フツーの男。そりゃ、変な顔してるとか、口が臭いとか、言動が変とか、日常生活で会ったら話もしたくないような人はいっぱいいたけど、でも、することは一つだし、乱暴なことさえされなければ、どうでもよかった。

会話をするだけで終わりの人も、少なからずいたなあ。あと常連さんで、マッサージをしてくれるだけでいいって言う人もいた。肩や足をもんだりするほうのマッサージね。変なことはしなくていいって、ただ体のコリをほぐしてくれればいいんだって言うの。でもマッサージなんて肩もみ程度しかしたことなかったし、逆に緊張しちゃった。

それで……職員室に呼び出されたのは、いつのことだったかな。相談室みたいなところに連れていかれて、ものすごい数の先生に囲まれて、わたしがいかがわしい場所に出入りしているって噂があることを聞かされた。わたし、その、いかがわしい場所ってなんのことかわからずに、最初ぽかんとしちゃった。そしたら中でも一番生徒に人気のあった社会科の先生が、連れ込みホテルのことだよって言うわけ。でも、その連れ込みホテルってものの意味もよくわからなくてさ。だってそんな言葉聞いたことなかったもの、誰かを誘拐するためのホテルかな、とか思っちゃった。そこでやっと、別の若い先生が「ラブホテルだよ」って教えてくれて、全てを理解した。

もしかしたら、これはチャンスかもしれない、とは一瞬思った。ここで自分の身に起こっていることを全て話せば、どこか安全なところに保護されて、祖父も武も逮捕されるかもしれない。そう思って、でもすぐに、なんだかひどくその考えを、非現実的な妄想のように感じた。たとえそうなったとしても、自由はきっとほんの束の間のこと。元通りになるどころか、もっと苦しい地獄の日々がそこには待ってる。殺されるかもしれないし、売り飛ばされるかもしれない。

とにかく、絶望しかなかったわ。

だから黙ってた。何も言わなかった。日が暮れるまで問い詰められて、結局、先生たちが根負けして解放された。家に帰ったら、「何時だと思ってるんだ」って祖父にものすごく怒られた。でも必死で理由を説明すると、祖父は顔を青ざめさせて黙っちゃって。このまま、わたしに商売させるのはさすがにまずいと思ったみたい。もしかしたらやめさせてもらえるのかもしれないと、とてもとても期待したんだけれど、甘かった。すごく甘かった。

次の日、いや、次の次の日、だったかな。武が今度はどこからか、今にも崩壊しそうなほど古くてぼろぼろの軽トラを借りてきて、わたしを乗せて、朝から出発したの。

わたしは武にしつこく行き先を聞いたわ。あいつは怒って無理やり黙らせようとしたけど、商売道具を雑に扱うのは許されないと気がついたのか、しぶしぶ、前の晩に祖父とどんな話し合いをしたのか、教えてくれた。

今までのやり方より安全で、かつもっと稼げる別の方法を考えなければならない。だけど今は何も思いつかないし、こうして考えている時間がそもそももったいない。だから何かいい方法を思いつくまでは、武が軽トラを手配してわたしを乗せ、どこか適当な場所、風俗街とかそういうところで客を勧誘し、それから、暗く人目につかない場所に移動させた軽トラの荷台で、わたしが商売をする、その方法で当面はしのぐ……。

ひどいでしょう？

もう、目の前が真っ暗になった。

何それ。信じられない。どうしてわたしがそこまでしなくちゃいけないの？　歳をとって客のつかなくなったおばあさんの売春婦がやるのならまだしも、まだ十四年と少ししか生きていない、これからまだいくらでもやり直しがきくはずのわたしが、なんで軽トラの荷台でそんなことしなくちゃいけないわけ？　なぜそんな、世界の底の底のようなことをしなくちゃいけないの？

さすがに武もかわいそうだと思ったみたいで、一日だけだからとか、明日からは違う方法を考えるからとか、今日だけ頑張れとか、しまいにはやっぱり、やらなきゃ殴るとか脅したりして、取り乱すわたしをなんとかなだめようとした。でもわたしは、武が何か言うたび、少しずつ、自分のどこかが溶けていくような、欠けていくような感覚がして、とにかく大声を出し続けていないと気が済まなくて、頭を抱えてずっと叫んでた。

わたしを一人残したら、逃げられると思ったんだろうね。武はお客を拾うことができず、夕方まで二人であちこちブラブラして……そうそう、そのとき、武はお昼にステーキをおごってくれてね、フルーツパフェも食べさせてくれた。丸一日、ほとんどお互い無言だったけれど、なんだか妙な時間だったなあ。結局、家に帰る前に二人で嘘のすり合わせをしたの。六人のお客をとったことにして、祖父に渡す売上金は、武が自分のわずかなポケットマネーから出すことになった。

車から降りるとき、武がわたしを振り返って、すごく真剣な顔になって、「絶対に、絶対に、新しい方法を考えようってじいちゃんに言うから」って言った。もうわたし、そのときすでにいろいろな感覚が麻痺しちゃってたのね。軽トラの荷台で商売するぐらいなら、ラブホテルのほうが一万倍マシ、なんて思っちゃった。よく考えたら、どちらも最低の極みで、荷台とラブホテルの間に差があったとしても、そんなのはほんのわずかなものなんだよね。

ていうか、十四歳でそんなことをしてる時点で、やり直しなんて不可能よね。

わたしは見た目が若かっただけで、中身はおばあさん売春婦と同じだったわ。

それで……武の言う、新しい方法、のことなんだけれど。それを祖父が検討することはなかった。

武が悪いの。あいつが、嘘の売上金を渡しすぎたのよ。多く渡せば渡すほど、祖父の機嫌がよくなって楽に話し合いができると安易に思ったの。本当、子供の頃にろくな教育を受けていない人間って、こういう肝心なときに知恵が足りない。あなたみたいにきちんと小学校に通い、中学、高校、大学にまで進んだ人にはピンとこないかもしれないけど、幼い頃に教育というものから遠ざかってしまった人間はね、大人になってもびっくりするぐらい、トンチンカンなミスを犯すものなのよ。

こんなに稼げるなら、これでいけるじゃないか。やったな、でかしたぞ。

祖父がそう言うのも、無理もないことでしょう。

改めて振り返ればそれはそれでよかった。武の無能ぶりにはものすごく頭にきたけれど、ああいうことにでもならなければ、わたしは決意できなかったかもしれないから。

家を出ることにしたの。

やるなら、その夜しかなかった。次の日はまた学校を休んで軽トラに乗せられることが決まってたから。みんなが床についてからでは遅い。祖父はいつもわりとはやめに寝てたんだけれど、必ず夜中に一度は目を覚まし、トイレを済ませてから順子とアレをすることが多くてね。いつ目を覚ますか予測がつかない。チャンスはお風呂のときだけだった。うちのお風呂の窓、その前日に誰かが壊して、そのときだけ簡単に取り外しができるようになってたのよ。追い風が吹いてる気がした。これを逃したら、一生ここから出られないって自分に言い聞かせたわ。

なんでもないような顔をして、夕飯の後いつも通りお風呂に入ろうとした。そうしたらね、脱衣所の戸を開ける直前、牧子おばさんに呼び止められたの。

舞も一緒に入れてくれって。あの子、当時五歳ぐらいだったのかな。妙にわたしになついてて。乳児の頃から、ほとんど毎晩一緒にお風呂に入っていたの。なんとかして免れようと思ったんだけど、うまくいかなかった。無理に断ったら怪しまれるし。

舞は敏感な子だったから、妙な気配を勝手に察知してたみたい。脱衣所に立つと、わたしを見上げて、黙ったまま涙を浮かべるの。わたしはしーってやりながら、じゃあね元気でねって、彼女に言った。舞は大人みたいに静かに涙を流しつつ、何度もうなずいてた。わたしが窓を外し、外に身を乗り出して、裏の路地に降り立つまで、声も漏らさず黙っていてくれた。

夕飯の準備を手伝っている間に、そこにこっそり靴を置いておいた。素足に履くと、自分が持ってる全ての力を振り絞って、走った。

走りながら、こんなに簡単なら、どうしてもっとはやく出なかったんだろうと思った。今でもそれはときどき考える。もっとはやく、もっと心の傷の浅いうちに、家を出ていればって。でも、時間を巻き戻すことはできないもんね。あれがベストのタイミングだったんだって、自分に言い聞かせてる。

身一つで向かった先は、誠おじさんの家。覚えてる？　そう、母の兄。わたしの唯一の味方だって、話した人。案の定、心よく迎え入れてくれたわ。あちこちの友人や知人に連絡をとって、当面の面倒を見てくれる人を探してくれた。結局、隣の県に住んでた、誠おじさんのお嫁さんの幼馴染《おさななじみ》の家に居候することになったの。

その人はマリエさんっていって、一人きりで随分と大きな家に住んでた。誰かの愛人をやってたみたい。マリエさん自身も、親に虐待されて、家出していたの。あたしのことを成人するまで可愛がってくれた。感謝してもしきれないわね。

あたしはマリエさんのもとで、やっとまともな暮らしを手に入れた。十七歳で大検に合格して、十九歳のとき、アルバイトでこつこつためたお金で、看護師の専門学校に入学した。はじめは普通に、耳鼻科とかでいいかななんて考えてたんだけど、医療のことを詳しく知っていくうちに、命の誕生を手助けしたいと思うようになって、余分に一年、別の学校で助産師になるための勉強をしたの。

就職したのはね、都内の個人経営の産院。場所柄もあって、裕福そうな妊婦さんが多かった。産婦人科は嬉しいことばかり起こるわけじゃなくて、悲しい出来事は、それと同じぐらいか、それよりたくさん起こってしまうんだけれど、やりがいもあったし、幸せな職場だったな。

結婚？

うん、してる。

三年前かな。旦那はね、普通のサラリーマン。損害保険関係っていえばいいのかな。うん、そう、その会社。えっ、そんな大したことないよ、やだ、やめてよ、玉の輿《こし》なんかじゃないってば。

助産師の仕事は……結婚当初は続けていたんだけれどね、わたし、ちょっと体調崩しちゃって、今はお休みしてる。大丈夫大丈夫、大したことはないの。ううん、子供はいないの。ほら、わたしの体調のこともあるし。でも、来年か再来年には家も買う予定だから、それに合わせてそろそろ欲しいよなあって、旦那には言われてるんだけど。

正直、怖いの。自分がちゃんとした母親になれるのかどうか、わからない。子供は好きだよ。赤ちゃんの扱いだって、昔からプロ並みだったし。今は正真正銘のプロだけど。そうじゃなくて、わたしはいわゆる育児放棄をされたでしょう。そういうのって連鎖するっていうじゃない？

自分の母と、同じことをしてしまうんじゃないかって、不安なの。

でも、今の悩みはそれぐらい。あの頃と比べると、もう考えられないぐらい、毎日が平和なの。

今でもね、ふとしたときに、不思議な気持ちになる。たとえばこうして、こういうありふれたコーヒーショップで、あなたとお話ししてることも、よく考えたら不思議。あんな暮らしをしてた自分が、普通の人の顔をして、普通の人が飲むコーヒーを飲んでる。不思議。昔はこんなことともとても想像できなかったもの。スーパーで買い物をしたり、デパートで化粧品を選んでいるだけで、随分と遠くまできたよなあ、なんて考えちゃうときもある。おかしい？　そうよね。生まれた場所と今いる場所、そう大して距離は離れていないのにね。

サラブレッド2

まさか、こんな話を聞かされるとは思っていなかった。目の前の、「専業主婦」という言葉のイメージをそのまま具現化したような女性が、少女の頃に軽トラで売春相手を探していたなんて話、誰が信じられるだろうか。嘘をついているようには見えなかった。彼女の話を聞きながら、痴漢事件の裁判のニュースなどで聞く「迫真性に富む」という言葉を響子は思い出した。

「どうしたの、具合でも悪い？」

響子は顔を上げた。初音に心配そうな目で見つめられていることに気がつき、耳が熱くなった。

「顔が真っ赤だけど。この店、暑い？」

「そんなことないです。ただ……なんだか自分が恥ずかしいなあって」

初音はゆっくり首をかしげる。響子も妙な気分になった。どうして恥ずかしいなんて、正直に言ってしまったんだろう。初対面の人間にいとも簡単に心を許している自分が、不思議だった。

「こんな言い方するとむかつくかもしれないですけど、自分はまだ恵まれていたほうなんだな、というか。別に、優越感に浸ってるとか、そういうんじゃないんです。ただ、初音さんよりずっとマシな環境にいたのに、今こんな状態の自分は、つくづくダメな人間なんだなと思いました」

初音はフフフ、と目を細めて笑った。なんとなく馬鹿にされているような気がして、響子は内心むっとした。

「人は人、自分は自分。比べても意味のないことよ」

「そうですよね」響子はわざと不機嫌に答えた。

「正直に告白するとね、響子さんが幸せな人生を歩んでいると聞いていたら、わたしも会いたいとは思わなかったかもしれない。塩原みゆ子さんは、あなたのことをそんなに詳しく話してくれたわけじゃないんだけど、でも……」

「自分よりかわいそうな奴を観察するために、あたしに連絡したんですか」

「そうじゃないの。そうじゃなくて」

「人を見下すのって、気持ちいいですもんね。初音さんは幸せでいいですね」

「響子さん、誤解してる。わたし、あなたが思ってるほど、昔も今も幸せじゃないよ」

「でも、結婚してますよね。旦那さんだっているんですよね。来年か再来年には、家を買う予定なんですよね」

「だからって、幸せとは限らない」

「じゃあなんで、どうして、あたしに会いにきたんですか。優越感を持ちたかっただけなんじゃないんですか」

目の前を自分の唾液の飛沫《しぶき》が飛んだ。しかし何かひっかかるものがあって、響子の声はだんだん小さくなる。今の生活に満足している女が、どうして優越感を持ちたがる？　どうして自分より不幸な女を必要とする？　初音は一体何を考えているのか。

「どうして会いにきたんだろう」しばらくして、初音はひとりごとをつぶやくように言った。「劣等感を抱きたくなかったことは事実。それが、優越感を持ちたかったってことと同じことなら、素直に謝る。そうね……ただ単に、友達が欲しかっただけなのかも。わたしね、友達がいないの」

初音はハンドバッグを膝に乗せ、財布を取り出した。ピンクのエナメルの随分可愛らしいデザインのものだった。ところどころ、この人は趣味が妙にキャピキャピしている。

「一人も……ですか？」

「うん。子供の頃から、今の今まで。ここはごちそうするわね。あ、やだ、お会計って先に済ませてあるんだよね。もう、いまだにこういうところくると、どうしたらいいのかわからなくて、ドギマギしちゃう」

初音は頰に手を添えて恥ずかしそうに笑う。響子もつられて笑った。

「気が合いそうだなって思ったのは、わたしだけなのかな」

初音にそう言われても、響子はなんと答えていいかわからず黙ってしまった。自分と気の合う人間など、この世に一人もいないと思っていた。まして自分と友達になりたい人間など、銀河の果てまで探しても見つからない気がしていた。

夜、初音から電話があった。彼女と別れた後、響子は本屋に寄ってテレビ雑誌を一冊買い、ベッドに寝転がってそれをぺらぺらとめくっているうちに、いつの間にかうたた寝をしていた。電話の音で目を覚ますと、午後十時を過ぎていた。

昼間とはうってかわって、初音はテレビやファッションや旅行のことなど、どうでもいい話題ばかりを口にした。友達を持ったことがないという初音は、要するにこういうことがしたかったのかと響子は思った。四時間近く彼女はしゃべり続けていた。

その日以降、ほとんど毎日のように電話がかかってくるようになり、次第に響子もそれを楽しみにするようになった。夜が多いが、ときどき昼間にかかってくることもあり、そういうときの初音はやや情緒が不安定なようにも思えた。反対に夜は昼間の倍ほど口数が多く、話の内容もややミーハーな感じで、響子がついていけるのはテレビ番組や食べ物の話題ぐらいだったが、よくわからなくても、彼女から流行《はや》りの化粧品や南の島の話を聞くのは楽しかった。

はじめて会ってからひと月が経過しても、過去についての話は封印されたままだった。それだけでなく今の生活のことに触れるのも、初音は絶妙に避ける。住んでいる場所さえ詳しく明かそうとせず、はっきりしているのは「東京」に住んでいるということだけだった。以前勤めていた産院の名前も、初音が抱えている持病が何なのかも、響子はいまだに知らない。

確信に触れないのは響子も同じことだった。三日前、響子ははじめて週刊誌の編集部に電話をかけた。しかし自分のことをどう伝えればいいのかわからず、すぐに切ってしまった。今週に入って新たに派遣会社に登録し、携帯販売店の紹介予定派遣の面接を受け、落ちた。明日の午後、また別の面接がある。これらのことを初音には話していない。金がないことは言ってある。ただ、どの程度までないのか、詳しく説明していない。

今夜もいつも通り、午後十時過ぎに電話がかかってきた。初音はいつにも増して陽気だった。昨日の昼に話したときは落ち込んでいる様子だったので、響子は少し心配していたのだがほっとした。今夜の話題は、最近封切されたばかりの中国映画についてだった。初音は明日、レイトショーで夫とそれを見る予定なのだという。平日の夜に夫婦で出かけるのは二年ぶりのことだそうだ。響子はそれよりも、明日は初音から電話がないかもしれないということのほうが気になった。聞いて確かめたかったが、自分が常に電話を心待ちにしていると思われるのが恥ずかしくてできなかった。

この人の夫は毎晩帰りが遅い。だから夜の長電話が可能なのだが、それにしてもよほど仕事が忙しいらしい。それなのになぜ明日ははやく退社できるのだろう。

そもそも本当に、初音は結婚しているのだろうか。最近はそれすらも怪しく思えてきた。息継ぎすらも惜しそうなほどの早口で、彼女は映画のあらすじをまくしたてる。そこまで知っているなら見る必要はないのではないかと思うと同時に、映画館の場所さえわかれば、彼女の夫をこの目で見ることが可能ではないかということに気がついた。

響子は話が一瞬途切れた隙をつき、さりげなく「どこで見るの」と尋ねた。

「どこでって、どうして？」

「いや、わたしも見たいなあと思って。一緒に見にいっちゃだめ？」

不覚にも声が上ずった。どうしてこの程度のことでドギマギするのかと、自分の小心ぶりが嫌になる。

「もしよかったら、旦那さんと待ち合わせする前に、夕食でもどう？　あれから会ってないし」

「そうね……」

「旦那さん、どんな人なのか見てみたいし」

「別に、明日じゃなくてもいいじゃない」

「そうだけど、じゃあ一度、おうちに遊びにいってもいい？」

初音は数秒、黙った。妙に不自然に感じる間だった。

「いいけど、実はそろそろ引越しすることが決まって、今すごくバタバタしてるのよ。だから引越しが済んでからでもいいかな」

響子の胸の内を、霧のような湿ったものがじわじわと広がる。

「今、どこに住んでるんだっけ」

「……どうしてそんなこと聞くの？」

いつもそうだ。答えたくない質問は必ず質問で返してくる。響子は「まあいっか」と、そっけなくならないよう注意しながら答えた。初音はまた不自然な間をあけてから、「とにかく、引越しが済んだら遊びにきてね」と明るい声で言った。

以前の職場の従業員連絡先一覧表は、押し入れにしまってある段ボール箱の中に、いらない洋服と一緒にねじ込まれていた。思った通り、塩原みゆ子の携帯の番号が記載されている。一時間ほど迷って、電話をかけてみた。つながった。

恐る恐る名乗ると、彼女は「本当に中川ちゃん？」と以前と同じ親しげな様子で呼びかけてきた。邪険にされたらどうしようと、そのことばかり心配だった響子は、安心するあまり息が止まりそうになる。

「久しぶりー。あ、もしかして、坂田さんから連絡がいった？」

響子は上ずった声で、うん、と答えた。塩原は過剰なほど申し訳なさそうに、「ごめん。迷ったんだけれど、どうしても紹介してほしいって頼まれて、断れなかったのよ」と弁解した。

「中川ちゃんのこと、遠い親戚かもしれないっていうから、電話番号教えたんだけど、本当に親戚なの？」

「うん。それでね……」

「なんだ、そっかあ、よかった。中川ちゃんの番号を教えた後になってさ、もしかしてあの人、変な宗教やってたり、ねずみ講とかさ、ああいうのやってる人で、勧誘目的だったのかな、なんて考えちゃって。軽はずみなことしたのかもって、ちょっぴり後悔してたんだよね」

「宗教とか、やってそうに見えたの？　あたしも、まだあの人と電話でしか話してなくて」

「うーん、そういうわけじゃないの……この話、わたしから聞いたって言わないでよ。ていうか坂田さんとはもう金輪際会わないだろうし、どうでもいいんだけど。なんかね、とにかく人の出入りが多い家だったのよ、あそこ。それもどういうつながりなのか、よくわからない人……中年の男の人とか、逆に妙に若い男の人とか。それに旦那さんが……ちょっとね……」

「え？　旦那さんがどうかしたの？」

「いや、見た目は普通なのよ。挨拶もきちんとしてくれるし、仕事もちゃんとしてるみたいだし。でも、普通のサラリーマンだっていうわりに、高級車を自慢げに乗り回してさ。うちの旦那が言うには、新車だと八百万円ぐらいするらしいのよねえ」

「……で？」

「でって、それだけ。とにかく、何か変なの、妙なのよ。同じマンションに住んでた人、全員そう言ってたもの、あの夫婦って謎よねって。まあ、結婚して何年も経つのに子供がいないから、そのせいでちょっと不思議な感じに見えてるだけかもしれないんだけど。そうそう、わたし、今妊婦なの。もうすぐ臨月よー。それで、今は群馬に住んでて、そうだ、暇だったら遊びにきてよ。料理もできるようになったし、ごちそうするよ」

「そんなことより、塩原さんが前に住んでたマンション、どこにあるの？　今度、彼女のところにお邪魔することになってるんだけど、行き方を聞きそびれちゃってさ」

「ああ、えっとねえ。駅から歩いて……」

「車でいくから、住所を教えてくれるとありがたいな」

「今、手帳探す。もうすっかり忘れちゃって」

五分ほど待たされた後、初音のマンションの詳しい住所と部屋の番号を、響子はテーブルに出しっぱなしにしていた電気料金の領収証の裏にメモした。塩原みゆ子はご丁寧にも彼女自身の新居の住所まで教えてくれたが、そっちは書きとめるふりだけしてすぐに忘れた。電話を切ると、塩原みゆ子が今、群馬県に住んでいるのか栃木県に住んでいるのか、あるいは福島県だったかわからなくなってしまった。

翌日の午後、響子は通販会社の試験を受けた。職種はオペレーターで、他社の派遣会社からきた者も含めて、希望者は他に五十人ほどいた。筆記試験も面接も散々なできだった。自分以外の全員が美人に見えた。会社を出るとすぐにコンビニのトイレに入り、ストッキングを脱ぎながら破り裂いた。

バッグから、昨日、初音の住所をメモした領収証を取り出す。今いるところからなら、地下鉄一本でいける。

久しぶりにパンプスを履いたら靴ずれをおこしてしまったので、駅前の雑貨屋でビーチサンダルを買った。白のツインのセーターにタイトスカート、足元はビーチサンダルという、十月のはじめの肌寒い日にはあまりに不釣り合いないでたちで、地下鉄の改札を抜けた。

初音のマンションの最寄り駅であるN駅は、地下鉄の地上駅で、住所は東京でなく神奈川県だ。最初に会ったとき、彼女は一言もそうとは言わなかった。都内まで十キロもないような場所だし、大したことではないかもしれないが、昨日、塩原からそれを聞かされ、なんとなく響子は納得がいかないような気分になった。今では彼女の何もかもが信用できない。あの壮絶な生い立ちの話は真実なのか。そもそも本当に自分の異母姉妹であるのかどうか、それすらきちんと実証されたわけではなく、根拠とされているのはいまだにあの三枚の写真だけだった。何が本当で何が嘘なのかわからない。彼女とはもう合計何時間会話をしたのかも定かではないが、響子は自分たちが血のつながった者同士だとは、もはや少しも思っていなかった。

全てがどうでもよかった。嘘なら嘘でそれでも構わない。むしろ嘘であればいいとすら思う。彼女の真実を見てみたい。それだけだった。要するに興味本位だった。自分を必要としてくれる家族がいたなら、あるいは忙しい仕事があれば、もしくは暇を共有できる友人が一人でもいれば、自分は初音のことになど見向きもしなかっただろうと響子は思う。

N駅のホームはまばゆいほどの光にあふれていた。二階にあり、思いのほか空が近いからだろうか、それとも幸せそうな主婦の姿が多いせいかもしれない。メモの通り一番出口を出ると、正面からベビーカーの集団がぞろぞろとやってくるのが見えた。母親たちは道を横一列になって歩くことに何の躊躇《ちゅうちょ》もなく、むしろそれを当然のことと思っているようだ。主婦というより、都心を自信満々で闊歩する優秀なOLみたいな身なりをしている。

響子はNという土地の名前すら知らなかったが、周囲を見渡してみて、ここはいわゆるニュータウンと言われるようなところではないかと思った。仰々しい駅の構造、わざとらしく植えられた緑や立ち並ぶ商業施設など、景色が妙に肩肘《かたひじ》張っていて、街全体がなんだか詐欺師のように嘘臭い。響子が通っていた高校のすぐそばにも、ニュータウンと呼ばれている地域があった。あんな嘘臭い場所で暮らしていたら、家族や自分の生活さえも嘘っぽく思えてこないのだろうかと、近くを通るたびに考えた。そこから同じ高校に通っている生徒も少なからずいたが、その中に響子が気軽に言葉を交わせる間柄の者は一人もおらず、だから疑問を誰かに直接ぶつけてみたことはなかった。

外に出ると、風が冷たかった。さっきまで何とも思わなかったのに、今になって急に、十月の午後にビーチサンダルを履いている自分がとてつもない愚か者のように思えた。こんな姿で初音に会うのはあまりに恥ずかしすぎると、今さら自覚した。響子は道を引き返した。初音のところへいくのはまた今度にしようと思った。今日は具合が悪すぎる。昼食をとり損ねていたので、駅には向かわず、駅前のショッピングセンターに入ってみることにした。ショッピングセンターのてっぺんからは巨大な観覧車がつき出ていて、なんてバカバカしい外観なんだろうと思う。

レストラン街は五階と六階にあったが、どの店も単価が高く、入るのをためらった。響子は落ちる穴を失ったパチンコ玉のごとく、五階と六階を不規則にうろうろし続けた。スパゲティもとんかつ定食もお好み焼きも喉から手が出るほど食べたい。しかし、食べたら絶対に後悔することはわかっている。その金で何個コンビニのおにぎりが食べられるのか。だからといって、この空腹をコンビニごときで済ませるのはしゃくだった。

あと二周して、それでも決断できなかったら帰ろう。そう考えながら観覧車乗り場の横を通過する。そのときだった。響子はとっさに、左手のゲームコーナーの中に走って逃げた。

ゲーム機の陰からそっとそちらを見る。間違いなかった。フロアの奥まったところにある喫茶店から出てきたのは、紛れもなく初音だった。クリーム色のワンピースと紺のジャケットを羽織った彼女は、携帯で誰かと話をしながら、観覧車を挟んで響子がいるのとは反対側の通路へ向かっていく。響子は十分距離をとって、彼女を尾行した。初音は携帯を閉じ、バッグの中にしまった。そのまま奥のトイレの中に姿を消した。

響子は少し迷ったが、勇気を振り絞って自分も女子トイレの中に入った。

思わず「アレっ」と声を漏らした。

女子トイレは完璧な無人だった。四つある個室の戸が、全て開いているのだ。念のため一つずつ中をのぞいてみたが、どこにも誰もいなかった。洗面台にも人はいない。ここは六階なので、当然外に脱出できるような出口もない。何が起こったのか全く理解できなかった。初音は狐か何かなのだろうか。響子は呆然《ぼうぜん》としながら、しぶしぶ女子トイレを出た。

納得がいかず、しばらくトイレの前をいったりきたりした。さっき、確かに初音を見た。人違いとは思えなかった。そもそもたとえ人違いだったとして、だとしたら自分が間違えて追った女はどこへ消えたのか。まさか幻覚でも見たとか？　あまりに人生が行き詰まりすぎて、とうとう精神に異常をきたしてしまったのだろうか。

どこからか女の「わっ」という悲鳴が聞こえた。

初音の声に似ていた気がした。そして声は明らかに男子トイレの中から聞こえた。響子は耳を澄ましたが、わずかな物音すら、もうしない。ぎりぎりまで男子トイレに近づいて、上半身を伸ばして中の様子を探る。小便器の前には誰もいなかった。三つある個室の、一番奥の戸だけが閉まっている。洗面台付近も無人だった。

万が一誰かが入ってきたら、一目散に走って逃げればいい。そう自分に言い聞かせながら、響子は男子トイレの中に忍び足で侵入した。

入口横の洗面台の前でとどまって、奥の様子をうかがう。試しに「初音さん」と声をかけてみようかとも思ったが、緊張で喉が動こうとしなかった。

しばらくは、全くの無音だった。一分ほどして、一番奥の個室の中から再び「わっ」と女の叫び声が聞こえた。同時に男の「おっ」という声も聞こえたような気がした。響子は気味が悪くなって、まともにその個室のあたりを見ることができない。それでも真相を確かめたかった。自分の身に危険が及んだときのために、すぐに駆けだせるよう体勢を整えた。

やがて、ドアがゴンゴンゴンと激しく内側から叩かれはじめた。いや、叩かれるというより、揺らされているような感じだ。また「わっ」「おっ」と男女の叫ぶ声がわずかに聞き取れた。このときになってやっと響子は、中で何がおこなわれているか、一つの仮説にたどり着いた。

ゴンゴンゴン、ゴンゴンゴンと騒ぎがひとしきり続いて、急に静まり返る。ドアが開いた。

先に出てきたのは男だった。若かった。背が高く色黒で、顔はわりとハンサムだったが、一メートル半ほど離れたところからでもわかるぐらいの強烈なワキガだった。男は響子の姿に面食らったように半歩下がり、慌てた様子で個室の戸をそのまま閉めようとした。響子はとっさに「あの」と声をかけた。男は片方の眉を上げて、響子をまじまじと見る。

数秒の沈黙の後、響子は意を決し、「初音さん」とドアに向かって呼びかけた。

「初音さん、あたしです。響子です」

どうして名乗ってしまったんだろう。あたしは、彼女に意地悪をしたいのだろうか。自分でもよくわからない。

初音は出てこなかった。男は「知り合い？」と個室の中に語りかけ、それからウヘヘヘヘと笑った。


その夜、案の定電話はかかってこなかった。一週間待っても何もなかったら直接会いにいこう、そう響子は決めた。ところが実際には一週間どころか、一日も待てなかった。翌日、響子は午前八時前に起床して部屋を出た。

昨日にも増して風は冷たく、空は冬のそれのように澄み切っている。パーカでなくダウンジャケットでも着てくるべきだったと後悔した。しかもよく見ると、パーカには毛玉が虫の卵のようにびっしりついていた。いつ、どこで買ったものなのか、かけらも思い出せない。

N駅の一番出口を出て、線路に沿った道を歩いていく。その途中、何度もベビーカー集団とすれ違う。左手に公園が見えてきた。やはり多くのベビーカーが占拠している模様だ。子も仕事もない状態でこの街に暮らし続けるのは、随分と苦しいことなのではないかと、横断歩道の白い線が照り返す光に耐えつつ信号待ちをしながら響子は思った。ああ、また向かい側の歩道にベビーカー。赤ん坊が泣いている。初音はこんな天気のいい日中、いつも何をして過ごしているのだろう。あるいは何かから逃れたくて、トイレで男と会っていたのか。

交差点を過ぎて五分ほどすると、塩原が話していた通り、左手に灰色の巨大な建物が二棟見えてきた。塩原が以前住んでいたのは一号棟の五〇二号室、初音は同じ棟の一〇〇二号室、塩原の話によると、坂田家のほうが一つ部屋が多く、家賃も一万円ほど違うのだそうだ。

二つの建物はまっすぐ南を向いている。そもそもこのあたりの住宅はほぼすべて南向きだ。響子のアパートは西向きだった。朝日と西日はどこがどう違うのかよくわからない。

一〇〇二号室のインターホンを押したが、応答はなかった。

一旦建物の外に出て、ベランダ側から部屋の位置を確かめた。一〇〇二号室と思われる部屋のベランダの物干し竿には何枚かの洗濯物がぶら下がっているが、布団は干されていない。カーテンは閉じられている。居留守ではなく、本当に不在とみて間違いないような気がした。響子は待ち伏せすることを決意した。

道路を挟んで真向かいにある、小さな公園のベンチに腰かけた。しばらく歩けばいくらでもより遊具の充実した公園や散歩道があるせいか、子供を遊ばせるにはちょうどいい時間帯と気候なのに無人だった。ベンチからはマンションの出入口が完璧に監視できそうだった。万が一初音が居留守を使っていたとしても、日が暮れたときに部屋の明かりが点くのを見逃さないはずだ。

色とりどりの布団が、おのおののベランダの柵にベロンと引っ掛けられている。片側一車線の道路は車の往来がそう多くなく、あたりはときおり子供の笑い声、あるいは泣き声が聞こえる程度で静かだった。目の前を行き過ぎる人々を観察しているだけでも退屈しない。そもそもこのところの響子は毎日のように室内で何もせずぼんやりと過ごしているから、一ヶ所にじっとしていることなど屋外だろうがお手の物だった。しかし午後二時頃、さすがに空腹に耐え切れなくなった。駅に戻り、スーパーで焼きそば弁当とおにぎりを二つ買った。もしかすると離れている間に初音が帰宅したかもしれない。ベンチに戻って大急ぎで昼食を済ませながら、食べ終わったらもう一度インターホンを押しにいこうと考える。そのとき、マンションから人が出てきた。男。四十代前半、長袖のポロシャツにジーパン、仕事中の人間には見えない。あれは確か、今から一時間ほど前に駅とは反対の方角から一人でやってきて、周囲をうかがうようにしながらマンションに入っていった男ではないか。なんだかそれが空き巣でも狙っているような様子で、おかしくて印象に残っていた。その男の丸い背中を目で追いながら、ほのかな違和感を覚え、響子は首をかしげる。次の瞬間には、車の往来も確かめず道路を走って渡っていた。郵便受けの前まできたところで、焼きそば弁当を持ったままだということに気がついた。仕方なくエントランス角の消火器ボックスの隣に置き、口元を手の甲でぬぐいながらエレベーターに乗った。

——とにかく人の出入りが多い家だったのよ。それもどういうつながりなのか、よくわからない人……中年の男の人とか。

十階に着いた。午前中もそうしたように、わざとドアスコープから見えない位置に立ち、一〇〇二号室のインターホンを押した。応答はなかった。何度も繰り返す。やがて、カチャカチャとチェーンを操作する音が聞こえ、ゆっくりドアが開いた。

十センチほどの隙間から初音がこちらをにらむように見る。背後がやたらと暗く、響子はここへきてしまったことを少し後悔した。視線が合うと、彼女は作りものめいたため息をつき、ばたんと勢いよくドアを閉めた。再びドアが開いたとき、チェーンは外されていた。

「いろんなことを、一から説明するのが面倒臭いの」

よく意味がわからなかったが、響子はなんとなく笑ってみた。最初に会ったときや、昨日見かけたときとは違い、初音はピンクのキャミソールにデニムのミニスカートと派手な格好をしており、化粧も濃い。長い黒髪の、毛先だけがなぜか濡れている。

「わたしのこと、笑いにきたんでしょ」

響子は黙ったまま首を振る。嘘を見破られまいと必死になる子供みたいに、ぶんぶんとわざとらしいぐらい大きく振った。

「じゃあ、何しにきたの」

「何しにきたっていうか、その……」

「とにかく、これからお客さんがくるから……」言葉を切って、彼女はかすかな笑みを浮かべた。

「でもいいわ。中に入って」

この期《ご》に及んで響子は躊躇した。それを見抜いているかのように、初音はさっさと部屋の中に引っ込んでしまった。響子は慌てて、閉じかけたドアの隙間に体を滑り込ませた。

想像していたより、中は散らかっていた。広さは全体で八十平米ほどだろうか。入ってすぐ右側にバス・トイレ、左側に洋室が二つに和室が一つ、奥にはカウンターキッチン付きのリビングダイニングと広いベランダ、至って標準的なファミリータイプの3LDKだ。しかし、この家のキッチンからはかすかに生ごみのにおいがする。ダイニングテーブルの上には新聞や雑誌が出しっぱなしになっていて、食事をする隙間もなさそうだ。家具はどれも埃の膜で覆われており、おそらく元は白かっただろうソファは不潔なねずみ色に変色している。こんなにも汚れた部屋で、窓を閉め切って生活する彼女が信じられなかった。夫は何も言わないのだろうか。あるいは彼女の夫は、もうすでにここで暮らしてはいないのかもしれない。

ピンポーンと、音が響いた。

「悪いけど、そこにいてくれる？」

初音は濡れた毛先を指でもてあそびながら言った。

「そこって……」

「そこの和室」

響子は振り返り、襖《ふすま》を開けた。畳の上には布団や洋服などが散らばり、文字通り足の踏み場もなかった。食べかけのスナック菓子や空になったカップ麺の容器まで転がっている。

「三十分ぐらいで終わるから」

そう言って、初音は響子の体を強く押した。響子はよろめき、湿った古い掛け布団の上に尻もちをついた。初音はぴしゃりと襖を閉めた。よく見ると、障子紙はところどころ破れていた。

しばらくして、初音が客を迎える声が聞こえた。やたらと甘い声。客は男のようだ。男の相槌。足音。初音の笑い声。響子はためらいつつも、壁に耳を押し付ける。深く息を吸うと、にんにくのようなにおいが鼻に入ってきた。

初音はやたらと早口で、子供みたいなしゃべり方をしている。どんな話をしているのかまではわからない。軽快な笑い声をあげた直後、ふいに、彼女は黙った。ほんの数秒間の沈黙の後、女のわざとらしい息遣いが聞こえてきた。

響子は壁から耳を離す。そうしなくても十分聞こえることに気がついたからだ。和室の中央に移動し、体育座りの姿勢になった。行為は彼女が言っていた通り、三十分ほどで終わった。ドアが開く音。そのまま男を帰すのかと思いきや、二人は洋室からリビングにやってきた。自分の姿が襖に透けてしまうかもしれないと思い、響子は慌てて湿った布団の中にもぐり込んだ。

二人はしばらくの間、他愛ない会話をしていた。天気のこと、駅前にできたパチンコ屋のこと。話の中にたびたび「坂田さん」という名前が出てきたが、それは初音を指しているのではなく、どうやら彼女の夫のことらしかった。

やがて男は出ていった。

響子は初音が襖を開けてくれるのを待った。ところが彼女はそのままリビングでテレビを見はじめた。もしかすると自分が見てはいけないものがまだその場に転がっているのかもしれないと、響子は体育座りのままその場に待機した。すると初音が「いつまでそこにいるのよ」と低く言って、笑った。恐る恐る襖を開ける。初音はこちらに背を向けたまま、リモコンでテレビを消した。

さっきまでぴったりと閉じられていたカーテンが全開になっていて、日の傾きかけた空とニュータウンの一部が、窓の向こうに見えた。初音はソファに浅く腰かけ、両足をローテーブルに乗せて爪の甘皮をめくっている。散らかってさえいなければ、ここには幸福の象徴がたくさんあると響子は思った。この部屋で、こんな穏やかな午後、誰かの帰りを待ったりする暮らしはどんなものなのだろう。

「わたし、高所恐怖症なんだよね」初音がふいに口を開いた。「うちの旦那もそうなの。なのに、

この景色に揃って惹かれてさ。でもやっぱり、ベランダに立つたびに心臓が縮み上がる。だから
わたし、洗濯は嫌いなんだ」

洗濯どころか家事全般きちんとやっている気配がないと思ったが、響子は何も言わずにおいた。

初音はローテーブルの上のマグカップを手に取り、口をつけた。

「さっきの男の人はね、わたしの浮気相手で、もう長い付き合いなんだけど……っていうのはうっそー」

「じゃあ、一体……」

「悪いけど、詳しく説明する気はないの。だからさっさと帰ってくれる?」

「でも、せっかくきたんだし、いろいろ、話とか……」

「何の話よ」

鋭い声でぴしゃりと言われ、途端に響子は喉が詰まる。

「あなたに何か話さなきゃいけない義務がわたしにあるわけ? ないでしょ? だったらはやく帰ってよ」

「でもやっぱり、せっかくきたんだし」

「せっかくせっかくって、あなたが勝手にきただけでしょ? わたしは呼んでないし。何? からかってるの?」

初音は立ち上がり、つかつかと歩み寄ってきた。そして響子の右の二の腕を強くつかんだ。力がものすごい。長い爪を服の上から皮膚に食い込ませる。なぜそんなことをするのかわからなか

った。しかし、痛みに耐えて歯を食いしばっていると、不思議と妙な気力がわいてくるのだった。

「はやく帰りなさいよ」

「嫌だ」

「どうして帰りたくないのよ。わたしに一体何の用なの、言いなさいよ」

「こ、この部屋を……」

「は？　言いたいことがあるなら、もっと大きな声出したらどうなの？」

「こ、この部屋を掃除したい」

初音は目を見開いたまま停止した。しばらくして、ぷっと噴き出した。

「何？　あなた、うちのお手伝いさんにでもなりたいの？」

「そういうわけじゃないけど。あんまり汚いから」

「勝手にすれば」つぶやいて初音は背を向ける。

あの日の初音と、今日の初音、昨日トイレの中に消えた初音、どれが本物なのだろう。響子は、その疑問を彼女にぶつけることができなかった。


段取りにはじまり、段取りに終わる。とにかく全ては段取りだ。これは中学の頃から母親の代わりに家事を担ってきた響子が見出した、家の掃除においてのゆるぎない鉄則だった。

だからまず手はじめに、家中の掃除道具を初音に集めさせることにした。しかし彼女はその命令に背き、ソファに寝転がって外国のドラマのＤＶＤを見はじめた。仕方がないので、響子は自分であちこち勝手に漁《あさ》ってみた。どうせろくなものはないだろうという予想に反し、キッチンや洗面所の棚からは、まだ中身のたっぷり残った各種洗剤がわんさかと出てきた。いずれも古く、埃にまみれている。おそらく以前は、それがどれほど前のことかはわからないが、夫のためにまともで清潔な生活を営む気力が彼女にあったということなのだと思った。

キッチン周りから取り掛かることにする。大掃除をするときは一番手ごわいところから片付けることに決めている。初音が全くこちらに関心を寄せていないのをいいことに、響子は賞味期限の切れているいないにかかわらず、冷蔵庫や棚に入りきっていない食べ物を次々とゴミ袋に入れていった。換気扇もガスコンロも思った通り油にこってりと覆われている。しかし汚れが激しければ激しいほど集中力が研ぎ澄まされていく気がした。頭の中で常に三秒先の行動をシミュレートしながら、無駄のない動作でしぶとい汚れを落としていく。キッチン周りの全ての工程を完了させ、汗で濡れた額を手の甲で拭《ぬぐ》いながら顔を上げると、ベランダの窓から見える空が紺色に変わっていた。

初音が気をきかせてくれたのか、いつの間にか蛍光灯がともっている。彼女は和室から引っ張り出してきたらしい布団を頭からかぶって、ソファで眠りこけている。時計を見るともうあと三分で七時を過ぎるところだった。

腹が鳴った。冷蔵庫の中に、期限ぎりぎりのうどんが二玉あったはずだ。すうどんでも作って食べようと、コンロの下の棚から鍋を取り出し、水を張って火にかける。幸いかつおぶしもさっき見つけておいたので、それできちんとだしをとった。初音を起こしにいくと、彼女は布団で顔を隠していただけで、瞼をしっかり開いていた。

「あの、ご飯作ったんだけど、食べる？」

「食べる」

初音は大人しくダイニングテーブルにつくと、黙ったままうどんをすすりはじめる。響子も向かいの席につき、七味をたっぷりかけてから、器に直接口をつけて濃い目に作ったつゆをすすった。

玄関から物音がした。

二人は同時に顔を上げ、そちらに首を伸ばした。外側からドアが開錠され、開く。

「旦那さん？」

聞きながら振り返ると、初音は空中をじっと見つめ、涙をこらえるような表情をしている。響子はもう一度、「旦那さん？」と聞いた。返事はない。再び玄関を振り返ると、背の高いスーツ姿の男がもそもそとかったるそうに靴を脱いでいる。男が顔を上げる。右手にぶら下げたカバンを揺らしながら、ゆっくり廊下を歩いてくる。響子はそれを見つめながら、まるで何かの審査を待っているような気持ちになった。男はリビングの入口でぴたりと立ち止まると、初音と響子の顔を交互に何度も見た。額が広い。最初に、そう思った。次に、眼鏡のフレームがやたらと細い、と思った。足が長い。唇が薄い。眉も薄い。ちょっと冷たそうな人だな、でもきっと職場のＯＬにはもてるんだろうな、そう思った瞬間、男は笑顔になった。歯が驚くほど白くつやつやしていて、まるでハミガキのコマーシャルに出てくる俳優みたいだ。

「お客さん？」

声は低くも高くもなく、ハスキーというにはやや湿っぽい。初音が何も言わないので、響子は立ち上がり、とりあえず「こんばんは」と言って頭を下げた。人の家にお邪魔をするということが大人になってからほとんどなかったので、どう行動すべきなのかよくわからない。

ところが男はあっけなく響子を無視した。初音だけを見つめ、「もう遅いし、お見送りしたら」とつぶやくと、すたすたと廊下を引き返し、玄関寄りの洋室に引っ込んだ。

バタン、と音がした。次に、カタンと音がした。響子の使っていた箸が、どんぶりから落ちた。

「はやく帰って。とにかく、はやく帰ったほうがいいよ」

響子もそんな気がしたので、急いで上着を羽織った。

「じゃあ、あの、お邪魔しました」

「だめ。やっぱり帰らないで」

初音は叫びながらリビングを横切り、ソファに置いてあった響子のバッグを奪った。腹に抱え込み、ソファにうずくまる。

どうすればいいかわからず、響子は自分の服の袖をもぞもぞいじりながらその場に立ち往生した。初音はおもちゃを独り占めしたがる子供みたいに大げさに体を丸め、バッグを奪われまいとしている。

「でも、帰ってほしそうだったよ、旦那さん」

「わかってる。多分あなたが帰るまで、あの部屋から出てこないつもりだよ」

「それならなおさら……」

「いいの。いて、お願いだから、ここにいて。もし帰るって言うなら、知り合いのやくざに頼んで、あんたのこと乱暴させるから。本当だよ。嘘じゃない。それが嫌ならそこにいてよ」

お手本のような脅し文句に、思わず笑ってしまいそうになる。どちらにしろ、バッグを返してもらえなければ帰れない。家の鍵も携帯もバッグの中に入っている。

仕方なく、響子はソファの端に腰かけた。初音は響子に尻を見せるような形でうずくまっている。赤い下着が見えた。細いがよく張った太ももにはセルライトが全くなくて、羨《うらや》ましいと心から思った。響子のそれは月面のようにぼこぼこだった。

「あのさ、あの、旦那さん、かっこいい人だね」

初音はフンと鼻で笑う。「あんなの、ただのナルシストだよ。気持ち悪い」

「でも、モテるんじゃない？　どうやって知り合ったの？」

無視。初音はゆっくり身じろぎし、バッグを抱え込んだままソファに腰かけなおす。

「……ご飯とか、用意しなくてもいいの？」

「どうせどこかで食べてきてるから。ていうか、わかるでしょ。わたしが普段料理なんかしないこと」

「いつも帰ってくるのがすごく遅いみたいだったけど、どうして今夜はこんなにはやいの？」

「さあ、知らない」

「旦那さんっていくつなんだっけ」

「そんなことよりもさ、わたしがどうしてあなたに会いにいったか、理由を教えてあげようか」

ふいの質問に面食らったが、響子はうなずいた。

「で、でも、その前に、教えてほしいことがある。あたしたち、本当に異母姉妹なの？　嘘なら嘘だって正直に言って。あたし、別に、訴えたり、警察に言ったりしないし」

「本当よ。うちの母が嘘をついてなければ、の話だけど」

「話だけ？　ちゃんとした証拠はないの？」

「ない。あなたはあるの？」

そう言われてみると、なかった。響子も持っているのは写真だけだった。しかも初音とは違い、誰かにそうだと教えられたわけでもなく、自分で気がついて、勝手に信じているだけのことだ。

それでも、自分はあの男の子供に違いなかった。希望ではない。あくまで確信だ。

「とにかく、わたしは響子さんと同じように、小さな頃から、自分は本当は、あの人の子供なんだって信じながら何十年も生きてきた。少なくともそれは二人とも同じでしょ」

なんだか納得がいかないような気もしたが、響子は黙ってうなずいた。やっぱりこの人は違うんじゃないか、そう思えてきた。

「それで、あなたに会いにいった理由だけど。あの日、あなたに指摘された通りよ。自分と血のつながった女が、自分より不幸な人生を歩んでいるのを目にして、安心したかったの」

自分はそんなことを言っただろうか。言ったかもしれない。あの日のことを、ほとんど忘れてしまっていることに気がつく。

「だってね、あなたのことに関する、塩原さんの説明がひどいんだもの。嘘ばっかりつくから職場中の人に嫌われてて、友達が一人もいない、なんて言うから、どんな残念な女なのかと期待しちゃったわ。自分は政治家の隠し子だなんてうそぶいているけど、実はものすごく貧乏な家の出身で、女子高生の頃は援助交際をして家族にご飯を食べさせてたみたい、なんてことも言ってた。だからわたし、ついうっかり、自分の腹違いの妹は父親に見捨てられたばかりに、ものすごく不幸で壮絶な人生を歩まざるをえなかったらしいと思い込んだの。そうしたら……」

初音はクシュっとくしゃみをするみたいに笑う。そして右の眉をつり上げ、馬鹿にするような目で響子を見た。

「あなた、全然大したことないんだもん。何もかも周りのせいにして、すねてるだけの子だった」

響子はすっかり暗くなった窓の向こうを見た。家々の明かりが星のように闇の中に散らばっている。高校生の頃、母が買ったマンションのリビングで、こんなふうにいつも一人で夜景をぼんやり眺めていた日々を思い出した。聞きたくない言葉をぶつけられたときは現実逃避をするに限る。そうしなければたちまち涙がこぼれてしまう。

「あなたに会ったらね、『わたしたち、親に捨てられて人生半分損したようなものだけど、ほら、真面目に生きていれば、わたしのように幸せな家庭を得ることができるわよ』って、上から目線で言ってやるつもりだった。会う前からそうはっきり考えてたわけじゃないよ。会う前は、ただ、あなたに会いたいだけだって、自分に言い聞かせてた。でも今思えば……そんな感じ」

初音はまた、クシュンと笑う。「だけど、いざ対面して話を聞いてみれば、立場は全く逆だった。あなたは何不自由ない暮らしの中で育って、大学まで卒業した。優越感に浸るつもりが、ますます気持ちが卑屈になったわ」

「じゃあ、どうしてあれから何度も電話くれたの」

背後で物音がした。彼女の夫が洋室を出たらしい。

「もうわかってると思うけど、うち、全然幸せな家庭なんかじゃないの」

振り返ると、夫がリビングの入口に立っていた。スーツ姿のままだった。

「お客さんには、いつ帰ってもらうわけ」

顔は笑っているのに、どこか冷たく感じる話し方だった。なんだか妙に怖かった。前の職場の上司の霧島と雰囲気が似ている。身だしなみが常にきちんとしていて、ハンサムで、自信に充《み》ち溢《あふ》れていて、人を見下している。そうだ。この男はきっと、全人類を見下している。この世で一番賢いのは自分だと腹の底から信じ切っている。そしてその手の男はなぜか響子を異常なほど憎み、意味もなく罵声を浴びせたりするのだ。霧島もそうだった。

初音は空中の一点を見つめたまま黙りこくっている。夫はため息をつき、ダイニングテーブルの、さっき響子が座っていたほうの椅子に腰かけ煙草を吸いはじめた。

一本分けてほしい。響子は心から思った。ここ数日、節約のために不本意ながら禁煙生活を強《し》いられていた。

「一体どういうつもりなの？　黙ってないで何か言えよ」

「何か」

「おい」

「お客さんがいれば、わたしのこと殴ったりできないでしょう？」

挑発的な口調で初音は言った。夫は煙を吐き出し、煙草を持つほうの親指で額を掻《か》いた。額は広いのではなく、前髪がやや後退しているせいでそう見えているだけのようだ。歳はいくつぐらいだろう。若ハゲの範疇《はんちゅう》に入れても差し支えないだろうか。

「何を言ってるんだよ。寝ぼけてるのか？」

「やだやだ、お客さんがいるとそうやって、いい人ぶるんだもんね。この子が帰ったら、またいつもみたいにわたしのことぶん殴るつもりのくせに。でもこの子は帰らない。今日からここで暮らすのよ」

「馬鹿なこと言ってるんじゃないよ」

「いいじゃない。どうせあんた、たまにしか帰ってこないんだから」

「すみませんねえ、ご迷惑でしょう。こいつ、最近精神的に不安定で……まあお察しのことと思いますが」

自分に言っているのだと気がつかず、響子は数秒遅れて夫を振り返った。しかし彼は端《はな》から響子のことなど見てないようだった。

「お金、いつものところに置いてあるから」初音が今夜はじめて、夫の顔をしっかり見て言った。

「取りにきたんでしょ？　お金。先月分の二十万。ちなみに本日の売り上げは締めて六万円でございます、旦那様」

「よくわからない話をして……」

「ごまかさなくてもいいの。この子はね、今日昼間からこの家にいて、わたしが何をしているかしっかり見てるの。だからそんな下手な芝居は必要ないのよ」

右頬に夫からの視線を感じ、緊張で身動きできなくなる。そういうときに限って額の右端にかゆみが生じる。ここで額を掻いたら、視線を意識していると思われてしまう気がした。響子は歯をくいしばって耐えた。

「あ、今、超超超むかついてるね？　いいよ。いつもみたいに、わたしのことぶん殴ったらいいじゃない。髪の毛ひっつかんで、耳元で大声で怒鳴りなさいよ」

響子は夫をちらりと盗み見た。テーブルに置いた左の拳《こぶし》がやや震えている気がする。

「人前ではできない？　そうよねえ。世間体がなにより大事なんだものねえ。相変わらずね、出会った頃からちっとも変わらないわ、あんた」

いくら人の目を気にする性質の男だからといっても、そろそろ我慢の限界も近いのではないか。ところが夫は涼しげな表情をキープしたまま、短くなった煙草を消し、新しいものを箱から取り出して火を点けた。煙を旨《うま》そうに吸い込む。

「あ、響子ちゃん。喉、渇いたんじゃない。お茶かコーヒーどっちがいい？」

だしぬけに初音から声をかけられ驚いた。いいです、と答えようとしたのに口が動かなかった。すると今度は脅迫めいた口調で「お茶でいいよね」と念を押され、仕方なく黙ってうなずいた。

初音は背筋を伸ばし、夫の背後を通って、さきほど響子がピカピカに磨いたキッチンへ向かう。夫は真正面を向いたまま煙草を吸っている。足を組む。初音のほうを見ないようにして、無関心を装っている。

初音がこちらを見ている。視線が合うと、唇に人差し指を当てた。わけがわからなかったが、知らん顔をして響子は自分の膝を見つめた。ジーンズに茶色いシミがついていた。うどんつゆをこぼしたらしい。

ゴンと鈍い音がした。

次に、ドスン、と大きなものが何かにぶつかるような音。

顔を上げる。

さっきまでこの部屋には三人の人間がいた。しかし、今は二人。残りの一人は、今はただの物になった。小学生の頃、クラスで下から三番目か、四番目くらいに成績の悪かった響子にも、それはすぐにわかった。

コールガール2

たった今、わたしは犯罪者になってしまったのかな。初音は妙に冴えていく頭で考える。両手に抱えた土鍋が重い。これは確か結婚祝いでもらったものだ。誰がくれたのかはもう記憶にない。智子だったか、ゆかりだったか。裕之側の人間でないことは確かだ。宅配業者から受け取ったとき、ものすごく重くてとても戸惑ったのを覚えている。当時、世間では一般家庭に爆弾が送りつけられる事件が多発して問題になっていた。うちにもそれがやってきたのかもしれないと、裕之と大騒ぎしながら、三時間ぐらいかけて二人で段ボール箱を開封したのだ。

「死んだの?」

中川響子が声を震わせて言う。唇が紫色になり、ひび割れている。化粧ぐらいすればいいのに、肌のキメは悪くないんだから、ぱぱっとお粉はたいてリップ塗るだけでだいぶ違うだろうに、それでできればあと五キロは体重を落として髪を短くしてカラーを明るくすれば結構いけるんじゃないだろうか。初音は不思議とどんどん冴えていく頭で考える。

「ねえ、死んだの?」

「多分」

顔の真下で物音がして、初音は土鍋を持ち上げてテーブルにつっぷした自分の夫を見下ろす。肩がわずかに動いた。かすかなうめき声。まだ生きている。もう一度、土鍋をこの男の頭に振り下ろすべきだろうか。しかし体が震えて、すぐにはできそうにない。

それにしても、サスペンスドラマなんかではこんなふうに誰かが誰かの頭を鈍器で殴って殺害する場面をよく見かけるが、そんなときはもっとたくさん血が流れてはいなかっただろうか。たとえば、そうだ、雨上がりの水たまりぐらいに、被害者の頭の傷からじんわりと広がる赤黒い血液。そういうの、何度も見たことがある。土鍋が裕之の頭に当たったときはもうとんでもないほど恐ろしい音がしたし、裕之はその瞬間スコーンとテーブルに倒れてしまったけれど、しかし赤いものは少ししか見えない。というかちょうど裕之の腕が傷のあたりにかぶさっているせいで、出血しているかどうかさえよくわからない。当たり所がよかったのだろうか。それって、わたしにとっては悪かったってことになるんだけれど。

初音はゆっくり土鍋をテーブルに置く。そして恐る恐る左手で裕之の肩に触れようとした。次の瞬間、衝撃で呼吸が止まった。裕之がタイミングをはかっていたかのように勢いよく上半身を起こし、初音の腰にしがみついてきたのだ。

数秒置いて、響子がイヤアアアアと叫んだ。この期に及んで反応の鈍い女。すぐに叫べよ、すぐに、リアクションが遅いんだよ。初音は自分にしがみつく裕之をじっと見つめながら考える。

「救急車、呼んでくれ」

血が見えた。小さな傷が開いているのがはっきりとわかる。この程度じゃきっと死なない。初音の中である記憶がよみがえる。小学校の低学年の頃のことだ。季節は多分、夏のはじめ。クラスメイトの男子同士がケンカをして、体の小さいほうの男子が投げ飛ばされて窓の枠に頭をぶつけた。床にうずくまったその子の様子を見にいったら、頭がぱっくり割れていた。頭の、どのあたりだったのかはもう定かではない。今の裕之と同じぐらいか、あるいはもう少し傷は大きかったかもしれない。でも意識はあった。その後たちまち救急車がやってきてその子は運ばれてしまったが、一ヶ月ぐらいしたらすっかり元気になって教室に戻ってきた。

いや、いくらなんでも一ヶ月ははやすぎか。だけど同じ年の運動会でその子がリレーのアンカー走者に選ばれ大活躍した記憶があるから、少なくとも三、四ヶ月後には元通りになっていたということだ。

「頼む、救急車」

初音は裕之から逃れようと後ずさる。自分の腰をつかむ彼の手を引き離そうとするがうまくいかない。指を一本ずつはがそうとしても、はがした指がまた初音にしがみつく。その間にも血がどんどん流れる。死ねばいいのに。はやく死ねばいいのに。

「なあ、おい、頼むよ」

徐々に裕之の体が彼女にもたれかかる。腰に絡みついていた上半身がずるずると下がっていき、太もも、膝、ふくらはぎまできたところで、やっとふりほどくことができた。裕之が床の上にうつぶせに倒れる。すかさず初音の足首をつかもうとする。初音はすんでのところでそれを逃れる。彼は顔を上げ、こちらをにらみつけながらじりじりと近づいてくる。まるでゾンビ。初音はリビングの応接セットのところまで走って、ローテーブルの上に乗り上がった。いつの間にか響子まで同じようにソファの上に立ち上がっている。お前はやめろ。大事なソファがへこむ。それは結婚したときに買ったやつで、三十万近くしたのだ。

「ねえ、生きてるみたいだけど、この人」

響子がゾンビを指差しながら言う。ゾンビは苦しそうにゼエゼエ息を吐いている。

「わかってるよ」

「どうするの、トドメ刺す？」

響子の思いがけない提案に、初音は目をむいた。

「どうやって」

「いや、だって、このままじゃいろいろまずくない？」

「だからどうやってやるの」

「もう一回、あの鍋で」

「やめろ」

裕之が絞り出すような声でうなる。力尽きたのか、ちょうどリビングとダイニングの中間地点で動きを止めた。しかしまだ呼吸は続いている。出血もおさまっていない。

「今ならまだ許してやる。救急車呼べ。そうしたらお前の兄貴の借金、チャラにしてやってもいいぞ」

「救急車呼んでください、お願いしますって言いながら土下座したら呼んであげてもいいよ」

裕之は黙る。死んでくれただろうか。

「俺は死なないぞ」

再び動きだす。方向転換を試みる。どうやらテレビの横の固定電話を目指しはじめたらしい。

「お、お前バカじゃないのか？　バカだろ？　いやバカだな。まあうすうす気がついてたけど、やっぱりバカ女だったな。本当に大学出たのか？　ほ、本当は中卒なんじゃないのか？」

裕之は芋虫みたいな動きで少しずつ前進しながら、悪態をつく。

「ただでさえ、社会の、蛆虫《うじむし》として生きてるくせに、これ以上、落ちぶれてどうするんだよ。俺がいてこそ、まともな暮らしができてるんじゃないか。ば、売春婦のうえに、は、犯罪者かよ。そのうえ、借金まで背負って、ボケたじいさん抱えて、し、そうだ、お前、俺がいなくなったら、あのボ、ボ、ボケジジイと心中するしかねえぞ。笑えるな」

この男はわかっているのだろうか。自分のちっぽけな命の全てが、今やこの世で一番バカにしている妻の手に握られているということを。

「裕之」

こんなふうに、彼の名前を呼び捨てにするのは何日ぶりのことだろうと初音は思う。そして、きっとこれが最後だ。

「謝って、許しを請いなさい。すみませんでした、許してくださいって、言いなさい。そうすれば望み通り……」

「お、お前みたいなクソ女は、クソらしくクソの人生を全うしてろ。ク、クソのくせに養ってもらってるんだから、感謝しろよ、クソ女」

初音はテーブルから降り、ファックス付き電話機をモジュラージャックから抜いて壁に投げつけた。部品のかけらが飛び散った。裕之がクウウと甲高《かんだか》いうめき声をあげる。

「逃げよう」

響子を振り返って、初音は言う。響子は目を見開いて、裕之を見下ろしている。

「身支度して、急いで」

初音は裕之のスラックスのポケットをまさぐり、財布とキーケースを抜き取った。ケースの中から洋室の鍵を探す。玄関側の洋室は裕之専用になっていて、初音は無断進入を厳禁されている。響子に、そこにいろ、と目配せして廊下を走りだす。

八畳半の部屋は予想した通り完璧に片付けられている。シングルベッドのカバーやシーツがやけに清潔だ。もしかすると愛人の部屋で洗濯してもらっているのかもしれない。いや、それはないか。システムデスク、CDラック、収納棚、一人がけのソファ。全部でいくらしたんだろう。初音は床に四つん這いになって捜索を開始する。絶対にあるはず。絶対にどこかにあるはず。見つけた。意外にも、出窓に堂々とのせてあった。黒い布のカバーがかけられ、なおかつその上に裕之の好きなE.T.のぬいぐるみがのせてあり、あまりにもそれが自然なので全体がただの飾りだと思って見過ごしてしまうところだった。なんだか変なカモフラージュだが、案外泥棒は見逃してしまうのかもしれないと思う。布をはがしてみると、案の定、金庫が姿を現した。横幅四十センチ、縦二十センチほどで、奥行きは三十センチぐらいある。シリンダーキーのみで開けるものらしく、ダイヤルはついていない。安物。こういうところで金を出し惜しみするのがいかにも裕之らしい。キーケースを開くと、それらしき小さな鍵を見つけた。それを穴に差し込み、回す、やけに重たい蓋を開ける。中に入っていたものが視界に飛び込んできた瞬間、初音は小さくガッツポーズをした。よっしゃあああああ。声に出さずに叫ぶ。やったやったやったやった、わたしの勝ちだ、わたしが勝った、わたしがあの男に勝った、わたしはクソ女じゃない、あいつこそがまさにクソ男、この家で孤独死するがいい、せいぜい苦しんでのたうちまわるがいい、介錯などしてやるものか、きっと誰も悲しまない、誰もお前を探さない、このつまらない街のつまらないマンションのつまらない景色が見えるつまらないリビングでつまらない死を遂げればいい。いい気味。因果応報。悪いことをした人間には必ずその報いが待っている。

壁にかけてあった裕之の黒のトートバッグに金庫の中身を全て入れ、洋室を出ると、もう一つの洋室から自分のハンドバッグを持ち出した。廊下に出て、リビングに立ち尽くしている響子を手招きする。もうあの男の顔を見る必要はない。言葉をかけてやる必要もない。ここからではうつぶせのままの裕之の、膝から下しか見えない。今夜で全てを忘れよう、顔も名前も声も言葉も。

響子はなぜか、初音が凶器に使った土鍋を胸に抱えている。証拠を持ち出すつもりらしい。そんなことしなくても、どのみち自分が最初に怪しまれることはわかっていた。そんなことはどうでもよかった。何も怖くない。裕之がこれから何時間もかけて、一人孤独に死んでいく。わたしにした仕打ちを後悔しながら。わたしと結婚したことを後悔しながら。それだけで十分だ、今は。

響子が青白い顔をしてトコトコ歩いてくる。初音は彼女の右腕をぎゅっとつかみ、この世で一番つまらない家をついに脱出した。

見慣れた街の見慣れたネオンが、なぜか全く知らないものに見える。バーミヤン、マクドナルド、リンガーハット。結局こちらに越してきてから、どれにも一度も入ったことがない。窓を全開にして、外の空気を胸いっぱいに吸い込む。夜に出歩くことなど全く珍しいことではないのに、やけに夜風を心地よく感じた。

膝にのせたトートバッグの中に両手を入れ、札の束を数える。念のため、二度数える。

「全部で四百二万円ある」

前のめりになってハンドルを握る響子に、初音は助手席からささやいた。響子は相槌さえ打たない。ペーパードライバー歴十年以上の自分が運転など絶対に無理だと拒む彼女を説得するのに時間がかかり、出発が遅れてしまった。初音自身も気分が高揚しすぎていて、とても運転などできそうになかった。駐車場でもめているところをマンションの住人に見られてはいなかっただろうかという心配が頭をかすめるが、すぐに流れ星のようにすーっとどこかへ消えていく。

あの男をこの手で成敗した。その事実だけで、窓から顔を出してヒャッホーと叫びたいぐらい嬉しくてたまらない。あの悔しそうなうめき声。いい気味。脳内麻薬がガンガン分泌されているのがわかる。久しぶりにマリファナが吸いたい、と初音は夜風で頬を冷やしながら思う。あの人とふたりきりで旅行した沖縄のバーで、知らない人がわけてくれたそれを、宿に帰って満点の星空を見上げながら代わりばんこに吸った。星の数が瞬く間に増えて、クリスマスのイルミネーションみたいにバチバチ点滅してすごかった。

明日になったら、わたしは、多少は後悔しているのかな。

「ねえ、ところでさ、これからどこへいけばいいの？」

「どこでもいいよ。適当に」

「適当って、言われても……それに、ねえ、どうするの、アレ」

アレとは裕之のことだろう。初音はまた思い出して嬉しくなる。

「別にどうするも、こうするも、あのままにしておけばいいんじゃない」

「いいんじゃないって……やばくない？　だって……」

「わたしが一番に疑われることぐらい、わかってるよ。だからその前に、外国に高飛びするの」

裕之の金庫から持ち出した自分のパスポートを開く。これを奪われたときの屈辱感は忘れがたい。裕之はパスポートだけでなく、初音の身分証の類を全て強引に奪い取り、勝手に保管していた。病院にいくときでさえ、保険証を出してもらうために彼の許可を得なければならなかった。

初音は蓋のついている自分のハンドバッグに四百二枚の一万円札を入れ、私物は裕之のトートバッグに入れ替えた。

「ていうか……」響子の声が震えている。苦手な右折をしようとしているせいだ。「あたし、見ちゃったんだけどー」

どこからかクラクションが鳴らされ、二人は同時に肩をすくめた。

「落ち着きなさいよ、大丈夫よ、右ハンドルだし。ちょっとぐらいぶつけたりしても平気だから。で、何を見たの」

「えっとね、怒らないで聞いてね。あの、旦那さんの穿いてたズボンのポケットに、携帯電話が入ってた」

一瞬で顔全体が熱くなる。しまった。全然気がつかなかった。

「でも、もうあいつ意識失いかけてたし、電話なんかあったって……」

「そう演技してただけかもしれない。初音さんが別の部屋に入っていって、あたしと二人だけになると、あの人、手を動かして携帯電話の場所を確かめてたもの」

「何それ」

「それに、顔を動かして初音さんの様子をうかがったり、にやにや笑ったりもしてた」

「ちょ、なんでもっとはやく言わないのよっ」

思わず叫んだ。響子は「だってえ」と言い訳する子供みたいな声を出す。

「だってじゃないでしょ、だってじゃ」

「だって、だって、言うタイミングがなかったんだもん。初音さん必死そうだったし」

「そりゃ必死だったけど、だからって、それ、超大事な情報じゃん？　何よりも先にわたしに伝えるべきことじゃないの？　ていうかあんたバカ？」

「ひどい。あたし、全然無関係なのに。運転だってしてあげてるのに。今すぐ降りたっていいんだよ」

「分け前三十万の条件で引き受けたくせに、今さら何言ってんの。嫌ならいいよ、はやく降りなさいよ」

「そんなあ。だって仕方ないじゃん。言えなかったんだよ。あたしだってびっくりしたんだから」

学生時代に仲間外れにされたことがあると以前話していたが、今となってはその理由がよくわかる。もし自分がこの女とクラスメイトだったら、間違いなく口をきかなかったし、あるいはいじめる側の主力を担っていたかもしれない。

とにかく。考えろ。どうすべきか考えろ、わたし。初音は自分に発破をかける。

「でもさ、もし裕之が、あなたの言う通り、本当は全然平気だったのに、死にそうな演技をしていたんだとして、だけど多少なりとも出血はしてたわけだし、しかも頭だし、ダメージは負ってるってことよね？　頭のケガってさ、一見大丈夫そうでも、突然重症化することってあるじゃない？」

響子は返事をしない。できないようだ。無謀にもなぜか再び右折を試みようとしていて、それどころではないらしい。

「ねえ、そういえば、わたしたちが駐車場にいる間、救急車のサイレンって、聞こえた？」

響子は小さく「あ」とつぶやく。今度はクラクションを鳴らされることもなく、無事右折に成功した。

「聞こえなかった、かも」

「この辺って、普段よく救急車走ってるんだけど、見かけないよね。ということは、あいつ、救急車を呼ばずに一人でなんとかしようとしてるのかも。あるいは、死んだとか」

「死んでるってことは、ないと思う」

すかさず初音が「なんで」と問い返すと、響子は肩をびくっとさせながら体を窓側に寄せた。

「とにかく、初音さんがいなくなってから、急に元気そうになったの、旦那さん。起き上がろうとしてたぐらい。でも初音さんが奥の部屋から出てくると、また死にかけのふりしてた。でも全然、死にそうには見えなかった、全然」

どうしてそんな大事なことを今まで黙ってたんだこの女は。こんな頭の悪い女は見たことがない。思いっきり罵倒してやりたい衝動に駆られ、次の瞬間、ふいに体から力が抜けた。これまでは自分が、裕之から馬鹿にされ罵られる立場だった。バカ女だのクソ女だのとさんざん罵倒された。改めて実感する。今、自分が響子にいらついているように、裕之は結婚以来ずっと自分にいらつき続けていた。そう考えるといっそう憎しみが募る。わたしが一体、彼に何をしたというのか。

本当に、わたしはこの数年、何をしてきたのだろう。何のために、あんなことや、こんなことをしてきたのだろう。バカみたい。わたし、バカみたいだ。

「もしかして、救急車じゃなく、お友達に助けを求めたとか」

「それはない」初音は即座に否定する。「友達なんか一人もいない」

「愛人は？」

意外に鋭いところをつくではないか。どんくさいのかそうでないのか、よくわからない女だ。

「あるとしたらその線だと思う。でもあいつなら絶対にそうはしない、絶対に。あいつほど外面を気にする男はいないわ。愛人に限らず、赤の他人に、妻に殺されそうになったから助けてくれなんて、そんな恥ずかしいこと言えるわけがない。死んでも言えない。それにあいつが今付き合ってる女って、新宿のお店で人気ナンバーワンのキャバクラ嬢なの。そんな子が、たかだか単なる金づる男のために、こんなかきいれどきの時間に動いてくれるとは思えないわ。多分、あいつはいろいろ考えたんだと思う。救急車を呼べば事情を聞かれるのは間違いない。あの傷、どう説明するの？　床で滑ってこけたとでも？　とてもとても、妻に殺されかけましたなんて言えないわ。これまで必死になって家庭円満の優しい旦那さんを演じてきたのが、一気にダメになっちゃう。あいつは絶対に一人でなんとかしようとするはず。だからそのまま死ぬか、治療が遅れてとんでもない後遺症でも残ればいいのよ」

話しながら、自分の考えは楽観的すぎると思った。しかし、そのことはあえて言わないでおいた。

突然、響子が無言のまま、角でもないのに左ウインカーを出した。そのままブレーキを踏んで、路上駐車されている軽自動車のすぐ後ろに車を停めた。

「もう、無理、限界」

「どうしたの、気持ち悪いの？」

「そうじゃなくて、もう無理なの。これ以上運転できない。緊張で心臓が破裂しそう」

確かに顔中にひどく汗をかいている。ハンドルも手汗でベトベトしていそうだった。裕之が知ったら間違いなく激昂《げっこう》することだろう。彼は新車で買ったこのアウディを、命より大切にしていた。いつだったか、助手席に誤って化粧ポーチの中身をぶちまけてしまったことがあった。アイシャドウのパレットやコンパクトの蓋が衝撃で開き、さまざまな色の粉が飛び散って、裕之は半狂乱になった。顔面に夫の唾液を浴びながら、この人は怒りすぎで頭の血管が切れてしまうのではないかと心配になった。

「ねえ、もうちょっと頑張ってよ。まだこのあたり、うちから全然近所なんですけどー。空港の近くまでいってよ」

「ていうかさ、初音さんは本当に、外国へいく気なの？」

「本気よ」

できるなら朝一番の便で、タイへいくつもりだった。リタイアした親戚夫婦がバンコクのどこかで暮らしている。向こうから兄に電話して、場所を教えてもらえばいい。兄は怒り狂うだろうが、最後にはきっと協力してくれる。

「あたしも、ついていこうかなあ」

「は？　何言ってるの？」

「こっちにいても楽しいことなんて何もないし……ていうか、どこの国にいくつもりなの？」

通り沿いに建つコンビニから派手な女が出てきて、目の前の軽自動車に乗り込んだ。それが発車すると、前方にある交差点の全体が見渡せるようになった。歩行者信号が点滅している。制服姿の女子高生たちが、はしゃぎながら右から左へ渡る。

「物価の安い国へいけば、そのぐらいのお金でも、もしかして一生贅沢できるんじゃない？」

「あなたの取り分は三十万円よ」

女子高生たちはそのまま交差点の角にあるカラオケボックスの中に姿を消した。高校を卒業してもう十年以上経つ。初音の通っていたキリスト教系の中高一貫校では、夜遊びはおろか、制服の改造が発覚しただけで停学になる恐れがあった。それが当たり前だと思い、何の疑問も抱いていなかった当時の初音は、だからさっきの彼女たちのように、流行りに惑わされて浮ついた日々を送る他校の女子生徒たちを心の中で馬鹿にしていた。

「でもさ、三十万でも、国によってはそこそこのお金になるよね。そうだ、その金でとりあえず住むところ探して、その後は日本語の教師でも目指そうかな」

「こっちにいてもできてないことが、海の向こうにいったからって、できるようになるわけじゃないんだよ」

初音は正面を見据えたままつぶやく。若い男の集団が、笑い転げながら信号待ちをしている。

「……どういう意味？」

「どうせあなたみたいな人は外国にいったって、環境に順応できずにめそめそ泣きごとを言うに決まってる。暑いだの、ご飯が辛いだのと言い訳ばかりを口にして、自分からは一切行動を起こさず、全てを周りのせいにしてすねて暮らすだけ。要するに今と一緒。百万円賭けてもいいわ」

響子はぽかんとした表情で初音の顔をじっと見る。痛いところをつかれたことで、うまく反応できないのかもしれない。

「暑いところなの？」

「え？」

「今、暑いって言ったから。それにご飯が辛いっていうと、たとえば……タイとか？」

初音はもう何も言わないことにした。この女はわかりやすいようでいてわからない。さっきまであんなに慌てていたのに、なぜ今はこんなに冷静なんだろう。何だか底が見えない感じがして嫌だ。響子から顔を背け、さっき女子高生が入っていったカラオケボックスのあたりをなんとなく見る。

偉そうなことを彼女に言ってしまったが、果たして自分はうまく順応できるのだろうか。外国には何度もいったことがある。アメリカ、イタリア、スペイン、ベルギー、モロッコ、オーストラリア、カナダ、ブラジル、韓国、香港。大学時代にはボストンで一ヶ月のホームステイをした し、ベルギーは一人旅だった。しかし、東南アジアははじめてだ。それにこれまでの観光旅行とはわけが違う。逃避行。そうだ、これは逃避行。その言葉が浮かんだ瞬間、初音はトートバッグから携帯電話を取り出した。わたしはこの狭苦しくくだらない世界から脱出し、自由になるための旅に出るのだ。それをいつまでもこんな辛気臭い異母姉妹とともに行動していたら、何もかも台無しになってしまう。

どうせ。誰かを連れていくなら。

短縮ダイヤルで、あの男の番号を呼び出す。話を響子に聞かれるのは少々抵抗があったが、この寒さの中、彼女を外に放り出すのも忍びない。電話がつながった。仕方なく小声で「もしもし」と男に問いかける。

「おお」というのいつもの返事。「どうしたんだよ、こんな時間に」

「説明してる暇はないの。とにかく、今から会えない？　大事な話があるの」

男は黙り込む。鼻息が受話口に当たる音が聞こえる。今になって、そもそもこんな夜中にこの男が自分のために出てきてくれるはずなどないと思った。出会ってもう何年経ったのかも定かではないが、会いたい、だの、結婚してほしい、だのというわがままを、これまで一度も口にしたことはなかった。

「お願い。緊急事態なの。それに、あんたにとっても、決して悪い話をするわけじゃないから」

「わかったよ、今どこにいるんだ？」

その返事があまりに意外すぎて、今度は初音が黙り込んでしまった。こうして必死に頼めば、わがままも聞いてくれるんだ。だったらこれまでももっと素直に何でも言えばよかったと、そう考えたら少しだけ泣きたくなった。

場所は追って説明することにして、一度電話を切り、近くにあった公園のわきに車を停めさせた。それから響子に金を渡して、その辺の店で時間をつぶしているように言い、外に追い出した。響子は腹が減っていたらしく、案外素直に言うことを聞いた。

二度目の電話の後、一時間ほどして男は現れた。いつものように女に近くまで送らせたのかと思っていたら、一人で電車に乗ってきたというので驚いた。つい昨日、渋谷のホテルで会ったばかりだというのに、男はアウディの運転席に乗り込むなり、いきなり初音の太ももに手を伸ばした。とはいっても昨日、男は脚を舐めただけで、珍しく途中でやめてしまったのだ。疲れているなどと言い訳をしていたが、そもそも万年無職の男が何に疲れるのか初音にはわからない。ただ、数週間前に会ったときよりも少しやつれた様子だったのが気になった。今夜の男は昨日よりさらに目の色がよどんで、本当に疲れているのか息がやや臭い。しかし昨日とはうってかわって、やたらと興奮しているのだった。ことが済んで、助手席でもぞもぞと下着を穿きなおしながら、初音は人目のつかないところに車を停めておいてよかったと思った。それに、響子を追い出しておいたことも。あるいはそうしなかったら、こんな非常な場面でセックスなどしなくて済んだかもしれない。そう考えると、なぜ一瞬でも「よかった」なんて思ったんだろうと不思議になる。男に会えたことは嬉しいが、別にセックスしたかったわけじゃない。

初音の体の上から運転席に戻った男は、左手でハンドルを握りながら、笑った。柔らかい髪の毛が息でふわりと浮いた。

「俺たち、何やってんだろうな。いい歳してカーセックスって、バカみたいじゃね？」

「自分から仕掛けてきたくせに、何よ」

「呼んだのはお前だろう」

「話があるって言ったの。したいなんて一言も言ってない」

男は下半身を出したままだった。いつもは終わると、風のごときすばやさで下着を穿いてしまうのに。

「だってお前の顔見たらさ、なんだかどうしてもしなきゃいけないような気持ちになっちゃったんだもん。こういうのってなんて言うんだろ。パブロフの犬？」

言わんとしていることはなんとなくわからないでもなかったが、初音はその言葉を無視した。二人で会うときはいつも、場所はホテルか車の中だった。出会ったばかりの頃からずっと。

「で、さっきの話、本当？　旦那のことぶん殴ったって」

とにかくはやく事態を説明したくて、男に脚を舐められている間、初音は今日起こった大方のことを急いで話しておいた。面倒だったので、響子についてのあれこれは省略した。

「ぶん殴ったたっていうか……殺したったっていうか」

「えっ、マジで？」

「あんた、わたしの話、ちゃんと聞いてた？　殺そうと思ってぶん殴ったの。でも、ちゃんと死んだかどうかわからないの」

「マジかよ。やべえじゃねえか」

やはりほとんど耳には入っていなかったらしい。仕方なく、同じ内容の話をもう一度男に聞かせた。

「やるな、お前」

男はにやにやしながら初音を見た。相変わらず能天気で緊張感のない男。世の中に発生するどんなトラブルも悲劇も、全て自分と無関係だと心の底から信じている男。一生遊んで暮らすことに命をささげている大バカ者。ろくでもない奴だとわかっているのに、どうしてこいつがいないとダメだと思ってしまうのだろう。自分のことながら、理由が全くわからない。

「でもさ、今のところ、旦那は生きてる確率のほうが高そうなんだろ？　だったら一旦帰って、謝るほうが得策じゃね？」

「そんなの死んでも嫌。そんなことしたら、今度はこっちが半殺しにされるわ」

「ふうん、まあいいけど。で、その金、どうするつもりだよ」

男は初音の足元に置かれたハンドバッグをちらりと見る。初音は両足でそれを挟んで股に力を入れる。

「お金持って、逃げようと思ってる。外国とか。とかっていうか、外国に」

「外国ってどこだよ」

「タイとか」

「とかって、もう決めてるのか？」

「決めてる。ねえ、一緒にいかない？」

「……冗談だろ？」

「本気だよ」

「だって、お前、タイって」

「あんた、借金やばいんでしょ？　一人じゃもう返しきれないんでしょ？　だったらこの際」

顔を窓側に背け、男は爪をかみながら貧乏ゆすりをしはじめる。嘘を見抜かれたり動揺したりしたときに出る癖だった。

「どーんと逃避行しちゃおうよ。あんた、辛い食べ物好きでしょ？　タイ料理、すごく辛いのよ。それに向こうは海もあるし、サーフィンもし放題。なーんの悩みも持たずに、笑って遊んで暮らせる。あんたの理想じゃない。養ってあげるから、ついてきなさいよ。知ってる？　向こうの人って、月所得一万円前後で生活してるんだって。ね？　これだけお金があれば、少なくとも十年は贅沢できるよ」

初音は必死に言いつのった。男は顔を背けたままだった。何よ。今まで何でも言うこと聞いてあげたのに。一度ぐらいこっちのわがままも聞いてくれてもいいのに。せっかく助けてやろうと思って声をかけてやったのに。この男にとって、所詮《しょせん》、自分はただの遊び相手なのだろうか。特別な強い絆で結ばれていると信じていたのは、自分だけなのだろうか。俺たちは、結婚とか子供とか、そういうこととは関係なく、ずっと永遠につながっていようと言ったのは男のほうだ。あれは嘘？　じゃあ何が目的？　金？　やっぱり金？

男はしばらく黙っていたが、ふいにこちらを振り返った。唇をぱっと開いた。

「いいよ、一緒にいっても」

初音はうまく反応できない。

「その代わり、条件がある。手伝ってほしいことがあるんだ。詳しい内容は、今はまだ言えない。それでもやるって約束してくれるなら、お前のいくところ、どこにでもついていくよ」

「……何よ。何でもやるから、今言いなさいよ」

「無理だ」

「怪しい。なんかやだ。どうせあんたの企んでることとなんて、ろくなことじゃないもん。何も聞かないうちから、約束なんてできないよ」

「ふうん、あっそ。じゃ俺、帰る」

「勝手にすれば」

「タイにいっても頑張れよ。もうこれで一生のさよならかもしれないけど、元気でな」

ドアロックを外す音がして、初音は慌てて男の腕にしがみついた。

「ちょっと待ってよ、新ちゃん」

そんなふうに彼を呼ぶのは、何年ぶりのことだろう。男も少し面食らったようで、初音の目をじっとのぞき込む。

「お前、何を考えてるんだ」

「わたしはただ、新ちゃんと一緒にいたいだけだよ」

「俺はお前を信じてる。お前は俺を信じるのか？」

車内は暗くて、男の表情の全てを確かめることはできない。ただ、目の中にこれまで見たこともないような強い決意みたいなものが浮かんでいる気がして、初音は思わず、黙ってうなずいてしまった。

「あ。そういえば話してなかったんだけど。女友達がいるの。連れていってもいい？」

「友達？　お前にそんなのいたの？　どんな女だよ」

男の口元がわずかにゆるむのを初音は見逃さない。この男の性欲が絶える日は永遠にこないのだろうか。

「少なくとも、あんたが期待しているような女じゃないから安心しなさい。連れていくだけだから、余計なことは話しかけないで。何も聞かないで。自分のことも話さないで」

男の鼻先に人差し指を突き出し、「わかったね」と念を押す。男はにやにやしながら「はいはい」とおざなりの返事をした。

能天気な男だ。どうせ響子の顔を見たら、ふてくされて話しかけるどころか目も合わせないくせに。初音は腹の中でせせら笑う。

漫画喫茶で時間をつぶしていたという響子は、寝ていたのかセミロングの黒髪がさっきよりさらにぼさぼさになっていた。運転席のドアを開け、そこに見知らぬ男が座っていることに気がついても、ぼんやりした顔のまま何の反応も示さなかった。よほど眠いのか、やはりすこぶる鈍い女なのか。

「あのね、この人、堺新之助さんっていうの。この人も一緒に外国にいくことになった。これからこの人の家にいくんだけど、響子さんついてくる？　ついてこないんだったら、ここでお別れだけど」

響子は表情を変えなかった。事態がよく飲み込めないのかもしれない。「じゃあ帰ります」とでも言ってくれないだろうかと期待したが、彼女は無言で後部座席に乗り込んだ。

新之助がエンジンキーを回した。彼の表情を見ると、予想通りふてくされている。初音は心の中で大笑した。

七階建てのマンション、角部屋。玄関を出て右手に洗面所とバスルームと洗濯機置き場。ダイニングキッチンはわりと広め、奥にリビングがあり、その左手に小さな寝室。二人で暮らすには、初音には少し手狭のように思えた。

「こんな話、聞いてないけど」

思わずつぶやいた。そもそも話など何も聞いていなかったのだが。それにしたって、まさかこんな事態になっているとは予想もしていなかった。

明らかに、それは死体だった。

茶色に染められた長い髪を三つ編みにした女が、横座りのまま、前のめりに倒れている。首にはヒモが巻きついている。絞殺。ああ、こういうやり方のほうが確実なんだと、初音は妙に冷静に考える。背後で響子が「うっ」と小さな悲鳴をあげた。大声を出されては困ると、自分が女を殺したわけでもないのに急いで振り返って唇に人差し指を当て、響子に黙るよう命じた。響子は涙目になって何度もうなずく。この女にとって、今日は人生でもっとも不運な日だろう。

こんなとんでもないものを目にしておきながら、どうして自分は冷静でいられるのかと初音は心底不思議だった。最初はとても驚いたし、今も決して平常心でいるわけではないが、だからといって慌てふためくほどではない。裕之の頭に土鍋を振り下ろした瞬間から、薄毛だった自分の心臓が一気に剛毛になったのかもしれないと思う。

新之助は死体の前にかがみ込み、倒れた女を抱き起こそうとしている。硬直がはじまっているせいかうまくいかず、彼はすぐにあきらめた。

「ねえ、この人、妊娠してるでしょう」初音は聞いた。「だから殺したの？」

彼は黙っている。

「どっちでもいいけど、これ、どうするつもり？　まさか捨てるのを手伝えとか、そういうんじゃないよね」

新之助は顔を上げた。初音の鎖骨のあたりをじっと見る。

「ちょっと待ってよ、冗談でしょう？」

「だって、このままにしておくわけにはいかないだろ」

「なんでよ。どうせ外国いくんだし、このままでいいじゃない。余計なこと……」

「俺がここに住んでたこと、みんな知ってる。賃貸の名義も俺の名前だし。だから死体が見つかったら絶対に真っ先に俺が怪しまれる。たとえそのとき外国にいても、国際手配とかされちまったらおしまいだろ」

「……国際手配って、やばいの？」

外国へいけばとりあえず全てのことから逃れられると思っていたが、確かにそんなような言葉を聞いたことがあるような気が、しないでもない。

「俺も、詳しいことはわかんないけど」

「あんた、知ってる？」

初音は響子を振り返って聞く。死体に釘づけになっている響子は、二人の話など全く耳に入っていなかったらしい。頬を軽く叩くと、「わっ」と叫んで、その場にへたり込んだ。

「とにかく」男は死体の隣に正座する。「今後のためにも、これは始末したほうがいい」

「そう思うなら、自分で勝手にやりなさいよ」

「手伝う約束だろう？　手伝ってくれないなら、俺はこれを一人でやって、一人で逃げる。お前にはついていかない」

彼を失うことと、罪を犯すことを天秤にかける。一人ではいきたくない。心細すぎる。

初音は再び響子を振り返り、しゃがみ込んで目線の高さを同じにした。彼女の肩を両手で強くつかんだ。

「あんたも手伝いなさい。そうしたら、余分に百万円わけてあげるわ。日本に残るもよし、わたしたちと一緒に逃げるもよし、あんたの勝手よ」

エース2

新之助はもう一度、良子を抱き起こそうとした。硬い。そう思った。自分でも意外なほど、恐ろしい気持ちはなかった。ただ、腹の中で赤ん坊がまだ生き続けていたらと考えると、ちょっとだけぞっとした。そういえば胎児って、どうやって呼吸しているのだろう。何とかっていう名前の、特殊な水につかってるんじゃなかったっけ？　だとしたらエラ呼吸？　そんなわけねえか。魚じゃあるまいし。

「ねえ、ところでこの女、誰よ」

さっきから初音は妙に冷静で、それが新之助にとっては不気味だった。反対に、響子とかいう地味な女はかわいそうなほど怯えていて、その様子があまりに気の毒なので、隣のリビングに避難させてやった。引き戸を閉めておいたが、二人の会話は聞こえているはずだ。

「ずっと同棲してた女？」

新之助はどう返事をすべきかわからず、黙った。ずっと女と同棲をしてはいたが、ずっと同じ女だったわけではない。良子とは今年のはじめにスーパー銭湯の休憩室でナンパしたのをきっかけに知り合い、その日のうちにこのマンションへ転がり込んだ。その前は四十歳のバツ一の高校教師の世話になっていた。さらに以前は、もうどんな女だったか忘れてしまった。

「まあ、この死体の様子を見れば、なんで殺したのか想像つくけど」

初音は笑い混じりのため息をつく。わかるわけがない。俺が良子を殺した、本当の理由など。

「いわゆる、かっとなってやった、ってやつでしょ？　わかるわかる。わたしもそうだったよ」

確かに、妊娠を知ったときは多少はかっとなった。だからといって、新之助は衝動的に良子を殺したつもりはない。彼女の首にひっかかったままの赤いロープを見る。昨日、わざわざ隣県のホームセンターまで出向いて買ったものだった。

妊娠を告げられてから、三分後には殺すことを考えていた。はじめはそれでも冗談半分だったが、翌朝にもなると、それを決行するほかに助かる道はないような気持ちになっていた。良子は今まで出会った女の中で、もっとも思い込みが激しく、扱いの難しい女だった。わけのわからない疑いをぶつけてきては、部屋の中でものを投げ飛ばし大暴れした。そんなことする必要はないと言っているのに、かいがいしく新之助の世話を焼きたがり、夕飯を食べ残したりするとメソメソ泣いた。そのくせ、家事が忙しいから仕事が増やせないなどと愚痴をこぼす。新之助には彼女の言動のほとんどが理解不能だった。一緒にいたのは、ただ単に安全な寝床を確保するためだけだった。

「産む」と決めたら、きっとテコでも動かせない。この女。思い出すだけではらわたが煮えくりかえる。ピルを飲んでいると言っていたくせに。完全にだまされた。

「で、どうするのよ」

初音は怯える様子もなく、視線を死体の腹部あたりに注ぎ続けている。そういえば、初音とも何度か避妊具を使用せずにやったことがあったが、一度もそういうことにはならなかった。

「お前、もしかして、羨ましいんじゃないの？」

「は？　何が」

新之助は死体を顎でしゃくる。「妊娠、羨ましいんだろう。お前ってなかなか子供できなかったよな」

怒るかと思ったのに、初音は小さく笑っただけだった。「妊娠できても、殺されちゃたまらないわよね。で、どうするの？　これ。どう処分するの？　はやく決めないと、夜が明けるわよ」

「バラバラにしようと思ってる」

初音から電話がかかってくる前は、このまま山の中にでも持っていって一人で埋めるつもりだった。さっき初音にはあのように説明したが、本当は新之助と良子の関係を知っている者は身の周りにほとんどいなかった。もちろん部屋の賃貸名義も新之助ではない。良子には親しい友達が一人もおらず、生まれは青森の小さな港町で、家族とは五年近く絶縁状態だと聞いている。妊娠がわかってすぐに仕事をやめたと言っていたから、いなくなっても心配する者は誰もいない。要するに新之助の考える限りでは、自分に足がつく可能性は低かった。

身の安全はできる限り確固たるものにしなければならない。女の協力者が二人増えた。バラバラ殺人に仕立てるのはどうかと、さきほど初音のアウディを運転している間に思いついた。バラバラ系は女のほうが多いのだ。持ち運びに苦労するからだ。良子は青森時代、勤めていたスナックで何人かの同僚から借金し、そのまま踏み倒して上京していた。複数の女から恨みを買いまくっているということだ。男の新之助は、ますます容疑者候補から外れることになる。

「ここで？　どうやって」

「どうやってって……風呂場で、包丁とかで」

「わたし、やだよ。そんなことするの」

「だけど、しょうがないだろう。それしか方法はない。このままここに置いておいたら、においが出て大変なことになっちまうし」

「バラバラにする必要なんてある？　あんた体力あるんだから、一人で運べるでしょ？」

「運べるけど、見つかったらすぐ身元特定されちまうよ。それにこのマンションの向かいに大きな団地があるの見たろ？　あそこ、外国人がたくさん住んでて、夜中でもその辺うろうろしてるんだ。大きなものを運んでいる姿を見られたら、やばい」

話している途中で、初音は黙って立ち上がった。引き戸を開けてリビングに移ると、ぴしゃりと戸を閉めた。響子と何やらひそひそと話しはじめる。声が小さすぎて全てを聞きとることはできないが、五十万だの百万だのという単語が、断片的に聞こえてきた。

やがて、響子が先に寝室にそろりそろりと入ってきた。唇が青白く、手が尋常でないほど震えている。初音が背中を押すようにして彼女の後ろに立っていた。まるで登校拒否児とその保護者だ。

「この子がやるから」初音は言った。「何でも命令して。終わるまで、わたしは車で待機してる」

「わかった」

新之助は腕時計を見た。午後十時五分。今の季節、五時過ぎには空は明るくなる。

「初音、お前は今からドン・キホーテいって道具を買ってこい。のこぎりでいい。さっき前を通ったから、場所わかるだろう？　あと飛行機のチケット、まだなんだよな？　それも手配しろ。今の時間でも電話でとれるはずだし、わからなかったらインターネットカフェにでもいって、ネットで申し込め」

命令口調が不満のようだったが、初音はしぶしぶといった様子でうなずき、マンションを出ていった。

一人減っただけで、さみしいぐらいに部屋は静まり返った。

響子はその場にしゃがみ込み、震え続けていた。なるべく視界の中に良子が入り込まないよう、自分の腕で顔を隠している。新之助は、彼女は殺人者である自分にも怯えていると思っていたが、そうではないような気がしてきた。ただ死体に恐ろしさを感じているだけで、自分の存在に居心地の悪さを抱いているわけではなさそうだ。彼女の肩を優しく叩いてみた。響子はほっとしたような顔を上げた。新之助は声を出さず、しぐさだけで、リビングに戻るよう促した。

ソファに座らせ、コーヒーを二人分入れる。砂糖はいるかと尋ねると、響子は黙って首を振った。テーブルの上の灰皿をじっと見つめているので、新之助は死体のある部屋に戻り、良子が愛用していたエルメスのバッグからシルバーのシガレットケースを出した。そのまま手渡すと、彼女は開け方がわからないらしく、シガレットケースをくるくる回しながらまごまごした。その様子があまりにこっけいで、新之助は思わず噴き出してしまった。

「これ、こうやってやるんだよ」

代わりに開けてやり、一本抜き取ると響子の唇の前に差し出した。響子は戸惑いつつも顔を突き出し、恐る恐る煙草をくわえた。見慣れぬ餌を前にしたチンパンジーみたいだ。新之助はテーブルに出しっぱなしだったライターで火を点けてやる。青白かった頬に、みるみる血の気が戻っていく。どうやら照れているらしい。

自分の口を煙草に持っていく、格好悪い吸い方だった。肩までの黒髪が脂でぺっとりしている。

「俺のこと、怖くないの？」新之助は聞いた。「俺があの女、殺したんだよ。怖くないの？」

「何か理由があったから、殺したんですよね」

消え入りそうな声で響子はつぶやく。やはり少なくとも、自分のことを嫌悪しているわけではないらしい。むしろ、多少の好意を抱いているのではないか。全くの勘だが、この手の勘が外れたことはかつて一度もない。

「彼女さん、水商売か何か、なさってたんですか？　この煙草のケースとか、服装とか……」

顔はゼロ点、体などマイナス一万点だが、声は案外可愛らしい。顔も体も百点なのにダミ声が惜しい初音とは正反対だ。

「ああ、違う違う。あいつね、こういう、ホステスが持っていそうなものを持つのが好きだったんだよ。あいつの正体は、ただの風俗嬢」

「ただの……」響子は一瞬、不愉快そうな表情になった。「でも、付き合ってたんですよね」

「うーん、その辺は、まあ、微妙かな」

「初音さんとは、どういう関係なんですか？」

「関係って……あいつは、なんて言ってた？」

「十代の頃からの腐れ縁って、さっき言ってました」

「まあ、その通りだよ」

「どうして、その、殺してしまったんですか」

「話、コロコロ変わるね」

響子は申し訳なさそうにうつむいた。

この女と、俺はセックスできるだろうか。新之助は考える。毛玉の浮いた汚いパーカ、ぺっとりした黒髪。あと十キロ、せめて五キロ痩せていてくれれば。服の上からでもわかる二段腹にはとくにゲンナリしてしまうが、しかし、いざとなればやってやれないことはない。

「あいつとは……あいつって、初音じゃなくて、あっちの部屋にいる女ね。良子っていうんだけど。確かに、俺たちは付き合ってたこともあった。でもだいぶ前に別れた。あのさ、これからする話、初音には言わないって、約束してくれる？　あいつ、おしゃべりだから、いつどこで情報漏らすかわからない」

響子は真剣な顔になってうなずいた。新之助は頭をフル回転させて、隙のない嘘を迅速かつ丁寧に脳裏で組み立てる。

「良子と俺が付き合ってたのは、もう三年以上も前のことだよ。ここ最近は、二人きりで会うことなんて全くなかった。もともとは、俺の妹の友達だったんだ。妹は一年前に結婚したんだけど、その旦那と良子が、知らない間にデキてたみたいでさ。まあ、そのぐらいなら、よくある話なんだろうけど」

一旦言葉を区切り、新之助は息を止める。わざとあくびをし、ぎりぎりのところで我慢する。目にじわじわ涙がたまる。それを何度も繰り返す。ぽとり、としずくが落ちた。響子は煙草を吸うのも忘れ、じっと新之助の顔に見入っている。よし、いいぞ、その調子だ。

「旦那のほうが夢中になっちまった。離婚して、良子と一緒になりたいなんて言いだしてさ。ちょうどそのとき、妹が妊娠していることがわかったんだ。二人にとっては待望の第一子だよ」

ううう、とうなってみる。鼻をすすりながら、腕で顔を拭った。

「あの男、子供をおろしてくれなんて言いやがった。それどころか、一方的に離婚届に判を押して、そのまま家を出ちまって。妹は最初、意地になって一人で産むなんて言ってたけど、あいつの幸せのことを考えたら、どうしても賛成できなかった。結局、手術させた。そりゃあ、尋常じゃないほど落ち込んでいたよ。はやく全てを忘れてほしかった。まだ若いし、いくらでもやり直しはきくって、何度も話した。妹も徐々に元気を取り戻して、最近は介護ヘルパーの勉強もはじめてさ、俺もやっと安心したところだったんだ。俺たちの両親はずっと前に死んでて、家族はもう二人だけなんだよ。頼れる親戚すらいないんだ。俺しか妹を守れる人間はいないんだ。だけど、先週のことだよ。突然、この女が俺たちの前に現れたんだ」

「何のために？」

「知らない。あの大きな腹を見せつけるためなんじゃねーの？　彼が残していった荷物がそっちにあるから、送ってほしいとか適当なこと言ってたけど、そんなもん、電話で済むことだろうしさ。自慢げに、つわりがどうとか、予定日がどうとか話してたよ。妹の顔が真っ青になるのを見て、満足そうな顔してた、あの女」

「ひどい」

「そうだ。あいつはひどい女だ。最低な女だ。俺は絶対に許さない。そう思った」

煙草の灰が、随分と長くなっている。新之助が指をさすと、響子は慌てて灰皿を探した。

「三日前、妹は自殺したんだ」

新之助は右手で顔を覆い、ズルズルズルっと激しい音を立てて鼻をすすった。慢性鼻炎には悩まされ続けているが、こういうときに使えるから全体でみればトントンだ。

「幸い、一命は取り留めた。だけど、何の落ち度もない妹がこんなに苦しんでるのに、あの女が少しの痛みも感じず、のうのうと生きてるなんて、許せなかった。それでも、ここへくるまでは、殺すことなんて考えてなかったんだ。それは、信じて、本当だから」

「うん、信じる」

「妹の自殺未遂を知ったら、さすがに少しは反省するだろうと思ったんだよ。一言、謝ってくれさえすればよかった。だけど、あの女は反省するどころか……笑ったんだ」

新之助はそこで話を止めた。しばらくの間、グジグジと嘘泣きを続けた。響子は何も言わなかった。よきところで立ち、洗面所へ顔を洗いにいった。

部屋に戻ると、響子は二本目の煙草に火を点けていた。新之助と視線が合うと、戸惑うような顔になってうつむいた。

「ごめん。君には全く関係のないことなのに、こんな話聞かされて、どんな反応すればいいのかわからないよね」

「そんなことないです。あの、妹さんは、もう平気なんですか？」

「うん、意識は回復してる。でも、何らかの後遺症が残るかもしれないって、医者に言われた」

響子は言葉を失った様子で、はっと息を吸った。新之助はもう一度嘘泣きしようと思ったが、今度はうまくいかなかった。

「ところで、君と初音の関係って一体何？　あの人に友達がいたなんて話、聞いたことないけど」

「友達、じゃないです」

何か隠し事をしているらしい。彼女の表情から、新之助は本能的に感じ取る。

「もしかして、あいつに金を借りてるとか？　大丈夫、俺、あいつには何も言わないし、この際お互い、いろいろとぶちまけちゃおうよ」

「わたしの……異母姉妹だそうです、あの人。わたしの父と、自分の父は同じ人物だって突然言われて、こっちも戸惑ってるんですけど」

「ああ、その話、俺も聞いたことあるよ」

その返答が予想外だったのか、響子は「えっ」と小さく叫んで目を見開いた。

「あいつって、なんか有名な政治家の隠し子なんだよな。それだけはマジ、何度も何度も自慢されたから忘れられないよ。他にも隠し子がいるはずだから探したいって言ってたけど、そうなのか、見つかったのか。で、君は今でも、お父さんとはつながりはあるの？」

響子はあっけにとられた様子でぽかんと口を開けたまま、何も答えなかった。

「え、どうした？　俺、まずいことでも言ったかな」

「そうじゃなくて。ただ、本当だったんだ、と思って。初音さんの話が」

「ああ、俺も実のところ本当かどうかは知らない。まあ、話を聞いたことあるってだけだから。で、今でもつながりはあるの？　政治家のお父さんとは」

「ないです、全く。わたしの存在すら、もう覚えていないかも」

「じゃあ君もやっぱり、養父母に育てられたクチ？　初音みたいに」

「初音さん、養子に出されたんですか？」

「え？　聞いてない？　あいつ、生まれてからしばらくは母親の実家にいたんだけど、事情があって、六歳か七歳の頃に、静岡のすげえ金持ちの家に養子に出されたんだよ。あいつもその頃は、まだ運がよかったんだよなあ。静岡の家では随分と可愛がられたみたいだよ。高校までキリスト教系の女子高に通って、将来はファッション誌の編集っていうの？　そういう仕事に就きたかったらしい。だけど結局夢破れて、あのザマ。俺があいつだったら、絶対にもっとうまくやったけどね。あんな変な男と結婚しないし、水商売に身を落とすなんて、もってのほかだよな」

ぺらぺらとよどみなくしゃべりながら、新之助は確信する。響子の虚をつかれたような顔を見ればわかる。初音はこの女に、嘘の経歴を話していたのだ。

「俺と知り合ったとき、あいつはまだ女子大生だったんだけど、その頃からホステスやってたよ。それで、店の客と随分と長い間不倫してたんだ。でもまあ、いろいろあって、別れて、お見合いパーティっていうの？ ああいうので知り合った、いけすかないサラリーマンと結婚しちゃった。最初はうまくいってる様子だったんだぜ。だけどそのうち、旦那が暴力をふるいだしてさ。俺は別れたほうがいいって言ったんだけど、あいつにはどうしても、離婚できない理由があったんだよ」

もう何もかもが信じられないといった様子で、響子は口を押さえた。一体、初音はどんな話をでっちあげていたのか、想像するとおかしかった。

「不倫相手の嫁さんから訴えられたときの慰謝料を、旦那に全額支払ってもらったらしいんだ。それだけじゃなくて、静岡の親父の老人ホーム代も、それから、あいつには血のつながりのない兄貴がいるんだけど、そのカミさんがパチンコで作った借金も、肩代わりしてもらってるんだよ。離婚になったら当然、親父はホーム出なきゃなんねえじゃん？ いろいろとかわいそうなんだよな、あいつも。だからって旦那を殺しちまったらおしまいだよな。これから親父さんのこととか、どうするつもりなんだろ、マジで」

改めて、不器用な女だなと新之助は思った。あれだけの学歴と美貌があれば、もっといい人生を歩むことは可能だったはずなのに。

あるいは初音も、俺のことを同じように思っているのかもしれない。

「全然、聞いてた話と違う」響子はつぶやいた。そして、その「聞いてた話」を断片的にぽつぽつと語った。

「それ、ほとんど俺の話だけど」

煙草に対して唇を約一センチのところまで持ってきた姿勢のまま、響子は停止した。「え？」

「いや、だからそれ、俺の話だよ」

「どういうこと？」

「どういうことも、そういうことだよ。うわー、あいつ、他人の人生を自分の身の上話に置き換えて話してたってわけ？　最低だなー。信じられない。まあでも、悲劇のヒロインぶるのが好きなあいつらしいよ。ていうか、よくそこまで俺の話を覚えていたよなあ」

「わからない、わからない」響子は混乱した様子で、ぼさぼさの黒髪をかきむしる。「どこからどこまでが本当で、どこからどこまでが……」

「どこまでって、ほとんど本当の話だよ。ただ、初音の話じゃなくて、俺の話だってことだけど」

「大家族だったとか、そういうことが？」

「そうそう。親戚一同でボロ家に住んでたからね、俺、十五まで。今だったら近所の人に児童相談所とかに通報されてもおかしくないレベル。うちだけスラム状態」

「家出したの？」

「あー、それは違う。そこはあいつの完全な作り話だね。俺も養子に出されたんだ。まあ、いろいろあってね」

「家族の人に夜中いたずらされてたって話は？」

「ああそうね。そんなこともあったね」

「あの、その、おじいさんに、売春を強要されたって話は、違うよね」

「それも本当だよ」

その瞬間、右のこめかみがピキッと痛んだ。とっくの昔に捨て去った記憶のはずなのに。万が一思い出してしまっても、動揺しないよう訓練したはずなのに。

「まあ厳密には、おじいさんじゃなくて、親父なんだけどね、実の。うちの家族さ、みんな同じゴリラみたいな顔してたんだけど、俺だけ誰に似たのか、子供の頃は超美少年だったんだ。小学校のときのあだ名がプリンスだからね。親父は、金になると思ったんだろうね。あ」

表面上は平気そうに話す新之助に、響子は明らかに面食らっていた。また煙草の灰が長くなっている。新之助はそれを彼女から奪って灰皿に落とした。

「どのくらいの間、やってたの？」

「もう十年以上前のことだし、普段からあまり思い出さないようにしてるから、忘れちゃったよ。……まあ中一から中三までぐらいかな」

「辛かったでしょう？」

「辛かった……うーん、嫌ではあったけどね。だけどしょうがないよな、そういう家に生まれちまったんだから」

「お父さんのこと、恨んでないの？」

「恨むとか、恨まないとか、そういうことじゃないんだよ、マジで。そういう家に生まれちゃったんだから、しょうがないだろ？　人間、どうしても回避できないことはあるんだから」

「トラウマとか、そういうのも、ないわけ？」

俺がそういった類のものを抱えていればいいと、この女は望んでいるのだろうと新之助は思う。あるいは本当は、そういうふりをしたほうが何かと自分にとっても都合がいいのかもしれない。それでも新之助はどうしても、そうすることが嫌だった。これまで一度も、過去を持ち出して女の同情を誘ったことはない。

「妹さんも、養子に出されたの？」

「え？　妹？　ああ、あの、妹は、養父母の子供で、血はつながってないんだ。そうそう、うちの親父が占い師っていうのも本当だよ。初音のやつ、よく覚えていたよなあ、その話」

壁の掛け時計を見る。あとどのくらいで初音は戻ってくるだろう。ドンキまで車で往復二十分。あいつは要領がいいから、道に迷うこともなければ、買い物に手間取ることもないはずだ。

「俺も得意なんだよ、占い。子供の頃は親父の助手をしてたこともあってさ。よかったら、君の運勢見てあげようか？　生年月日は？……ふんふん。なるほど。名前は漢字でどう書くの？

「……ふんふん、おお、なるほどね。血液型は？　はいはい。で、両手をこちらに出して。はいはい、うーん、ほうほう」

響子の手はやたらと温かかった。体温の高い女が苦手な新之助は、背筋をもぞもぞさせる。

「……周りの人間関係に、恵まれない人生だったんじゃない？」

彼女の目をじっと見つめる。その中に、わずかに光が宿ったのがわかる。

「持って生まれたものは、悪くない。むしろいいんだよ。想像力が豊かで、文章を書いたり、絵を描いたりする才能に恵まれてる。そもそも水瓶座って、発想力に富んだ天才型が多いんだ。だけどねえ、名前がよくないんだよなあ。とくに人生の前半部分は、周囲からの悪い影響で、損な役回りばかりを引き受けることが多かったはずだよ。とくに家族に恵まれなかったね。どう？」

彼女はこくりと大きくうなずいた。

「けどね、ほら、自分の手を見て。この線。太陽線っていうんだけど、この位置にこれがある人は、いわゆる大器晩成型のタイプなんだ。これからの人生は上向きだよ。それから、この線は恋愛線っていわれてるんだけど、君の場合、三十代前半のあたりで運命の人と出会えそう。結婚につながる出会いのチャンスはこれが最後だから、逃しちゃだめだよ。今、いくつだっけ？」

「……三十」

「俺のも見て。俺もちょうど今の年齢あたりに、同じ線があるんだ。いい人現れるかなって、期待してるんだけど」

「あたし、結婚できるの？」

声をうわずらせて彼女は言った。

「それはまあ、君の努力次第だよ。出会いの線はあるにはあるけど、待ってるだけじゃだめだからね。それに残念だけど、周りの悪いエネルギーに影響を受けやすい運勢は、死ぬまで変わらない。とくに初音みたいにパワーが強い女と一緒にいるのは、本当はよくないんだ。現に君は、こうしてわけのわからない騒動に巻き込まれてる」

響子は顔を上げ、空中をぼうっと見つめた。何を考えているのか、新之助には手に取るようにわかった。親父は、占い師として天才だったんだろう。俺は多分、その血を受け継いだ。手相も占星術も本当はよくわからないし、興味もないが。

「悪いエネルギーを遮断するにはね、逃げ回ってばかりじゃだめなんだよ。それじゃまた同じことの繰り返しになっちまう。一回、思いきって立ち向かっていかないと。……俺の言いたいこと、わかる？」

「わからない」

「もうあと少しで初音が戻ってくる。俺が今からする話、絶対に言わないって約束する？　二人だけの秘密だ」

響子は黙ってうなずいた。

「あいつと一緒にいちゃ、俺も君も絶対にこの先うまくいかなくなるからね。あいつは蟹座で、水瓶座との相性は最悪なんだ。意見はいつまでも食い違う。俺は天秤座で、水瓶座とはベストマッチ。だからこそ、この考えを君に提案するんだからね。いいね？」

響子はさきほどより強くうなずく。

新之助はとっさに考えたアイディアを説明した。そんなに難しい話ではないはずなのに、響子の理解力はすこぶる鈍く、重複を繰り返し、話しながらイラつきを抑えるのに苦労した。

「いいね？　ちゃんとわかった？」

不安げな顔のまま、響子は首をあいまいに動かした。もう一度、一から話してやったほうがいいかと考えたとき、初音が帰ってきた。


新之助の予想した通り、初音が買い揃えてきた道具の数々は、一つの無駄もなく完璧だった。朝一の便で航空券も三人分手配してあるという。ちゃっかり自分だけビジネスクラスにしているところまで抜かりない。

初音は荷物を死体の横に、わざと音を立てるように乱暴に置いた。

「じゃ、さっきも言ったと思うけど、わたしは車で待ってるから。あなたたち二人でやってちょうだい」

そう言い残し、自分の二つのバッグを胸に抱えるようにして、再び外に出ていった。

「じゃあ、はじめよう。いいね？」

新之助が響子に声をかけると、彼女の眼球が数秒、迷うように揺れた。だから新之助は、不本意ではあったが、座ったままの彼女を軽く抱きしめた。

「気分が悪くなったら言って。できるだけ、俺がやるようにする。でも、一人じゃ難しいから」

左耳にささやく。響子は体を震わせながら、「うん」と小さく答えた。

二人はまず死体を風呂場に運んだ。さきほどよりもさらに強く硬くなったような気がした。良子は小柄なほうだが、妊娠しているせいか想像より重かった。

「嫌かもしれないけど、服を脱いだほうがいい。血がつくよ」

新之助はボクサーブリーフ一枚になり、脱いだものを適当に畳んでリビングに投げた。響子は意外にも潔く服を脱いだ。へそまであるベージュのパンツに、同じ色の七分袖の肌着。その肌着まで脱ごうとしたので、新之助は慌ててやめさせた。

このマンションは防音がしっかりしているうえ、隣は空き部屋だった。それでも万が一のことを考え、慎重には慎重を期すべきだと新之助は思った。二人は必要最低限以外の言葉を慎むことにした。初音が用意したマスクをつけ、ゴム手袋をはめた。

男の前で下着姿になったことで気合いが入ったのか、響子の体の震えがいつの間にかおさまっている。覚悟を決めたようだ。

のこぎりは新之助が持った。彼女には、死体を手で支える役目を与えた。

金属製のとげとげした歯を、良子の白い太ももに当てた。

思いのほか簡単に、皮膚が切れた。その瞬間、自分の体の中から、魂のような大事な何かが抜けた感覚を覚えた。

気を散らすことなく、肉を切り続ける。目に見えているものは、ただの物だと思う。この赤い液体はペンキで、皮膚はゴムで脂は糊か何かで肉はチョコレートケーキで骨は白いプラスティック。明日になればどうでもよくなる。一年も経てば記憶があいまいになり、五年後には全てを忘れている。

作業は思っていたよりも体力的に困難だったが、恐れていたほどは、恐ろしくはなかった。それほど細かく分断する必要はない。ただ、身元の割り出しをできるだけ遅らせるために、あとで指先をぐちゃぐちゃにし、かなづちで顔を砕こうと考える。頭部、腕、脚、胸、腹。もしここに初音がいたら、大きな腹に嫉妬して、胎児を取り出そうとしたかもしれない。あるいはその想像は、あまりに陰湿すぎるだろうか。

「俺、昔、全く同じことをしたことあるよ」

ちょうど脚を分断し終え、一息ついたときだった。マスクのせいで声がくぐもった。響子は返事をせず、視線だけをわずかに動かした。

「親父がお袋を殴って殺した。俺が、小学五年のときだった。親父に命令されて、男の兄弟といとこたちで、こんなふうに、のこぎりでバラバラにして、あちこちのごみ収集場にばら蒔いたんだ。それから俺の腹違いの妹が自殺したときも、またみんなでバラバラにした」

響子はじっと、排水溝に流れる血を見つめている。気持ち悪くないのだろうか。女は血を見慣れているから、案外こういうのは平気なのだろうか。

「この話、誰にも話したことないんだよ」

「え」とかすかに、彼女は息を漏らした。

「初音にも、養父母にも、誰にも話したことはない。正真正銘、二人の秘密だ」

新之助は作業に戻った。

やがて、死体は十一等分された。

すでに深夜二時半を過ぎていた。急がなければ夜が明けてしまう。そのときになって突然、何かに取りつかれでもしたように、響子が激しく震えだした。緊張の糸が切れてしまったらしい。

彼女に服を着替えさせると、そのまま寝室に閉じ込め、新之助は荷分け作業を一人でおこなった。

あらかじめ死体を丸ごと入れられるスポーツバッグを用意してあった。それにビニール袋に小分けにした胸部と腹部を入れた。良子が地元のホステス時代に使用していたというヴィトンのミニサイズのボストンバッグに右脚と左腕、同じく古いプラダのリュックに頭部、良子がスポーツジムにいくときに使っていたショルダーバッグに二等分した左脚と右腕、買い物用のエコバッグに使用済みのマスクやのこぎりなどを入れた。

最後に風呂を掃除し、部屋を軽く片付けた。

「できたよ、いこう」

響子は床に体育座りをし、自分の膝小僧をじっと見つめていた。顔を上げると、涙目だった。

「急いで、時間がない」

響子にボストンバッグとリュックサックとエコバッグを持たせた。新之助はとりあえず一番重たいスポーツバッグだけを持って、マンションのピロティ駐車場まで降りた。出入り口以外をコンクリに囲まれた駐車場は、耳に痛みを感じるほど静まりかえっている。車はほぼ埋まっていた。冷たい風が吹いていて、空は曇っている。まだ夜は明けていない。

初音はアウディの運転席で居眠りをしていた。さきほどドン・キホーテで調達したらしき、ベロア素材の黒のジャージに着替えていた。

響子を一旦その場に待たせ、新之助は残りの荷物を運び出した。部屋は自動ロックなので、鍵は持ち出さなかった。駐車場に戻ると、響子に起こされたのか、初音がふてくされた様子で車の横に立っている。

「初音はこれと、これを、持って」新之助はささやき声で話す。「どこでもいい。適当に捨てろ。できるだけ目立たない場所がいい。ただ、それぞれ小分けにしてあるから、なるべく別のところにばら蒔け」

「三人、別行動するの？」初音が聞いた。

「そのほうがいい。君はこれ使って」新之助は響子に車の鍵を渡す。「あの、赤いやつ。俺の車だから」

「あんたはどうするの」

「俺はその辺まで荷物を持って歩いて、タクシーを拾う。一番怪しまれる可能性があるのは俺だけど、仕方がない」

初音がいぶかしげな顔になって、にらみつけてきた。「なにそれ、納得がいかない。あんたが一番損な役回り引き受けるなんて、怪しすぎる」

「いいよ、じゃあお前がタクシーに乗るのか？」

唇を捻《ね》じ曲げて、初音は横を向いた。

「とにかく、明るくなる前になんとかしなきゃ。今日は天気が悪そうだけど、いつ晴れるかわからないから、遅くとも五時には終わらせよう。それで六時までに、そうだな、初音はS駅、わかるな？　S駅で俺と集合だ。君はここに戻って待機。二人で迎えにくるよ」

「あんた、まさかこのまま逃げる気なんじゃないでしょうね」半笑いで初音は言い、アウディの反対側に立つ響子をにらみつける。「二人で妙なこと考えてるんじゃないの？　怪しいわよ」

「ばか言うなよ」

「あんたね、この嘘つき男にだまされちゃだめよ。もしかして占いとかされなかった？　あれ、全部当てずっぽうだから」

「ばかなことを言ってるんじゃない。こんなことまでしておいて、そう簡単に逃げられるわけないだろ」

「その通りよ」初音の声は大きかった。新之助はひやひやした。「わたしたちはもう一心同体なんだから。逃げたら絶対にチクってやる。もうわたしは怖いものなしなんだからね」

言いながら、初音はなぜか涙をぼろぼろこぼした。ここまでほとんど何もしなかった彼女が、どうしてこんなにも取り乱しているのかわからない。さっきまでは恐ろしいほど落ち着いていたのに、一体どうしたというのか。今頃になって、旦那を殴ったときの高揚感に襲われているのか。

「落ち着けよ、初音」

響子がいなければ彼女を優しく抱きしめてやるところだが、それをするといろいろややこしくなりそうな気がしたので、肩を叩く程度にしておいた。

「じゃあ、いいね？　出発だ」

初音は涙を拭おうともせず、無言でアウディの中に戻った。響子が数秒、こちらをにらみつけるように見た。その間、新之助は金縛りにあったように体が動かなかった。まるで内臓から骨から何から何まで、自分の全てを見透かされているような感じがした。この女を侮ってはいけないような気がする。直感でそう思う。まさか。この頭の悪そうな女が、全てを悟っている？　そんなわけはない。気のせいだ。

最初に初音が出た。アウディは驚くほど静かに出発し、さすが高級車だと新之助は感動した。響子の運転する、良子が三年前に中古で買った国産軽自動車は、ぶるぶると威嚇するようなエンジン音をとどろかせ、初音が向かったほうとは反対へ消えていく。

一人になると、自然と笑いがこみ上げた。

息だけで、フフフフっと笑った。それが引き金になって、腹の底から笑いがどんどんこみ上げて止まらなくなる。気分が少し落ち着くと、その場で大きく伸びをした。足元に置いた自分のリモワのスーツケースと、グッチのボストンバッグを見下ろした。

中には良子の一部ではなく、あの部屋においてあった私物の一切が入っている。良子の首を絞める前に用意しておいたものだった。

響子が気づいたかどうか、新之助にはわからなかった。ばらされた死体の数と、荷物の数がどうみても釣り合っていないことに。もし相手が初音だったら、間違いなくバレていた。俺のことを信用していないなら、ずっとそばにいて見張っていればよかったのだ。お嬢様はこれだからいけない。貧乏家生まれの俺と、冴えないブスの響子を見下して、美しく位の高い自分が同じ行為をするのは道理に合わないと勝手に決め付けたのだろう。自分がどれほど汚らしい存在か、全く理解してないのだ。

人間なんて、どれも薄汚く卑怯《ひきょう》なつくりになっているのに。生まれた場所とか、外見とか、才能とか全く関係ない。みな平等に汚れているし、みな平等に気持ち悪い。人間とはそもそも気持ち悪い生き物なのだ。他人に嫉妬したり、怒ったり、羨ましがったり、見下したり、気持ち悪さのオンパレードだ。あいつは何かを勘違いしている。気持ち悪いのは一部の不幸な人間だけで、環境に恵まれた人間は美しく育つことができると思い込んでいる。勘違いし続けているうちは、同じ失敗を繰り返すのだろう。俺は全てを悟っているから、きっと人よりミスが少なくて済むはずだ。

しかし、絶対ミスをしないとは思っていない。現に俺は、何度かの挫折を経験している。アクシデントは、いつでもふいうちでやってくる。

大事なのは、あきらめること、そのうえで、決してあきらめないこと。

新之助はスーツケースを左手に、ボストンバッグを右手に、歩きだした。

新しく借りた自由が丘のマンションに戻ると、良子のところから持ち出した荷物を片付けた。妙子は昨夜から仕事用のマンションで缶詰になっている。片付けが済むと、少しだけ仮眠した。

S駅には五時半過ぎに着いた。初音は先に到着していた。新之助の姿を見つけると、ほっとしたように涙ぐんだ。その表情は昔の、まだ田舎くさい雰囲気を残した彼女の面影を思い起こさせ、少しだけ欲情した。さきほどの異常なまでの興奮はおさまり、随分と憔悴しきっている様子だったので、新之助は運転を代わることを申し出た。どこにどの部位を捨てたのか、彼女は言わなかったし、新之助も聞かなかった。初音は口を開くことすら億劫そうだった。

良子のマンションに着くと、響子は車の後部座席で身を隠すようにしてうずくまっていた。何人かの住人が出勤のためか駐車場に姿を見せたので、慌てて隠れたのだそうだ。彼女をピックアップし、新之助は急いで成田方面へアウディを走らせた。

首都高速に乗る頃には、初音は助手席で寝息をたてて眠っていた。二つのバッグを胸に抱き、生まれたての猫みたいにかたく瞼を閉じている。響子は一言も言葉を発せず、さっきからずっと窓の外を見つめている。

安い宝石みたいに青い、朝の空が広がっていた。現れては消えるさまざまな色、形のビルは、遊園地のアトラクションのセットのように嘘っぽく、どれ一つとして同じものなどないはずなのに、ぼんやり眺めていると同じ場所を延々ループしているような気持ちになる。トンネルに入って出るたび、スタート地点に戻っていたら嫌だなとありえないことを考えた。道路灯、標識、ビルから延びる蜘蛛の足のようなクレーン、それらもみんな、幻のようだ。あと数分で、この道にはもっとたくさんの車があふれ、ビルの中が人でぎゅうぎゅう詰めになる。俺には全く無縁の話だ。なんだか俺たち三人はもとから異星人で、不思議な乗り物に乗って、得体のしれない地球という名の星を旅しているようだ。そういう視点で眺めると、東京って変だと思う。こんなに物の流れをよくして、一体どうしたいのだろう。どうしたいって、ラクしたいだけか。ラクしたいはずが、かえって苦労を招いているようにも思える。まあそれも含めて、俺には関係のないことだ。空を黒い鳥が飛んでいく。霧雨のせいで景色がぼんやりしていて、何度ワイパーをかけても解消されない。ただ、メーター器の赤い光だけがぴかぴかと、夜の虫のごとく派手に光ってうっとうしかった。ウインドウを開けると、冷たいしずくが頬に飛んできた。心地よかった。初音がわずかに声をあげた。幸せな夢でも見ているのか、微笑《ほほえ》んでいる。

カーステレオもつけず、誰もが無言で、車内はシュンシュンと濡れた道を滑るタイヤの音ばかり響いている。飛ばしたかったが、ここで捕まったら意味がない。背後からものすごいスピードで赤い車が迫ってくる。ポルシェだ。新之助は舌打ちをしつつも、自分はこの先、この道をこんな高級車で走ることなど、一度でもあるだろうかと考えた。

今日が無事終われば、それも可能だ。膝の上におろしていた左手を、ハンドルの上に戻した。

「さっき」

ふいに、響子がかすれた声でささやいた。彼女に関しては、こんな車でこの道を走るのも、今日で最後かもしれない。

「霞が関、通ったね」

「霞が関？　ああ、霞が関、さっき通ったね。何？　そこに何かあるの？」

響子は答えない。ルームミラーで様子をうかがうと、眉間《みけん》に皺《しわ》を寄せ、こちらをにらむように見ている。

「何だよ、その顔」

「霞が関、知らないの？」

「え？　地名だろ？　高速乗ったときぐらいしか見ないけど」

「国会議事堂とか、あるの知らないの？」

「ああ、確かにあのあたり、でっかい建物が多いよな。どうでもいいけど。ああ、そういえば君らの生き別れた親父って政治家だっけ？」

　響子は再び黙りこくった。運転中、交わした会話はそれだけだった。東関東自動車道に入る頃には、響子も死んだように眠りはじめた。

　まだ出発まで時間があったので、少し手前で高速を降り、適当に走って見つけたファミレスに入った。とにかく腹が猛烈に減っていた。初音は自分だけ車で寝ていると駄々をこねたが、何か食べておいたほうがいい、と言うとしぶしぶついてきた。

　四人掛けのテーブル席の窓際に初音、新之助はその隣に、向かいに響子が一人で座った。初音は留め金のついたハンドバッグを胸に抱き、キャンバス地のトートバッグをテーブルの上に無造作にのせた。新之助と響子は定食を、初音はコーンスープと黒いタピオカの入ったアイスミルクティーを注文した。

　こちらでも雨は降っている。首都高を走っていた頃より、空の色は白くなった。道は次第に渋滞しはじめるだろう。裏道はあるのだろうかと、新之助は首をめぐらして店内の他の窓を確かめる。

ドリンク類と初音のスープが先に運ばれてきた。初音はハンドバッグを左腕で抱いたまま、やりにくそうにスプーンを持った。三口ほどすすっただけで、「トイレ」とつぶやいて席を立った。ピンポーン、と誰かが店員を呼びつけるベルを鳴らす。パタパタという靴音。新之助は店の出入り口のあたりを見るともなしに見ながら、響子に「見張ってて」とつぶやいた。響子は返事をしなかったが、緊張した面持ちでトイレのあたりをにらみつけている。

新之助は自分のパーカのポケットから、黄色のプラスティックの箱を取り出した。それは以前、歯のホームホワイトニングをしたときに作ったマウスピースのケースで、中にはマウスピースではなく、白い粉末が入っている。良子は不眠症気味だった。彼女のマンションを出るとき、荷物と一緒にこっそりハルシオンを持ち出し、自由が丘のマンションで砕いた。砕いてから、ふさわしい入れ物がないことに気がつき、やむをえずそのケースを利用した。

普段、良子が一度にどのくらい服用していたのか記憶にないし、慌てていたので何錠分つぶしたのかも忘れてしまった。ケースの中にはだいたい、コーヒーについてくるグラニュー糖でいうと二袋分ほどはあるように見えた。七割をスープに、残りをミルクティーに入れ、両方同時に猛烈にかき混ぜた。スープのほうをとくに入念に混ぜていると、響子が「あ」と声をあげた。

「戻ってきた」

すでにここからあいつの姿が見えているということは、俺も見られているかもしれない。新之助は振り返ることなくスープをかき混ぜ続け、最後に一口すすった。コツコツという、足音が近づいてくる。さっきドンキで初音は靴も新調していた、履きやすいスニーカーにすればいいのに、なぜかハイヒールだった。

「ちょっと、食べないでよ、あたしのスープ」初音は低くうめきながら、新之助の膝をまたぎ、億劫そうに元の場所に腰かける。「あんたはいつもそうなんだから。やっぱり大家族で……」

そこで、しまった、というように顔をこわばらせて黙った。

やっぱり大家族で育ったから、いじきたないのよ。そう言うつもりだったのだろう。彼女の口癖のようなものだった。新之助は聞こえなかったふりをした。響子の表情はとくに変わらなかった。

失言したことを取り繕うためか、初音はものすごい勢いでスープを飲みはじめた。スプーンで隅々まですくい取って、あっという間に皿の中を空にした。続いてミルクティーも飲み干した。グラスの中には、黒く小さな球体が四つほど残った。

その頃になってやっと、新之助と響子が注文した和定食が運ばれてきた。温かい白飯と味噌汁のいい香りが食欲をくすぐった。響子が向かいで、生唾を飲み込みつつ箸を割った。二人とも無言で食べはじめる。

「ねえ、これからどうする？　飛行機の時間、まだ全然先だよ」

けだるそうに頬杖をついて、初音がつぶやいた。雨が若干強くなった。汚れた窓を、細かな水滴がいくつも滑っている。

「フライトの時間は何時だっけ？」

味噌汁をすすりながら新之助は聞いた。

「十時過ぎ。それが一番はやいやつなの。ていうかさ、今さらアレだけど、本当に逃げる必要あるのかしら、わたしたち」

彼女の言葉に、新之助と響子は同時に箸を止めて顔を上げた。二人とも、もぐもぐと何かを咀《そ》嚼《しゃく》し続けている。

「いや、なんていうか、夜の間は、わたし、もう、いろんなことが起こってハイになっちゃってたから、逃避行だー、なんて思ってたけど、今になって、なんかそれもバカみたいっていうか。別に、日本にいればよくない？　みたいな」

「お前、じゃあ俺らはなんのために、あいつをばらしたんだよ」

「あれは、別にわたしとは関係ないわ。あんたが勝手にころ……」初音は慌てて声をひそめる。

「殺したんじゃない」

「この人に手伝わせただろ」

「この子はお金のためにやったのよ。分け前さえもらえたら、外国いこうが日本にとどまろうが、どっちでもいいわよね？」

響子は表情をこわばらせたまま、何も言わなかった。

「とにかくさ、まだ時間はあるし、少し冷静になって考えよう。ね？」

新之助は答えず、食事に戻った。食べ終わってからも、怒っているふりをして黙っていた。

雨はどんどん激しくなり、空は白から灰色に変わっている。この程度の悪天候なら、飛行機は無事飛び立つだろう。少々時間はずれ込むかもしれないが。

新之助はあえて、時間を一度も確かめなかった。だから初音が食後どのくらいでグラグラと揺れはじめ、新之助の肩にもたれかかってきたのか、よくわからない。

気がつくと、初音はハンドバッグをきつく抱きしめ、小さな寝息をたてていた。もう一つのバッグはテーブルの端に置きっぱなしだった。

響子はさきほどから、充血した目で自分の手の平を一心に眺め続けている。まさに必死の形相だ。死体の解体中に手にケガをし、そこが痛むのかと新之助は思っていたが、今になって、どうやら彼女は自分の手相を見ているらしいということに気がついた。

「どうしたの？」

恐る恐る問いかけた。それほど、彼女の表情はなんだか狂気めいている。

「大器晩成って、本当？」

「え？　何？」

「大器晩成の線があるって。これだよね」

響子は左手を前に差し出した。

「ああ、あのね。基本的に、左手は持って生まれた運勢が示されていて、反対に右手は、その人の努力次第でどんどん変わっていくものといわれているんだよ。いろんな説があるんだけど。だから両方を見なきゃ」

両方、と彼女は彼の言葉を繰り返す。

「君の場合……まあいいか。そんなの意味ないよ」

新之助はなげやりに言った。その返答が不満なのか、響子はわずかに眉を寄せた。

「いや、占いを信じるも信じないも、そんなの人の勝手だけどさ。手相だって、それなりの根拠はあるし、実際当たった人もいる。俺、随分昔に初音の結婚年齢を当ててるんだ。うまくいかなくなることまで当ててるし。だけどこんな手の平の模様だけで、自分の才能や将来が決めつけられるって、馬鹿らしくないか？」

「でも当たるんでしょ？」

「当たるから、余計ムカつかないか？　ただの皺だぜ？」

そこまで言って、自分たちにはあまり時間がないことを思い出した。服用させた薬に、どのくらいの効き目があるのかわからなかった。

新之助は唇に人差し指を当て、響子に黙っているよう指示をした。それから初音が深く眠っているか確かめるために、彼女の髪の毛を一本つまんで引っ張った。唇がわずかに動いた気がした。次に腰の肉をつねった。そうすると、彼女はいつもくすぐったがって身をよじる。何の反応も示さなかった。

新之助は慎重に、彼女の体を自分から離し、窓側にもたせかけた。胸の前で組まれた腕をそっとほどくと、ハンドバッグを抜き取った。それは予想以上に重たかった。

中身を確かめたかったが、時間がない。初音が目を覚ました時点で、何もかもがおしまいだ。

「いこう。急いで」

響子はうなずいた。二人は同時に席を立った。

「出発前に、トイレにいっておいたほうがいいね。道が渋滞したら、パーキングに寄るのも面倒になる。はやく解散したいだろう？」

響子はまた黙ってうなずいた。俺のことを完全に信用している。今朝、もしかすると何か勘づいているのではないかと一瞬怪しんだが、全くの気のせいだったようだ。それとも、本当は疑っているのに、何らかの理由で無理やり俺のことを信用しようとしているだけかもしれない。

ややこしいので、考えるのはやめた。

響子の丸く、だらしない後ろ姿が女子トイレの中に消えたのを確認して、新之助は踵《きびす》を返した。店の出入り口まで小走りしながら、この金で時計を買おう、少し残して妙子に指輪を買ってやろう、そう思った。

サラブレッド3

少し前まで、どしゃーっと、まるで夏の夕立のように激しく降っていたのに、たった今、突然ぴたりと雨がやんだ。嘘みたいだった。遠くの空の隙間から、光の帯が地上に注いでいる。虹が見えないかな、と響子は思った。

コーヒーのおかわりを頼むために、そばにいた女の店員を呼んだ。女は返事もせずにこちらを振り返ると、無言のまま近づいてきた。響子は怖気《おじけ》づいて、何も食べたくないのに、コーヒーと一緒にポテトフライを注文してしまった。女は聞き取れないほど小さな声で注文を繰り返すと、また無言で去っていた。

ファミレスにくると、いつもこうだ。絶対に店員に冷たくされる。

初音はまだ眠っていた。

ああ、あたしはヘマをやらかしたんだなあ。この数分で何度同じことを思ったかわからない。彼とともに席を立ち、トイレの前で別れると同時に、腹がぎゅるぎゅる鳴った。徹夜明けにそのまま朝食を食べると、いつも必ず腹が下るのだ。それでも自分なりに最速で手洗いを済ませてトイレを出た。ところが店内のどこにも彼の姿はなかった。

待ち切れず、外に出てしまったのだろう。響子は素直にそう思った。駐車場にアウディがないことに気がつくと、もしかしてどこかへ軽く買い物にいっているのかもしれないと考えなおした。その場でしばらく待った。雨のせいでひどく寒かった。パーカの袖を指先まで伸ばして耐えしのんだ。

だまされた。

そう思い至るのに、多分、十分はかかった。受け入れるのにさらに五分。店内に戻り、初音の寝顔を見つめ続けて、もうかれこれ二十分。まだ彼女を起こして全て打ち明ける勇気は出ない。

コーヒーとポテトフライが運ばれてきた。さっきとは違う、今日はじめて見る男の店員だった。男はゴトン、と尋常でない乱暴さでそれらをテーブルの上に置いた。初音が起きてしまう、と慌てたが、彼女は彫刻のように体のどこも動かすことなく、深い眠りの中に落ちたままでいる。

再び小雨が降りだした。回復したように見えた遠くの空も、いつの間にかまた分厚く白い雲に覆われている。

不思議と新之助に対する怒りはわいてこない。むしろ自分自身に腹が立った。響子は自分の白くぷにぷにした手を見つめて思う。わかっていた気がする。嘘をつかれていると気づきながら、わざと自分はだまされたのだと思う。昨夜、あの見知らぬ妊婦の遺体を切断する前、初音の金を奪って二人で逃げようと新之助が持ちかけてきたとき、真っ先に思ったのは、自分はだまされているということだった。それを、響子はすぐに心の中で打ち消してしまった。思いすごしかもしれない。考えすぎかもしれない。もし彼の言うことが本当だったら。その先にはきっと素晴らしい未来が待っている。響子はその未来を信じることにした。

あんなに素敵な人が、自分なんかを連れていってくれるわけがないのに。

とにかく、このままではいられない。響子は意を決し、立ち上がって初音の肩を叩いた。薬が随分きいているようで、彼女はなかなか目を覚まさなかった。顔がテーブルにぶつかりそうになるぐらい体をゆすると、かすかなうなり声をあげた。

初音は体を右斜めに傾けたまま、しばらく瞼を閉じたり開いたりした。視線が合うまでに、三分ほど時間がかかった。それでもまだ意識の半分は夢の中にあるようで、「あしたのごはん」がどうのと、わけのわからない言葉をつぶやいている。喉を上下させているので、響子は水の入ったグラスを、テーブルの上に頼りなくのせられた彼女の右手に触れさせた。すると初音は大きく瞬《まばた》きをして、ひーっと深く息を吸い込むと、「新之助」とはっきりとした発音で言った。

「新之助」

今度の声はひどくかすれていた。初音はぐびぐびと喉を鳴らして水を飲んだ。

「新之助はどこよ」

「あ、あの」

「今、何時」そう言いながら、自分の腕時計を見る。「は？　何この時間。一体何があったの？　なんでこんなに……あっ」

本人は大声を出してしまったつもりなのだろう、慌てて口を手で押さえた。しかし響子からしてみれば、顔を近づけなければ聞こえないほどの小声だった。

「わたしのバッグがない」

「あの、だから」

「なんで、どういうことよ、教えてよ」

「えっと」

「何？　あんたたち、わたしに何したのよ。ちょっと、黙ってないで何か言いなさいよ」

それをさっきから説明しようとしてるのに。どうしてこんなに偉そうにできるんだろう。もうこの人には金がない。殺人未遂、あるいは殺人という、重大な罪を犯してもいて、自分はその密告者にもなれる。これ以上、下手に出ることはないのだ。

わかってはいたが、しかしどうしても卑屈な態度をとることを響子はやめられなかった。家族に愛されて裕福に育った者と、かかわる全ての人にうとまれながら大人になった者との違いだろうか。

「ねえ、黙ってないで何か言ったらどうなの？」

「だから、その、新之助さんが、薬を出して、スープに入れて、そのままいなくなってしまって」自分も関与していることを言うべきか言わざるべきか、決めかねたまましゃべりだしてしまったので、話がくちゃくちゃになった。「あたし、下に降りて探したんだけど、もういなくて」

「あんた、あいつのことが好きなんでしょ」

思いがけない言葉に、心臓をぎゅっとつかまれたような感覚がした。背中から汗が噴き出た。

昨晩、はじめて彼を見たときの衝撃が体の奥でまだくすぶっている。目が合った瞬間から新之助に惹かれていた。響子は自分でも嫌になるぐらいの面食いだった。新之助のルックスは響子の好みそのものだった。

「やっぱりね。うすうす気がついてたのよ。それで、うまいこと口車に乗せられたんでしょ？一緒に逃げよう、なんて言われたんじゃないの？」

ごまかさなきゃという思いと、なんとか説明しなければという焦りで、頭の中が真っ白になる。

「いや、好きとかじゃなくて、向こうから、コクられたっていうか」

「は？　あんた、何言ってるの？」

「結婚してほしいって言われて、うちのお父さん、政治家だから」

ダメだとわかっているのに、こうなるともう止められなかった。パニックになればなるほど次から次に口から嘘が噴き出てくる。中学の頃からの悪癖だった。少なくとも小学五年のあの出来事以前は、自分はこんなふうにやたらめったら嘘はついたりしなかった。そうだろうか？　もっと幼い頃から、母に嘘をつくなとしょっちゅう叱られていたような気がする。どうして自分はこうなのだろう。わからない。この悪癖のせいで、今までどれほどの人に嫌われてしまったか見当もつかない。嫌われたくないのに、嫌われてしまう。響子はしゃべり続けながら泣きだしそうになる。

「お金持ちになれると思ったのかしらー。でも、いくらなんでも、いきなり言われても無理っていうかー」

初音はぽかんと口を開けたまま黙ってしまった。あっけにとられているようだ。

「どうしても付き合ってほしいって、土下座までされちゃって、うちのお父さんが政治家だってことが、よっぽど……」

そのとき、急に、猛烈に、それ以上話したくなくなった。さっきからずっと話したくはなかったが、その感じがピークに達した。とにかく何もかもが嫌になった。響子は、ひっ、と息を吸い込むとそのまま口をつぐんだ。

いつの間にか、店内が異様な騒がしさに包まれていることに気がつく。おばさんの団体客が店の一角を占領していた。

「どうしたの？　よっぽど、何よ」

「なんでもない」

不思議な気分だった。いつもああなるとどうしようもなくなって、相手が呆れて自分の前から消えてしまうまで嘘をつき続けるしかなかった。止めようと思えば止められるのだ。

笑いがこみ上げた。抑えきれずに、フフフ、と響子は笑う。

「何？　新之助に裏切られたことがショックで、頭がおかしくなったの？」

「別に」

どうしても顔がにやけてしまう。横を向いた。さっきから空の色は全く変わることなく、時間の経過をあいまいにしている。

「まあ、別にいいけど。あのね、悪いけど、わたしのこと、見くびらないでくれる？」

初音は乱暴な手つきで、テーブルの端にあったトートバッグを二人の間に移動させた。中には初音が家を出るときに着ていたキャミソールとデニムスカートが無造作に突っ込まれている。それをどかすと、底には札束が入れられていた。響子は思わず息をのんだ。

「わたしはね、あいつのこと、もう何年も前から知ってるのよ」

「いつの間に、入れ替えたの？」

「いつだっていいでしょ？　あいつが何を考えているのかなんて、何でもお見通しなんだから。バカにしないでよ」

そう言いつつも、彼女の目にはわずかに涙が浮かんでいた。

「あいつ、今頃どうしてるんだろ。まあ、あのバッグ売って、あの車も売ったら、もしかするとこれと同じぐらいの金額になるのかもしれないけど」

そこまで言って、初音は顔を両手で覆って泣きはじめた。響子はそれを、妙に静かな気持ちで眺める。この人は彼のことがすごく好きなんだろう。よくわからないけれど、彼のことだけを心の支えに生きてきたのだろう。響子は二人がどんな関係なのかほとんど知らないのに、そんなことを思った。

「ねえ、初音さん、あの、お取り込み中のところ悪いけど、その、それで……」

「分け前のこと？」初音はうつむいたまま、鼻をすすりあげる。「ああ、それなら後で渡すから。こんなところで出せないでしょ？」

「それもそうだけど、いくの？　タイに」

半分ほど濡れた顔を初音は上げる。頬にいくつか筋ができていて、響子ははじめて、彼女がわずかに化粧をしていたことを知った。

「さっきはやめる、みたいなことを言ってたけど」

「こうなったらいくしかないわよ。他に居場所ないし」

「あたしは、いけないけど」

「なんで」

「だって、あたし、パスポートないよ」

「あっ」

今さら気がついたのか。なんだか彼女を出し抜いたような気分がして、少し胸がすっとする。

「そうだ、このチケットはとりあえずキャンセルしてさ、一旦パスポート取りに帰ったら？　夕方の便もあるみたいだし」

「悪いけど、それも無理」

「なんでよ」

「パスポート持ってないの。今持ってないだけじゃなくて、作ったことないの」

眉間に皺を寄せ、唇をゆがめ、初音はしばし停止した。

「嘘でしょう？　じゃあなんで、昨日の夜、一緒にいきたいなんていったのよ」

「あのときは、本当にいきたいなあー、と思ったの。でも、連れていってもらえるとは思ってなかったし、それに、現実的に考えても難しいっていうか」

「そうだ。パスポートなんて二週間ぐらいで作れるんだし、それまで一緒に待ってあげてもいいわよ」

「いや、百五十万もらえるなら、まだしばらくは日本で暮らせるから、もういい」

「ちょっと、どういうことよ。人をその気にさせておいて、一体なんなの？」

「その気って……。そもそも初音さん、あたしがいきたいって言ったとき、嫌がってたじゃん。あたしみたいなダメ人間が外国にいったって、何も変わらないからやめとけ、とか言って」

「わたしはもう、少なくともあんただけでもついてきてくれるものだと思い込んでいたのよ。今さら一人でタイになんかいけないわよ」

「そんなこと言われても、困る」

「困る、じゃないわよ。ふざけないでよ」

初音はかすれた声で叫んだ。赤い唇がぶるぶると震えている。

「ついてきてくれないなら、昨日の夜、あんたがやったこと警察に通報してやる」

そのとき、どこかで誰かがウワアアと叫び声をあげた。二人は同時にそちらへ視線を動かした。子供が床に寝そべって一人で遊んでいた。

「道連れよ」

初音は涙をこぼしながらつぶやいた。


それもいいかもな、と響子はすぐに思いなおした。日本にいたって、楽しいことは何もない。新之助にはもう二度と会えないだろうし、会えたところで自分なんかと付き合ってくれるわけでもない。あれほどルックスのいい男と、数時間もの間二人きりになれただけでも幸運だったと思うことにしよう。どうせただの一目ぼれ。今まで何度もあきらめてきた。彼だけが特別なわけじゃない。しばらく経てば過去の自分がバカバカしくなるほど、この気持ちはきれいさっぱりなくなるはずだ。響子は自分に言い聞かせる。

初音から百五十万円わけてもらっても、物価の高い日本で生活していたら、一年も経たないうちに使い切ってしまうだろう。それよりも、少々のリスクを負ってでも、新天地で新しい人生を手に入れるチャンスにかけてみるほうが、自分にとって有益な気がした。

一体、あたしはどうしてしまったのだろう。初音が呼びつけたタクシーの窓から、白い空を風にもてあそばれるように飛び回る黒い鳥を見上げつつ、響子は不思議に思う。なんだか知らない間に心が軽くなっている。初音の我を忘れた泣きっぷりを見たせいか、あるいはさっき突然、嘘をつくのを止められたことが作用しているのか。とにかく、昨日まで心配だったことが、どうでもよくなっているような感じだ。死体損壊などというとんでもない罪を犯し、それを密告するなどと脅されてもいて、二週間後にはタイへ逃亡しなければならない。その二週間の間にばらした死体が見つからないとも限らなかった。でも、なんだかどうでもよいのだ。いつもの自分なら不安で不安でたまらなく、いっそ死のうと考えてしまうぐらいだろう。そして本当に首を吊ってみようとするところまでしてしまうかもしれない。とはいっても、ロープを買いにいくまでが限界で、結局は部屋で一人、泣きながら怯えて暮らすだけなのだろうけど。

捕まるのは怖い。だけど、殺したのは新之助だ。脅されてやったと言えば、多少罪は軽くなるかもしれないし、もしかしたら執行猶予とかつけてもらえるかもしれない。刑務所に入ることさえ免れれば、前科が一つぐらいついたところで、そんなものはもはや、なんのハンデにもならないのではないか。

自分はすでに、十分落ちぶれている。三十歳で、家族もいなくて、無職で、ブスでデブでバカ。人が羨むような人生はもう手に入れられない。絶対に。初音のように高みから落ちる心配もない。だってそもそも高いところにはいないのだから。だからこそ、何でもできるような気がした。生きて、いろんなものを見て、食べて、笑う。それだけで、きっと十分ラッキーなのだ。

これはただの開き直りだろうか。

死体を解体するなどという非現実的な体験をして、一時的にハイになっているだけだろうか。

あるいは、自分の中の大事な何かを、昨日の夜、死体と一緒に壊してしまったのかもしれない。あたしは、怪物か何かになったのかもしれない。

あたしは何を根拠に、自分は本当は、人より偉いなんて思っていたんだろう。

「そういえば、初音さん」

反対側の窓の外を見つめている彼女は、さっきから泣いたり泣きやんだりをかなり短いサイクルで繰り返していた。今はちょうど泣きやんだところだったので声をかけた。

「新之助さんから聞いた。初音さんの、本当の生い立ちの話。どうして全然違う話を、あたしにしたの？」

初音は眉一つ動かさない。「別に。そっちのほうが面白いと思ったから」

「静岡県出身なの？」

「出身は東京です。小学二年のときに、移ったの」

「ものすごく、お金持ちの家だって」

「あのバカ……。あいつは大げさなのよ。喫茶店を何軒かやってただけ。もう全部畳んじゃったしね」

「学生の頃は、雑誌の記者になりたかったの？」

「もう忘れたわ」

「新之助さん、子供の頃にとんでもなくひどい目にあったのに、どうしてあんなふうに何事もなかったように平気でいられるのかな」

「ただのバカだからよ」

それは、確かにそうなのかもしれない。

「平気に見えて、本当はトラウマみたいなものを……」

「あんたって本当にバカね。トラウマとか、笑わせないでよ。もしそうだったら、もっとしおらしくしてるわよ、あいつ。心の底からどうでもいいと思ってるのよ、昔のことなんて。ていうか、当時からどうでもよかったんじゃない？　あいつはね、生まれつきああなの。この先どんな目にあっても、ずっとあの調子よ、きっと。そういう人間もいるのよ。どんなにイヤな目にあっても、すぐ忘れちゃう奴。あんたとは正反対ね。いつまでも過去のことにこだわって、人をネチネチネチネチ恨んでばかりのあんたとは」

そこまで言うと、何かのスイッチが入ってしまったのか、彼女はまた涙をぼろぼろこぼしはじめた。響子はそれきり黙った。

初音はホテルにでも泊まるのだろうと思っていたが、一人になるのが嫌なのか、響子のマンションまでついてきた。そのまま居候する気のようだった。響子としてはさすがに迷惑だったが、また脅されるのは嫌だったのでしぶしぶ招き入れた。

一人暮らし用のワンルームの部屋に入るのが、彼女はほぼ十年ぶりだそうだ。学生のときに同級生の家に泊まりにいって以来だという。上京したての頃は養父母の援助で中目黒の１ＬＤＫに住み、キャバクラでアルバイトをはじめてからは、３ＬＤＫより狭い部屋で暮らしたことは一度もないらしい。

響子の部屋のベッドはシングルで、客用布団など当然ない。掛け布団は何日どころか何年も干した覚えはなかった。嫌でも二人で一つのベッドに眠るしかない。お嬢様育ちの彼女がこんな生活に一晩たりとも耐えられるわけがないと思ったが、案外、というか全くもって平気そうだった。そういえば彼女の家はここの百倍散らかっていたのだ。

翌日、響子はさっそくパスポート申請の手続きをするために朝から出かけた。昨日に引き続き冷たい雨が降り、気温はさらに下がっていた。もうまもなく東京に冬がやってくる。初音の話によると、タイは現在、雨季の終わりかけで、これからは比較的過ごしやすい時季に入るという。夏も冬も好きではない響子は、にわかに旅立ちが楽しみになってきた。

パスポートセンターは空いていた。やはり受領までは二週間ほどかかるらしいことがわかった。その間、あの狭いマンションで、初音と二人きりでボヤボヤと過ごすのかと思うと少しウンザリした。初音は昨夜、一人でふらふらと二十四時間スーパーに出かけ、大量の菓子やカップ麺を買い込んでいた。向こう二週間、眠って食べて排泄する以外のことはする気がないらしい。

どうせだったら自分はその間に、これまで躊躇してやれなかったことを全てやりつくしていこう。響子はそう考えた。

最初に思い浮かんだのは、風俗店で働くということだった。我ながらおかしかった。どうしてそれなのか。他にも未経験のことは山ほどある。しかし思いついてしまうと、他のことはできなくてもそれだけでもやっておかなければ気の済まないような気分になった。どれほど金に困っても、それだけはしたくないと心から思っていたのに。それに手を出したら最後、自分はもう二度とまともな人生を手に入れられないと信じ込んでいた。そもそもはじめから十分まともではなかったくせに、一体何を思い上がっていたのか。

パスポートセンターを出ると、さっそく漫画喫茶に入り、求人情報を調べた。注文したオムライスを食べながら、目についた店に電話をかけた。どうせ一、二回ほどしか働かないのだから給料などどうでもいい。ただ、いきなり過激なプレイをさせられるのはさすがに怖かったので、初心者歓迎をうたっているところを選んだ。電話に出たのは若い男の店員だった。店長かどうかはわからなかった。今からでも面接をしてほしい旨を告げると、ちょうど時間が空いているらしくあっさりと了承してくれた。響子は念のため、自分の容姿が人より劣っていること、さらにどこがどんなふうに劣っているかをなるべく詳しく説明した。実際に顔を合わせてから、外見を理由に不合格にされるのは嫌だったからだ。すると男はしばらく沈黙した後「うちの系列の、他の店のほうがいいかもしれません」と言いにくそうにつぶやいた。

意味がよくわからなかった。男は、さらに申し訳なさそうな声になって、「いわゆるデブ専ってやつなんですけど」と続けて言った。

その言葉なら聞いたことがある。学生時代、アルバイト先の酒屋でいじめられていたとき、「デブ専男しか相手にしてくれないんじゃないの?」などと先輩バイトの女子高生にしょっちゅう罵られていた。ところが実際にそういう男がこの世に存在するとは、響子にはどうしても思えなかった。物心ついてからずっと太っているのに、一度もそんなものに遭遇したことがないからだ。

一瞬、断ろうかと思う。しかし、今さら傷つけられて困るプライドなどないはずだった。響子は男に店の連絡先を聞いた。すると男のほうでそのまま取り次いでくれるという。一旦切ってしばらく待っていると、すぐに別の番号から電話があった。さっきと同じく若い男の声で、さっきも十分親切だったが、より親切そうな話し方だった。たったそれだけで、響子の中で風俗業に対するイメージが改まった。ヤクザみたいな男たちが、ヤクザみたいな対応をするのだろうと思い込んでいた。

話はとんとん拍子に進み、今から一時間後に面接をしてもらえることになった。急いで履歴書を書き上げ、案内された店に出向いた。風俗街に入ったところで、いつもの汚いジーパンとパーカを着ていることに気づいたがもう遅い。そのうえ、雨のせいで通常の五割増し頭がボサボサだった。それでも、引き返す気は毛頭なかった。余分な羞恥心はあますところなく捨てた。

さきほど電話をかけてきた男は、会ってみると電話以上に親切な印象だった。身なりもちゃんとしている。風俗店店員というよりは、入社二年前後の事務系サラリーマンに見えた。みすぼらしい姿の響子を見ても眉一つ動かすことなく、わざとらしい愛想を使うこともなく、新入生をサークルに勧誘する上級生のようなフレンドリーかつ丁寧な感じで、狭く埃っぽい事務室に響子を案内した。

履歴書の内容についてほとんど聞かれることはなかった。ただ、体のサイズをこちらが戸惑うほど子細に説明させられた。

「身長百六十センチで、六十三キロ、バストはEカップね。ウエストは何センチ?」

「測ったこと、ないので……」

「じゃあ、立って、服を捲《まく》ってお腹を見せてくれますか」

一瞬戸惑ったが、言われた通りにした。わずかに窓が開いており、そこから冷たい秋の風が入ってきて、へそのあたりが寒さでもぞもぞした。

「ふうん。痩せてるね」

男は言った。幻聴かと思った。シャツを捲り上げた姿勢のまま、衝撃で身動きがとれなかった。

「うちはさ、激ポッチャリっていうか、要するに本当のおデブちゃんが売りの店なんすよ。お客さんもそれ目的でくるから、君程度だと、もしかしたらあんまり指名入らないかも」

言われている意味がよくわからず、響子はあいまいに、「はあ」と返事をした。

「でも君、ウエストにくびれがあるし、おっぱいもそこそこ大きいから悪くはないと思うよ」

「く、くびれ？」

思わず自分の腹を見下ろした。子供の頃から二段にわれている状態をキープし続けているので、谷の部分が赤い線になっている。

「くびれ、あるじゃない。ウエストから腰にかけて、ゆるくカーブしてる」

「この程度なら、誰でも……」

「いや、誰でもなんてないよ。痩せてる寸胴なんていくらでもいるから」

「だけど、下っ腹が……」

「そーんなの、ここでは十分プラスの要素だから。あのですね、くびれに痩せもデブも関係ないんですよ。要はどれだけ腰が張ってるかってことだから。うちはね、ポッチャリしてても、くびれがなければお断りなんです。で、中川さんは一応合格だけど、やる気はありますか」

「あの、やっぱり」

「僕はできれば、一緒に働きたいと思ってますけど」

響子は腹を出したまま、「よろしくお願いします」と答えた。

さっそく明日、研修を受けることになった。外に出ると雨はあがっていた。頭上には少しだけ雨雲を残した青空が広がり、日はすでに傾いていた。風が吹いている。道行く人が身を縮めて目の前を過ぎていく。寒いのだろう。響子にはよくわからなかった。なぜか体全体がぽかぽかと熱っぽく、風邪をひいたときのように、頭の内側がじんじんしていた。

高校一年のとき、学年で一番目立っていたグループの女たちの買い物に付き合わされデパート内を歩いていると、地元で「かっこいい男の子」が多いといわれていた男子校の生徒たちにナンパされたことがあった。向こうが五人で、こちらは響子を合わせて六人だった。カラオケにいこうということになり、女たちは響子に、手にした洋服や雑貨の会計を済ませるよう命じた。大急ぎで支払いを終え元の場所に戻ると、彼らは姿を消していた。

どうして今になってこんなことを思い出すのか。屈辱的な記憶などこの他にもたくさんあるのに、なぜか真っ先に、あのときの、デパートに一人取り残され、ざわざわとうごめく人々を眺めながら世界からどんどん音が消えていった様子が、突然、脳裏によみがえった。

くびれ。女っぽい。痩せている。あの男は決して嫌味でも、ましてお世辞で言っているわけでもなさそうだった。実際に勤めている風俗嬢の写真を見せてもらったが、確かにみな自分より太っていた。そして男の言う通り、腰にはくびれがあった。同時に腹も尋常でないほど出ていたが。一番人気の風俗嬢は、響子からしてみるとブタを通り越してゾウにしか見えなかったが、彼女目当てで地方からやってくる客も多いと聞き、心底驚いた。

自分の居場所が見つかった、とまでは思わない。ただ。

痩せている。

そう言われたことが、失神しそうなほど嬉しかった。

マンションに戻ると、初音は寝ていた。響子が部屋を出たときと全く同じ体勢だったので、最初は死んでいるのかと思った。

彼女が目を覚ましてから、一日何をしていたのかと聞いた。昼過ぎに起きて、インターネットを三時間ぐらいやり、再び寝たのだという。そう話した後、すぐにまたベッドの中にもぐり込んでしまった。まるで猫だ。

彼女が完全に寝入ってから、パソコンの履歴を調べてみた。ほとんどが中国語のホームページだった。タイから中国に行き先を変更するつもりなのだろうか。響子にしてみれば、どちらでもよかったので気にしないことにした。

そのときふと風俗店を出たときのことを思い出し、試しに、高校の頃に学年で一番目立っていたグループのリーダー格の女の名前を検索してみることにした。しかし、ナツキという名前だったことまでは覚えていたが苗字が思い出せず、うまくいかなかった。そこで、フルネームを覚えていて、尚かつ漢字まで間違いなく記憶している同級生を次々に検索していった。松本真知子、山本沙希、木下みどり、橋本珠代、河合恵美、津田真紀、星野光子、阿部美佐子。どれもそれらしいものにヒットしない。阿部美佐子ぐらい何かにひっかかってくれてもいいかと思ったが、見つからなかった。

犬飼智子。

この名前だけは、これまでも何度か検索してみようと思ったことがある。しかしなんとなく抵抗感があってできなかった。なぜだろう。立派な人生を歩んでいたら腹が立つからかもしれない。

検索してみた。何も見つからなかった。

背後で初音が小さく声をあげた。子供みたいだと思った。

翌日、響子は出かける前に久しぶりに化粧をした。そのために昨日、帰りがけにドラッグストアで化粧品をいくつか買い揃えた。本当は初音に流行のやり方を教えてもらいたかったが、どうやっても起きてくれそうにないので、仕方なく当てずっぽうで自分でやった。

その日の午後、響子はついに念願の風俗嬢になった。

研修は昨日とは違う男が担当した。昨日の男よりさらに親切で優しく、若くてハンサムだった。口頭で説明を受けた後、一通りの作業を彼相手におこなった。初対面の男の裸を見るどころか、性器に触れ、口に含むことなどもちろん生まれてはじめてだったが、響子は途中で挫折することはなく最後までやり遂げた。自分の意思とはほとんど無関係に、自分の口や手先がするすると動いた。それをぼんやりと他人事みたいに観察している自分がいた。まるで宇宙人に体を乗っ取られでもしたかのようだった。開き直ればなんでもできるものだ。この程度のことなど、世界中の女がやっている。見知らぬ妊婦を解体したことと比べれば、こんなものはほほえましいスキンシップの一つに過ぎない。男は響子の手技や態度を厳しくチェックしつつも、響子を褒めたたえる言葉を随所にさしはさむことを忘れなかった。「肌がきれいですね」「スタイルいいですよね」「恥ずかしがっている姿がセクシーですね」。こちらの気持ちを乗せるためにお世辞を言ってくれていることは重々承知していた。が、そんなことはどうでもよく、響子は全身全霊で与えられた課題に取り組み、結果、即戦力のお墨付きをもらい、その日のうちに二人の客をとった。

指名されたわけではなく、店長が「本日入店の子」として積極的に薦めてくれたのだった。一人目は仕事をサボってきたのが丸出しのスーツ姿の中年サラリーマンで、身長が響子よりやや低かった。はじめはものすごく横柄な態度だったが、いざプレイがはじまると、生娘《きむすめ》のごとく体をこわばらせ、響子の指が体に触れるだけで顔を真っ赤にしてもだえるのだった。自分相手にここまで興奮している男の姿を見るのは感動的ですらあった。極めつけは誤って響子が体を滑らし、相手の体の上に全体重を乗せてしまったときで、男はその瞬間、ものすごい勢いで射精してしまったのだ。結局その後もう一度射精し、時間ぎりぎりいっぱいまで使ったプレイが終了すると、何事もなかったみたいに、また元の横柄で嫌な男に戻った。

二人目の客は大学生風の若者だった。すらりと背が高く、服装も今時のおしゃれな感じだが、裸になると栄養失調かと思うほどガリガリに痩せていた。一人目の男と比べると話もしやすく、愛想もよかった。ただプレイ中、しきりと響子の腹をつまみ、それだけでなくそこにやたらと性器を押し付けたがるので困惑した。結局したいようにやらせたが、彼からしてみると響子のボリューム感では物足りなかったようで、さんざん腹をもてあそばれた挙げ句、去り際にもっと太った子がよかったと捨て台詞《ぜりふ》を吐かれた。

仕事からあがるとき、こっそり店の待合室をのぞいてみたら、さまざまな年齢の男たちであふれかえっていた。中には普通に女にもてそうなルックスの男もいる。もう少し店に残り、店長が彼を自分のところに斡旋してくれるのを待ってみようかと思ったほどだった。

たった半日の間に、生まれてから今まで築き上げてきた価値観を、木刀で滅多打ちにされたような気分だった。自分は一体、何にこれほど悩んできたのか。彼らのような性嗜好を持つ男と、知らない間に何度もすれ違ってきたということなのか。学生時代、みんなに混じって自分を虐げながら、ひそかにこの太った体に魅力を感じていた人間がいたのかもしれないということなのか。信じられなかった。どれほどのチャンスを自分はみすみすつぶしてきたのだろう。響子は途方にくれた。

明日からパスポートの受領日まで、定休日をのぞいて毎日出勤することに決めた。

外は日が暮れかけて、今まで見た中でも一番きれいな夕焼け空が広がっていた。そもそもまともに夕日を見るのが、もう何日ぶりか、あるいは何年ぶりなのかも一瞬わからない。薄くのびる雲は巨大な船の底みたいで、オレンジ色をした火の海をゆっくりと航海しているかのようだ。おのおのの店の前に立つ呼び込みの男たちも、黙って空を見上げている。響子も自分の店の前で、しばし立ち止まってそうしていた。すると、視界の端で誰かが自分を見ていることに気がついた。顔を向けた瞬間、男はくるりとロボットのような動きで回れ右をした。

霧島だった。前の職場で自分にパワハラをしまくった、元上司に間違いはなかった。

「霧島さん」

呼びながら、少し前の自分ならむしろ我先に逃げ出していただろうと冷静に考える。霧島は一瞬立ち止まったが、またすぐに歩きだした。

「待って」

呼びかけると同時に彼は走りだした。響子は躊躇することなく追いかけ、霧島の背中にタックルするようにしがみついた。

往生際の悪い霧島はそれでも逃れようとする。響子を振りほどこうと、もがきながら前に進む。響子は意地でも離すまいと、彼の右腕に両腕を絡ませた。

「待って、待ってよ」

「離せ」

「ちょっと、何で逃げるんですか」

「離せ」

「ていうか、なんでこんなところにいるんですか」

霧島が急に動きを止めた。響子は反動でけつまずき、地面に四つん這いになった。

「お前こそ、なんでこんなところにいるんだよ」

響子は四つん這いのまま、彼を見上げた。不機嫌をむき出しにした表情は、なんだか妙に懐かしかった。とがった顎、つり上がった目、細く筋の通った鼻、紫色の唇に、細い眉。以前はやたらと非情な顔をしている人だな、と思っていたが、こうして下から見上げると、非情というよりケチなタイプに見える。

「この店で働いてるんです」

響子は立ち上がり、膝についた汚れを払いながら言う。霧島はきっと笑うだろうと思ったが、笑わなかった。言葉を失っている様子だった。

「おかしいですよね。あたしがこんな仕事してるなんて」

「いや……別に」

「で、霧島さんはどうして……え？　まさかうちの店に？」

「バカ言うなよ。たまたま通りかかっただけだよ」

「こんな場所を？　わざわざ？　会社からおうちまでの方向と真逆ですよね」

「この近くで、飲み会の約束があるんだ」

そんなのおかしい。彼は酒を飲まないし、第一、飲み会どころか送別会や忘年会の類ですら、参加することは全くといっていいほどなかった。今度は響子が驚く番だった。霧島の耳は真っ赤だった。

「霧島さん、なんで財布を手で持ってるの？」

「え？」彼は自分の右手を見る。表情にいつもの鋭さはなく、無防備そのものだった。

「なんで、財布なんか持って歩いてるんですかって聞いてるんです。普通は鞄の中とかに入れておくものでしょ？　もしかして、目的のお店の前に着いたから、会員証を出すために……」

「低学歴はこれだから嫌だよ。発想が下品だ」

それは、ミスをしたり間違いを指摘されたときに出る、彼の口癖だった。

ああ、そうか。響子は目の前の赤鬼のような形相を見つめながら納得する。心から納得する。この人は、太った女が好きなのだ。そうして、あたしを嫌いだからいじめていたのではなく、あたしを好きだから、「ブタは死ね、今すぐ死ね」などと罵ったりしていたのだ。

西日が彼の右側を照らしている。霧島はなぜかその場を動かない。だから響子も、じっとしていた。

「ところで君、大丈夫なの？」霧島が突然、口調と表情を優しくして言った。「借金でもあるんじゃないのか。仕事もいきなりやめちゃったし。ちゃんと食べていけてる？」

「いや、別に……」

「もしよかったらお金、貸してあげてもいいよ。そうしたらこんな仕事もやめられるしさ。なんだったら、しばらく俺のうちで面倒見てあげてもいいんだけど。どう？　居候する？」

白い歯がピカピカと光っている。笑顔のまま、彼の表情は固まっていた。どうしても自分が優位に立っていたいんだな、と響子は思う。

自分だって同じだ。自分だって、身の周りの人間関係に順位をつけて勝手にもがき苦しんでいた。学年で一番目立っていたグループだからって、彼女たちが誰よりもより偉かったわけではなかった。

い。自分より少し太っていて、自分より勉強がちょっとばかりできなかったからって、犬飼さんを見下していい理由なんかにはならない。

「あの、霧島さん、つかぬことをうかがいますけど」

「何だい？」

「霧島さん、あたしのことが好きなんですか？」

言った瞬間、後悔した。顔面が一気に熱を帯びた。反対に、霧島の表情からはどんどん色が失われていくように見えた。あるいはただ単に、逆光で陰になっているだけかもしれない。

彼が「お前、バカなんじゃないか」と叫ぶのと、響子が背を向けて走りだすのはほとんど同時だった。以前は彼に罵倒されるたびに悔しくて、涙目になって、息が苦しくて仕方がなかった。今の響子は無意識のうちに笑っていた。

笑ったまま、響子は足を止めた。振り返ると彼の姿はもうそこにはなかった。

夕日はいつの間にかビルの背後に吸い込まれ、空は六月のあじさいのような紫色に変わっている。


成田からのタクシーの中で、出国するまでの間にどうにかして父親に会えないだろうかとぼんやり考えていたことを、その晩ふいに響子は思い出した。眠る支度を整え、ベッドに入ったときだった。初音は三十分ほど前に起床し、今はパソコンの前でカップ麺を食べている。朝までそこにへばりついているつもりらしい。この二、三日の間に、彼女の顔面には信じられないほど大量の吹き出物が出現していた。

タクシーの中で、どのような手を使えば父親に会えるか、いつもより真面目に考えてみたがいい案は浮かばなかった。二十数年もの間そのことについてぼんやり考え続けているのに何も出てこないのだから、ほんの数時間ほど真剣にやったところで、そうやすやすと出てくるわけもない。

「ねえ、初音さん」

呼びかけると、彼女は無言で振り返った。パソコンの光が逆光になり、妙に神々《こうごう》しく見える。

「あ、ごめん、なんでもない」

父親に会いたいか、と聞こうとしてやめた。聞けば笑われる気がした。笑われるのが嫌なのではなく、自分でも笑い話にしか思えないほど、どうでもいいようなことに感じたからだ。

あの男が自分の父親であろうとなかろうと、もうどちらでもいいような気分だった。これまでだって、自分はそのことをどうでもいいこととらえているつもりだった。しかし本心では全くそうではなかった。むしろ生きていくうえで重要な部品の一つとなっていた。あの男の子供であること。すぐれた遺伝子を受け継いでいること。愛されて裕福に育ち、何にでもチャレンジをすることができて、失敗をしても受け止めてもらえる場所があって、いきたい学校も職場も、選ばれるのではなく自ら選択ができる。そのような人生を、ほんの紙一重の差で手に入れられなかった。だから自分は、世の中にごろごろと河原の石のように転がっている凡人たちとは、同じように見えて何かが違うのだ。

何か。

何か、など、多分、いや、どこにもない。

「ねえ、あんた、これ見てごらんよ」

初音が先の濡れた割り箸を振って響子を呼びつけた。響子はしぶしぶベッドを抜けると、彼女の隣にしゃがんでモニターをのぞき込んだ。

「S区の公園で、バラバラ遺体見つかる、だってさ」

数秒、息ができなくなった。全身から冷や汗が噴き出る。

「さっき配信されたばかりのニュース。これ、わたしが捨てたやつだよ。この公園にいって捨てたもん」

初音は全く平気そうな顔をして言った。

「まさか、それ、頭じゃないよね？」

「わたし、頭は捨ててないわ。あんたか新之助じゃないの？」

「あ、あたしだ。そうだ、思い出した」

「どこに捨てたの」

「えっと……」

「待って、言わないほうがいい」

初音が叫ぶように言うので、響子は驚いてその場に尻もちをついた。

「知らないで済むことは聞かないほうがいいわ。お互い、余計な情報を仕入れるだけ危険な気がするから。とにかく、あんたははやくパスポート入手しなさいよ。ていうか、いよいよやばいってなったら、わたしは先にいくからね」

道連れにすると言ったのは自分なのに、と思ったが言わないでおいた。一人でいってくれるのなら、それはそれで構わない。遺体が発見されたとわかった瞬間はさすがに動揺したが、たとえ逮捕されても、死体損壊、遺棄程度では大した罪にはならないはずなのだ。

そう考えて、これまで自分が何に恐れながら生きてきたのか、響子はなんとなくわかった気がした。ドロップアウトすることが怖かった。道を外れることが怖かった。どれだけ追いつめられても、ギリギリのところで持ちこたえていたかった。

なぜだろう。ああそうか。あたしはいつか、あの男の娘という立場に戻れると思っていたのだ。その日のために、なるべくきれいな体でいたかった。

バカだなあ、あたしは。救いようもなく、バカだ。

「あんた、何ニヤニヤ笑ってるの」初音が不愉快そうな顔をして言った。「ていうかさ、あんたなんか変わったね。生き生きしてるように見える」

「そう？」

「調子にのってるんじゃないわよ。むかつくから、もうこっち見ないで」

響子はいそいそとベッドの中に戻る。何があったのかは知らないが、やたらとイラついている様子の彼女を、かわいそうな人だと思った。

それから毎日、響子は規則正しく生活し、一日六時間から八時間働いた。反対に初音は相変わらず一歩も外に出ることなく、吹き出物はどんどん増え、若干太ったようにも見える。寝るか食べるかネットを見るかしかしておらず、きたるべき外国暮らしのための必需品の買い出しすらしようともしない。当然、響子自身も荷造りなどは全くしていなかった。

スタートがよかっただけで、毎日勤めていれば嫌なこともあるだろうと覚悟していたが、店では楽しいことばかりだった。先輩のお姉さんたちはみな優しく、響子の顔を見ればいつもたくさんお菓子をくれる。もっと太れ、ということらしい。店長を含め男性の従業員も総じて親切だし、今のところ嫌な客には一人も当たっていない。

ある晩、ベッドに入って目を閉じた瞬間、はやく明日になってほしいと願っている自分に気がついて愕然《がくぜん》とした。そんなことは生まれてはじめてだった。いつだって明日がくるのが憂鬱《ゆううつ》で、人の一生はあまりに長すぎるとつねづね考えていた。

小学五年で不登校になった頃、いつも昼寝のしすぎで夜眠れず、こんなふうにベッドの中で物思いにふけることが多かった。大きな地震が起こってみんな死んでしまえばいいなんて考えたりした。高校一年の冬、誰にも口をきいてもらえなかった頃は、昼寝をしていたわけでもないのに夜眠れないことがあって、そんなときはどこかの国が突然空襲をしかけてきて、日本全土が焼け野原になっていく様を想像した。自分だけ生き残ることができたら、嫌いな人間の死体を一つずつ観察していこうなどと考えた。

そんな自分が、明日を待ち焦がれるなんて。信じられなかった。響子は思わず一度閉じた瞼を開いた。そのまま眠るにはなんとなく落ち着かなくて、喉が渇いていたわけでもないのに、冷蔵庫から冷えたビールを出して一気飲みした。

日々が充実するのとは反比例して、国外逃亡する理由も意味もあいまいになってくる。響子はある日の仕事終わり、もし自分が何らかの罪を犯して前科者になった場合、再び雇ってくれるのか店長に尋ねてみた。店長はとくに表情を変えることなく、子供みたいな口調で「痩せなければ、別にいいけど」とつぶやいた。「なんかしたの？」と質問されたが、さすがに死体損壊とは答えられず、適当に笑ってごまかした。

日給を受け取った後、時間を確かめるために携帯を見た。そして、パスポートの交付日が明日に迫っていることを思い出した。明日以降、タイだろうが中国だろうがいきたいところにどこへでもいけるということだ。どこにもいきたくない。そう思った。響子はバッグの中に入れっぱなしだった受領票を取り出すと、事務室のシュレッダーに突っ込んだ。

「サヤカちゃん、サヤカちゃん」

事務室で煙草を吸っていたマナミさんに呼ばれ、響子は「はい」と愛想よく返事をしながら振り返る。サヤカという源氏名は自分でつけた。自分のもう一人の、腹違いの姉妹の名前。

「携帯、鳴ってない？　お尻のポケットでぶるぶる震えてるみたいだけど」

「あ、本当だ」

着信は公衆電話からだった。もしかして。予感が胸を突き抜けると同時に、響子は外に飛び出した。

「もしもし。俺。わかる？」

新之助の声が聞こえた瞬間、嬉しさで立ちくらみがした。響子は慌てて「うん」と答える。

「どうしたの」

「あの、まずはごめん。俺のこと、怒ってるよな。言い訳はしないよ。だけど、悪気があったわけじゃなくて、あのときはいろいろな事情が……」

「怒ってないよ」

「どうして」

「わからない」

「俺さ、やばいことになったんだ。マジやばい。相談できるのは、もう君しかいないんだ」

「初音さんは？」

「あんな奴、信用できないよ。それに、あいつとはもうかかわり合いになりたくないんだ」

「あたしならいいの？」

「君は信用できる。いや、俺みたいな奴に信じられても迷惑かもわからないけど。なあ一度だけ、会って話ができないか？」

胸がぞわぞわした。初音の吹き出物だらけの顔を思い出しながら、響子は歩きだした。


新之助はこの間と同じ、グレーのパーカに色の濃いジーパンを穿いていた。あるいは響子には同じに見えるだけで、微妙に違うのかもしれない。おしゃれな人のこだわりが、響子にはよくわからない。毛先が肩まで届いていた髪が、かなり短くなっている。そのせいか十歳近く若返って見えた。とはいっても、彼の正確な年齢を響子は知らなかった。

待ち合わせ場所の駅の改札で顔を合わせた途端、彼は無言で手首を握ってきた。響子はそれだけで胸が張り裂けるかと思った。彼はそのまま響子を引っ張るようにしてすたすたと歩きだした。目的地がどうやらラブホテルらしいと気がつくと、緊張やその他のいろいろな感情で頭が爆発しそうになった。

建物の中に入ると、彼はものすごい手際の良さで部屋を選択した。いつまでも無言なのが居心地悪く、響子はエレベーターの中で二人きりになった瞬間に、「今日は暑いね」と話しかけてみたが無視された。

新之助の選んだ部屋は全体的にモノトーンで統一されていて、ラブホテルというよりは金持ちの独身男性の寝室のような感じがした。テレビが壁に埋め込まれており、ガラステーブルには一ミリの指紋もついていない。ラブホテルにくることなど何年ぶりかわからなかった。どこにいるべきなのかわからず、響子は部屋の真ん中に立ったまま、とりあえず煙草を吸おうとジーパンのポケットに手を突っ込んだ。

瞬間だった。

地震だ、と思った。とてつもない衝撃に横から襲われ、ベッドの上にうつぶせに倒れた。何かが自分の体にのしかかっていた。タンスが倒れてきたのかもしれないと思い、すぐにこんなところにタンスなどあるわけがないと思いなおした。上にのっている何かは、やたらと重たく、温かかった。なんとか顔を上に向けると、目の前に新之助の顔があった。

唇と唇が触れる瞬間、彼がぎゅっと気合いを入れるように目を閉じた。ように見えた。嫌なら無理してやることないのに、いろいろあって、あたし以外にセックスする相手がいなくなっちゃったのかな、などとぼんやり考えつつ、響子はしっかりと目を開いたままでいる。

嬉しかった。イヤイヤでも嬉しかった。彼が固く目を閉じたまま決して開けようとしないでいても、それでも、これが人生でもっとも素晴らしいセックスになるだろうと、響子ははじまる前から確信していた。

彼はまた嘘をつくだろうか。いや、すでにいくつか嘘をつかれているのかも。だけど、信じるしかない。ていうかもう嘘でもいい。嘘も十年経てば真実になる。ここが、人生の勝負の賭けどころのような気がする。あるいは彼は、店に通う男たちと同じようにデブ専なのかもしれない。そうでないとは言い切れない。いや、きっとそうだ。彼のことを信じて、もし万が一にも真実だったら。素晴らしい未来が待っている。あたしみたいなデブでブスでバカな女が新之助と恋人になったらみんな驚くだろう。たとえば、あたしたち二人が肩を並べて歩く姿を犬飼さんが見たら、どんな顔をするだろうか。

コールガール3

会うのは何年ぶりなのか、見当もつかない。たぷたぷして色の薄い唇、鳥の巣みたいに量の多い黒髪、右目の横のほくろ、ブランド物の仕立てのよいスーツ。この人は今年でいくつになったんだろう。計算しようとしてもうまくいかない。

本当はその場に倒れてしまいそうなほど慌てふためいていたのに、わたしは平静を装いながら、いつも通りのやり方で寝室に彼を案内した。今日は午前中に常連を一人相手した。その残り香がしたら嫌だなと思う。昔から、設楽《したら》さんは匂いに敏感な人だった。お前の部屋の台所はいつも臭いと、独身の頃はよく彼に注意された。

設楽さんは寝室の中に入ろうとせず、ドアの手前で仁王立ちしている。わたしは、本当は久しぶりに彼に会ったのだから、もっとちゃんとしていたいはずなのに、なぜかわざとアバズレぶってするすると服を脱いでしまう。赤いレースの上下揃いの下着姿になって、ベッドのふちに腰かけて足を組んだ。

「しないの？　そのためにきたんじゃないの？　悪いけど、昔みたいにタダではできないから」

どうしてこんなこと言ってしまうんだろう、わたしは。自分で自分が嫌になる。ただ、昔と同じように、髪を優しくなでてほしいだけなのに。

「一体これはどういうことなんだ」

「どういうことって、何が？」

「自分の家に男を呼んで、セックスして、金をとるなんて、何のまねごとだ」

「お金がないからに決まってるでしょ。もともとはあなたの奥さんに払う慰謝料のためにはじめたんだからね」

「旦那が肩代わりしたんじゃないのか」

「そうだけど、他にもいろいろあるの。うちのお父さんの施設代も出してもらってるし」

「だから、何だよ」

どうして設楽さんはこんなに怒っているのだろう。よくわからない。

「だから、えっと、とにかく、旦那に出してもらった分は、返さなくちゃいけなくて……」

「旦那に、自分の旦那に金を返すのか」

「関係ないじゃん、設楽さんには」

話しながらだんだん恥ずかしくなってきて、それを隠すためにわたしはわざとへらへらと笑った。設楽さんへのあてつけであいつと一緒になったようなものなのに、蓋を開けてみればこれほど最悪な結婚生活もない。夫は血も涙もない冷酷人間だ。わたしは夫公認のもと、主婦売春をしている。

設楽さんはきっと腹の中で笑っているだろう。わたしを間抜けな女だと思って、笑っているだろう。

「旦那に無理やりやらされてるんじゃないのか」

わたしは首を振った。「違う。わたしがしたいからしてるの。稼ぎが多ければ自分のお小遣いにもなるしね。ねえ、しないの？　しないなら帰ってよ」

「こんなことはやめるんだ」

突然、設楽さんがつかみかかってきた。そのまま押し倒される。わたしはぎゅっと目を閉じた。

おかしい。首を絞められているはずなのに、苦しくない。目を開けると、なぜかそこにいるのが新之助に変わっていた。「苦しい」と嘘をついたら、新之助は慌てて手を離し、自分のものではない何か別の物体を見るような目つきで、自分の手の平をにらみつける。

「お前、俺のこと好きなの？　嫌いなの？」

新之助はこちらを見ずに言った。そんなことを彼が聞いたことなどこれまで一度もなかったので驚いた。

「あんたはどうなの？」

「お前はいつもそうだよな、質問を質問で返す」

「だって……」

「だってじゃないっ」

叫んだのは、間違いなく夫の裕之だった。

裕之は額から大量の液体を垂れ流している。血なのか？　血にしては、色も緑っぽいし、なんかドロッとしているし、もしかしてわたしの旦那って、宇宙人だったのかなあ。

「はやく救急車呼んでくれ」

知らない間に抱えていた土鍋で、わたしは彼の頭頂部にとどめを刺した。

目が覚めると汗で全身がぐしょぐしょだった。その不快感に低くうなり声をあげた後、今見た夢のおかしさがこみ上げて初音はにやついた。

カーテンの隙間を、何か黒いものが横切った。カラスだろう。空は曇っていて、夕方なのか朝なのかわからない。が、多分夕方だ。どうしてこんなに暑いのかと思ったら、脚に毛布がかけられていた。響子のいやがらせかもしれない、と初音は考える。

あと一時間もすれば、響子が帰ってくる。わずらわしさで舌打ちをした。はじめて会ったときはなんて辛気臭い女だろうと思って見ているだけでイライラしたが、今はまた別の意味で、彼女の存在自体に腹が立って仕方がない。

あるときを境に、響子は明らかに変わった。あの太った体を覆いつくしていた、ウジウジイジイジメジメとした気配が消え、人が違ったように表情が豊かになり、常に意味もなく楽しげだ。何の用があるのか知らないが、下手糞な化粧をして毎日いそいそと外出していく。あの晩、新之助と二人きりになった後に何かあったのだろうか。もしかすると死体をバラバラにするという行為がショッキングすぎて、本能的な防御反応として、ああいう異様な明るさが出てきているだけなのかもしれない。

どちらにしろ、初音にとってはうっとうしいことには違いなかった。自分の身に起こった全てのことを他人のせいにして、団子虫のようにいじけて丸まっていた響子もイヤだったが、その彼女がむやみやたらと生き生きしている姿を見るのも、それはそれで無性に腹立たしい。響子のくせに。もっと前向きになればいいのに、とはじめて会ったときは思った。しかしそれは間違いだったと気がついた。人間には前向きな態度が許される者とそうでない者がいる。そうでない者が無駄にポジティブだと、周りの人間はイライラさせられるだけで何もいいことがない。

今夜も帰ってきたら、太った体で狭い部屋をあちこち移動しながら、わざとらしいやり方で掃除し、いろどりの悪い料理を作り、一日何をやっていたのかをしつこく尋ねてくるのだろう。バカなくせに、ときどき人の心を射貫くような目をする。そこに一番腹が立つ。初音は考えるだけでフラストレーションがたまり、口内の左右の頰肉をぎゅっとかんだ。

響子が生き生きとしてくるのと反比例して、初音の体からは気力が失われていくのだった。この部屋にいついてからというもの、自分でもびっくりするぐらい何もする気が起きない。可能なら一日中眠っていたいが、それが不可能なので起きている間はネットで気を紛らわしている。どうでもいい話題のネット掲示板にどうでもいい書き込みをして、ときには顔も年齢も性別さえもわからない相手と長時間のケンカをする。合間に好きな中国人俳優の情報を収集したり、芸能人のブログに皮肉交じりのコメントを書き込んだりして、腹が減ったらカップ麵かスナック菓子、響子の作ったおかずがあまっていればそれを食べ、そうしてなんとか時間をやり過ごし、疲労で目がしょぼしょぼしてきたらそのタイミングを逃さないよう、すかさずベッドに入り、眠る。

国外へ脱出すれば、この数日患っている無気力病は治ってくれるのだろうか。いっそ響子を置いて一人でタイへいってしまおうかと考える。一人では心細い気がして、あの女を道連れにしようなどと決めてしまったが、彼女がそばにいたところで、わずらわしさが増すだけで何の助けにもならないことは目に見えていた。

しかし、荷造りする気力さえわいてこない。

どうして響子に会ったりしたのだろう。このところ常に考えている。もともと実父のことなどどうでもよかったし、たとえ自分の他に隠し子がいたとしても、会いたいなどと思ったりしたことは一度もなかった。それなのに、塩原みゆ子から彼女の話を耳にしたとき、とっさに連絡先を聞いてしまった。

何もかも打ち明けたい。昔の不倫のこととか、新之助のこととか裕之のこと、その他のいろいろなこと。そして、心から慰めてほしい。あのとき、そう思ったのだ。

でも結局、初音は響子に嘘をついた。

彼女に言った通り、自分はただ友達が欲しかっただけなのかもしれない。女友達は何人かいる。今でも連絡をとりあっている大学時代の同級生も数人いる。でも、親友と呼べる人は一人もいない。

自分はさみしかったのだろうか。孤独だったのだろうか。

初音はあくびをした。まだもう少し眠れるかもしれないとベッドにうつぶせに倒れ込みながら、さっき見た夢を思い出す。設楽の夢を見たのは随分久しぶりのような気がした。ここ数年は、彼のことを思い出すことさえほとんどなかった。裕之の夢はなぜか毎日のように見る。ただ、今回のように血液が緑色だったりするような現実離れしたものは珍しく、というより裕之の夢はほぼ毎回同じパターンだった。以前住んでいた港区のマンションのリビングで、二人で夕食を食べながら笑い話をしていると、ささいなことで裕之が逆上し、殴りかかってくる。反撃しようと初音が土鍋を持ち上げたところで、いつもだいたい目覚めてしまう。

実際には、港区に住んでいた頃は裕之も暴力をふるうことなく、結婚生活はきわめてうまくいっていた。初音は一日のうちのほとんどの時間を自分のためだけに使い、裕之が稼いだ金でヨガの個人レッスンを受け、似たような生活水準の主婦仲間と、週に三日は高級レストランのランチを楽しんだ。大学時代の仲間うちではもっとも成功した人生を手に入れたという優越感があった。一日に一度は誰かに暮らしぶりを羨ましがられていたような気がする。羨ましがられるだけのために、用もないのに知人に電話をして、身の上相談に見せかけた自慢をすることもあった。そうして自慢をすればするほど、何かが足りないことを思い知るのだった。満たされていなかった。楽しくなかった。それでも自分が一体何を渇望しているのか、初音には皆目わからなかった。

わからないまま、生活は徐々に破綻していった。いろいろなことが重なった。独身の頃から続いていた設楽との関係が彼の妻に知られ、五百万円の慰謝料を請求された。養父が認知症になった挙げ句、リフォーム詐欺にあった。兄嫁が知らない間にパチンコで数百万の借金を作っていた。ほんの数ヶ月の間に、それらの出来事が津波のように初音を襲った。裕之は慰謝料も養父の施設代も兄嫁の借金も全て肩代わりしてくれたが、高額な家賃を支払い続けることができなくなり、二人は東京郊外への転居を余儀なくされた。不倫が発覚したときはそれほどでもなかったのに、引越しに対してはよほど腹が立ったようで、その頃からささいなことで裕之は激昂し、初音に手をあげるようになった。「月々二十万ずつを俺に返済しろ」と彼が言いだしたのは、引越してから三ヶ月ほど経った頃だった。ひと月でも滞れば、養父の施設代の支払いを止めると脅された。小学二年のときに引き取られて以来、さんざん養父に甘やかされて育った初音にとって、それは何よりも辛いことだった。初音は養父のために、数年ぶりに外に出て働くことを決意した。

働くといっても、大学時代を含めてホステスしかしたことない初音に、今さらかたぎの仕事をするなど無理な話だった。はじめから水商売一本で職探しをした。それでも、さすがに当時ほど条件のいい職場は簡単には見つからない。結局、家から自転車で三十分以上かかる隣町のおさわりパブに、週に五日のペースで通うようになった。裕之には夜勤の清掃の仕事を見つけたと話しておいた。

出会い系サイトを使って売春相手を探す、というやり方は、同じ店のマナミに教えてもらった。マナミ自身は本人の浪費癖が原因で数十万円の借金を抱えていた。おさわりパブで月に二十万稼ぐのはさほど難しいことではなかったのにもかかわらず、その行為に手を出したのは、ほとんど裕之へのあてつけだった。だからわざと彼に見つかるよう、相手をしょっちゅう家に呼んだ。思惑通り三人目であっけなく現場を目撃された。殴ればいい、と思った。縄張りを荒らされたチンパンジーみたいに怒り狂って、自分を半殺しにすればいいと思った。自分に与えられた傷の分だけ、彼の高いプライドにも傷がつく。ところが蓋を開けてみれば、裕之は怒り狂うどころか、当たり前のことのように妻の売春行為を黙認した。

裕之がどうして自分と結婚してくれたのか、初音はいまだによくわからない。初音側には、結婚で得るメリットは腐るほどあった。が、彼のほうにはデメリットしか見つからない。二人はよくあるカップリングパーティで出会った。当時、裕之は初音の他にも、見合いや結婚相談所で知り合った何人かの女と同時進行で交際を続けていて、どれにしようか決めかねている様子だったのを初音が強引に押し切った。しかしいくら初音が百戦錬磨の水商売女だったからといって、逃げようと思えばいくらでもチャンスはあったはずだ。

一度でも、好きだと思ってくれたことはあったのだろうか。設楽との不倫についても何も言わなかったし、どれだけの数の男と売春をしても平然としていた。ただ、一度だけ新之助と一緒にいるところを見られてしまったとき、あからさまに不愉快そうな顔をしていたのが忘れられない。あの男にはもう二度と会うなと、裕之は声をつまらせて言った。あれは嫉妬だったのだろうか。あるいは、自分とは何もかも正反対の男に対する、本能的な嫌悪感かもしれない。

新之助。

新之助のことは、常に考えている。

あいつは一体、自分にとって何だったのか。考えれば考えるほどわからない。はじめは興味本位で近づいただけだった。世間をにぎわす高校球児のガールフレンドになれば、みんなに自慢できると思った。彼に本気で恋をした時期もあったと思う。しかし次第に、自分はどうしたって彼にとっての特別な存在にはなりえないと考えるようになった。誰もなれない。新之助は誰のことも愛さない。本当の恋人になりたいと望むことはやめた。結婚したいと願うのもやめた。それでも別れられなかった。設楽に出会ってすぐに彼に夢中になったが、新之助の存在は常に影のように自分に寄り添っていた。

いくら頑張っても振り向いてくれない。ただそれが悔しくて、いつまでも離れられなかった。案外その程度のことかもしれない、と初音は思う。

ただわからないのは、なぜ、あの晩、あいつと逃げようなどと自分は考えたのかということだった。冷静に考えればうまくいくわけなどないとわかるのに。そしてあいつが消えてしまった今、どうしてこれほどまでに自分はダメージを受けているのだろう。

考えると涙があふれた。はっきりしているのは、今の初音から気力を奪っている最大の要因は、新之助の裏切りに違いないということだった。

涙が出ると自然と眠たくなる。初音はこの好機を逃すまいと、枕に頬を強く押し付けた。今度こそ、好きな中国人俳優と夢で逢えますようにと心の底から願う。死ぬまで眠り続けて、夢の世界だけで生きられたらこれほどの幸せはないと最近は思う。

それから十時間近くノンストップで眠り続けた。目覚めたとき部屋の中はうす暗かったが、時計を見ると朝の四時を過ぎていた。響子は帰っていなかった。

なんだか異様なほど、気分が爽快だった。憑き物がとれたように体も頭も軽くなっている。珍しく夢を一切見なかった。どうやら完璧な熟睡ができたらしい。今すぐにでも若かりし頃のようにクラブで大酒をあおりながら踊りまくれそうだと思い、実際に無音の部屋の中で軽く体を動かしてみた。しばらく踊って気が済むと、数日ぶりにシャワーを浴びた。

汗を流してすっきりしたら、外の空気が吸いたくなった。散歩に出ようかと思ったが、濡れた髪を乾かすのが面倒だったので、裸足のままベランダに出た。

夜が明けはじめていた。うろこ雲が長い道のようにどこまでも広がり、東のほうから少しずつ朝の色に変わっていく。誰かが、パソコンとかそういう現代的な機械を使っていたずらをしたみたいな、偽物っぽい色だった。やがて、視界におさまる空の、全てがその嘘みたいなピンク色に染まった。瞬間、初音は「あっ」と叫び声をあげた。

この感覚を、言葉にするとしたらどう言えばいいだろう。悟り、だろうか。よくテレビでお笑い芸人が「笑いの神が降りてくる」というようなことを言うときがあるが、あれに近い感じではなかろうか。

そうか。

わたしはそれを、ずっと望んでいた。

今、やっとわかった。

というより、思い出した。

今までどうして気づかないふりをしていたのだろう。ああきっと、やり遂げられる自信がなかったのだ。

ここまできたら、ためらう必要などどこにもない。この人生、失敗続きだった。全てにおいて選択を間違えた。そうとしか思えない。そうでなければ、なぜこの歳でこんな身なりをしてこんな小汚いマンションの一室にいるのか。どう考えたって間違いだ。チャレンジするチャンスは、そう何度もあるわけじゃない。これでだめだったら死んでしまえばいい。この願いが叶えられない以上、人生に満足することなどは絶対にありえないのだから。

そのとき、部屋の中から携帯の着信音が聞こえた。いまや初音に電話をかけてくる人間など、響子のほかに一人もいなかった。面倒なので無視してしまおうと一瞬思ったが、いっそこの電話で自分の新たな決意を彼女に伝えたほうが、てっとりばやいと考えなおした。

着信は、公衆電話からだった。

「俺だよ、初音」

「新之助、あんた」

「黙って俺の話を聞いてくれ。いいから何も言わないでくれ。俺と一緒に逃げよう」

「意味がわかんない。きちんと説明して」

「俺にはお前しかいないんだよ。お前じゃないとだめなんだ。お前ともう会えないなんて、耐えられないんだよ」

新之助は泣いていた。これまで、何度彼との関係を断ち切ろうと思っても、声を聞いてしまうと決意がくじけた。正直、今も半分心が折れかけている。本当に、一体この男は自分の何なのだろう。昔、彼に言われたように、自分たちは運命の糸で結ばれた二人なのだろうか。名前、生年月日、出生地、どれを見てもぴったりの相性だと彼は言った。奇跡の出会いだと言った。

やっぱりわたしは、この人のことがただ単に好きなだけかもしれない、いろいろな屁理屈抜きで。初音は思う。それでも、新之助では自分の願望を決して満たすことはできない。

だから初音は、もっともっと愛《いと》おしい人の顔を思い浮かべる。

「嫌よ。わたしは一人でいく」

「初音ぇ、頼むよう｜」

「今まで、どうもありがとうね」

「どこへいくんだよ」

「香港」

「香港？　お前、香港って物価高いんだぞ？　とても楽な生活なんてできないぞ」

「いいの。ロジャーに会いにいくの」

「ロジャー？　ロジャーって……。ああ、お前が好きな香港の役者？　会いにいくって、コンサートかなんか見にいくの？」

「ロジャーと結婚するの。ロジャーと結婚して、国際的なセレブになる」

「お前、気でも狂ったか」

「なんでもやってみなければわからないでしょ？　願えばなんでも叶う。そう言ったのはあんたじゃない。そんなのありえないとか、無理だとか、マイナスなことを考えたらそれで台無しになるから、ただひたすらそうなりますようにって願えば叶うって。そう言ったの、あんたでしょ？」

「だからって、そんなの無茶苦茶だろう」

「無茶だろうが何だろうが、わたしはいく。できることはやる。後悔したくないの」

　電話を切った。そのまま折り畳み式の携帯を真っ二つにへし折った。

「うっ」とうめき声が出た。空はもう、すっかり秋の明るい朝の顔をしている。長い翼の黒い鳥が五羽、太陽とは反対のほうへ、高く高く飛んでいる。あんなふうに簡単に、好きなところへ移動できればいいのに。そのとき初音はふいに、ずっとずっと昔に設楽に言われた言葉を思い出す。人間誰しも、配られたカードで勝負をしなければいけないんだよ。そんなことあるもんか。ルールなんてどうでもいい。いいカードがこなかったら、別の新しいトランプを開封して、そこから自由に探し出してしまえばいいじゃないか。文句を言う奴が出てきたって、そんなの知ったことか。わたしだけが勝てればいい。わたしだけが幸せになれればいい。

あの日響子に、新之助の生い立ちをさも自分のことのように話してしまったのは、ただ単に恥ずかしかったからだった。響子の話を聞いた後では、自分の育った環境があまりにまともすぎる気がして、それなのにこんな境遇にいる自分が恥ずかしかった。

養父母は初音を本当の娘のように可愛がってくれた。初音の望んだことは大抵何でも叶えてくれた。しかしそれは無限ではない。物足りなかった。どれだけ周りから羨ましがられても満たされなかった。

どこまでいったら自分は満足できるのだろう。あるいはどこまでいっても、何かが足りない気がしてもやもやし続けるのだろうか。

発つ前に、どうしても確認しておきたいことがあった。そこへいくのは危険だとわかっていたが、後悔はしたくなかった。

久しぶりの外出だった。響子の部屋にはろくな洋服がなかったので、仕方なくあの夜にドン・キホーテで買ったジャージを着た。家を出るときに着ていた、キャミソールとデニムスカートは捨てた。

顔見知りの近隣住人に見つからないよう、乗り換え駅の雑貨屋で安物のキャップとサングラスを買った。ラッシュ時の電車に乗るのは、大学生のとき以来だった。入学した年の四月だけで十回以上痴漢の被害にあい、養父におねだりしてＢＭＷを買ってもらったことを思い出した。

最寄り駅に着いて外に出ると、あれからほんの数日しか経っていないのに、まるでずっと昔に住んでいた街にきたような感覚がした。思えば最初から最後まで、この街の住人になったという気はしなかった。きっと、裕之も同じだと思う。駅前のバカでかいショッピングモール、間抜けなモニュメントのような観覧車、青い空、上っ面だけは清潔で平和で幸福なマンションの群れ、わざとらしい緑。背後から子供の泣き声が聞こえて振り返る。二十代中頃の女が、ベビーカーに乳児を乗せ、そのステップに三歳ほどの女児を立たせ、さらに左手で五歳ぐらいの男児と手をつなぎ、自分の人生がすでに終了してしまったかのような絶望的な顔をして歩いている。初音が道をよけると、若い母親は小さく会釈をした。男児が口をぽかんと開けたまま初音を見上げた。頭の悪そうな一家だ、と思った。

マンションの少し手前で、立ち止まって一度深呼吸をした。もしあのまま裕之が死んでいたとしたら、はやくて翌日か、遅くとも一週間以内には誰かが様子を見にきているはずだ。そうでなくてもこれだけの日数が経てばにおいが出て当然だ。しかし、この近辺で男性の遺体が見つかったというニュースは見ていない。初音には、あの部屋の中が今どうなっているのか、全く予想がつかなかった。

それでも、確かめなければならなかった。万が一生きていたら、なんとしてでも離婚に合意させ、届に二人の判を押し、空港へ向かう前に大急ぎで役所に出す。もし本当にロジャーと出会うことができて、プロポーズされたとき、こちらの経歴のことでゴタゴタするのは絶対に嫌だった。たとえば死んでいたら。

バラバラに解体して捨てる。それしか方法はない。

初音は再び歩きだす。誰ともすれ違いませんようにとブツブツつぶやいていたら、本当に部屋の前まで誰にも会わなかった。願えば叶うのだ。そしてやっぱり、願い事をするときにネガティブな思慮は入れてはいけないのだと思った。

開錠し、ドアを開ける。無意識のうちに、呼吸を止めていた。が、すぐに異常に気がついて息を吸った。音楽が聞こえる。裕之の好きなクラシックだ。確か、ドボル何たらとかという外国の昔の作曲家の曲。心音が外に漏れてしまうかと思うほど、心臓が胸の内側で暴れだす。初音はドアの内側にゆっくり体を滑り込ませる。玄関に靴は一足もなく、チリ一つ落ちていなかった。正面のリビングダイニングにつながるドアは閉じられている。音楽に紛れて、カチャカチャと食器のぶつかるような音が聞こえる気がする。裕之の部屋の前を過ぎ、自分の仕事部屋でもあった寝室の前を過ぎ、もし子供が生まれたら布団を敷いて二人で眠ろうと思っていた和室の前にたどり着き、初音は目の前のドアノブを握る。開けた。

初音の知らない、見たこともない白いカーテンが、窓の端に寄せられている。朝の日差しがたっぷりと注ぎ込み、リビングダイニングは黄金の部屋のように光り輝いている。埃と脂で足の裏がベトベトになるほど汚れていた床はピカピカになっていて、よく見るとカーテンだけでなく、ローテーブル、ソファなどほとんどの家具や雑貨が新しいものに替わっていた。

初音の知らない白いダイニングテーブルで、初音の知らない女と裕之が、向かい合って朝食を食べている。

女はクロワッサンみたいなものを口にくわえたまま、驚きに目を見開いて固まっている。歳は二十代半ば頃だろうか。スッピンでいることに何らマイナス要素がない。ピンク地に水玉のスウェットワンピースを着て、長い茶髪を三つ編みにしている。裕之はスーツ姿で、頭に白い包帯を巻いている。こちらをちらりと見ただけですぐに顔を背け、マグカップを口元に寄せた。

「何か用」

裕之は言った。なぜか鼻声だった。風邪でもひいたのかと思う。

「この人誰？」

初音は聞いた。そんなことどうでもいいはずなのに、聞いた。

「前に付き合ってた、キャバクラ嬢？」

「君には関係ないだろう」

他にもっと、聞きたいことや確認したいことがあるはずなのに。何も言葉が出てこない。代わりに、嘘みたいに涙がぼろぼろこぼれた。初音は顔を、拭うこともできなかった。

「なんで泣くんだよ、おかしな奴だな」

「わたしとは、もう別れるの？」

「何を言ってるんだ。自分から出ていったくせに。悪いけど、離婚届はもう提出したから」

「わかった」

はなをすすりあげた。自分でも、子供みたいだなと思う。

「ああ、そうだ。どこへいくつもりか知らないけどさ、盗んだ金と車は返せよ。あれは俺のものだ。それから、このケガの治療代も請求するよ。支払わなかったら、容赦なく訴えるからね」

「無理。わたし、これから日本を出るの。もう二度と、帰ってこないつもり」

裕之はわずかに驚いた顔になり、片頬をつり上げて笑う。

「お前、オヤジさんを見捨てる気なのか。マジかよ。やるな」

裕之はハハハハハと乾いた笑い声をあげた。それをピタッと機械的に止めると、信号が赤から青に切り替わるみたいに表情を真顔に戻し、マグカップに口をつけ、コーヒーか、あるいは紅茶をすすった。やっぱりとどめを刺せばよかったと後悔した。けれどももう遅い。結婚相手が殺人者ではロジャーがかわいそうだから、やっぱりこうなってよかったと、初音は無理やり自分を納得させた。初音はなぜか彼ら二人におじぎをして、自分がかつて住んでいたはずの家を出た。


「わたしがロジャーを知ったのは、日本で最初の結婚をしてすぐだった。友人が、彼が出演したテレビドラマのDVDボックスを貸してくれたの。ちょうどその日から、前の夫が一週間の短期出張に出ていたから、夫が帰ってくるまでに毎日少しずつ見ようと思って楽しみにしていたの。でもね、一度見はじめると止まらなくて。気がつくと、その日の夕方から朝にかけて、第一話から第十五話までをノンストップで見続けてた。すごいでしょ。それから五時間眠って、残りの十話を続けて見て、また三時間眠って最後の五話を見た。その間ほとんど食事をとらなかったから、一気に三キロも痩せたわ。

　準主役を演じたロジャーが、とにかく信じられないほど素晴らしくて。チャーミングで、セクシーで、ワイルドだった。一分の隙もないほどの美青年とは、確かに言えないわ。体に比べて顔が大きいし、色黒で、少し太っているしね。美形揃いの他の出演者と比べて、見劣りしてしまうのも事実。だけどね、いざ画面の中で動きだすと、他を圧倒するほどの輝きを放つの。ただ単に演技がうまいとか、そういうことじゃないのよね。決められたセリフを監督の演出通りにしゃべるんじゃなくて、役に魂を吹き込む力が彼にはあるって感じ。DVDを貸してくれた友人にもそのことを伝えたけど、同意も理解もしてもらえなかったわ。彼女は主役を演じた人気俳優の大ファンでね、他の人物は視界に入っていなかったみたい。そんなつまらない見方しかできない彼女を気の毒に思うと同時に、ロジャーの魅力は誰にでもわかるものじゃなくて、限られた人間しか気づくことができないのだと知って、わたしは自分を誇らしく感じたの。

　それからというもの、ロジャーが出演したドラマや映画のDVDを、必死で買い集めたわ。彼は当時、日本であまり知名度がなかったから、入手困難な作品もいくつかあってね、そういう場合はオークションを利用した。字幕のないものだろうが構わず手に入れたわ。動画サイトなんかで見られる彼のインタビューを理解したくて、広東語《カントン》教室にも通ったしね。でも他の人気俳優と比べて、情報量はあまりに少なかった。そのことが余計に、彼に対する想像力をふくらませたっていうか……とにかく、ロジャーのことを一つずつ知っていくたびに、このうえない幸せを感じてた。

うん、大げさじゃなく、本当に。ロジャーの存在は、人生の中でもっとも辛く苦しい中にあったわたしにとって、ただ一つの心のよすがだったの。前の夫は暴力をふるう人だった。夫に殴られた次の日は、必ずロジャーのＤＶＤを見た。彼がこの世にいなかったら、ここまで生きてこられたかわからない。

人生、何が起こるか予想がつかない。わたしは今、心から思ってるわ。ロジャーと知り合ったのは、今から三年ほど前、日本を飛び出して、香港に着いて、約三ヶ月後のことだった。香港へきたのは、語学の勉強と、離婚で消耗した心と体をいやすことが目的だったの。どこかでロジャーとすれ違えればラッキーだな、程度の下心はあったかも。現地で知り合ったある日本人の紹介で、香港島のコーズウェイ地区って知ってる？　そこにある高級ホテルの寿司バーで、ウエイトレスの仕事に就いた。地元のセレブがお忍びで利用することもある有名店で、わたしも何人もの俳優や、歌手、政治家や財界人の接客をしたわ。ロジャーも常連だっていう話は、同僚たちから聞いて知ってた。うん、その通り。この仕事に就けただけでも、わたしは相当にラッキーだったわ。だって、何のつてもないのに、身一つでやってきたのよ。知り合った人がたまたまお金持ちのいい人だったからよかったけれど、もし悪い連中に捕まっていたら、今頃、売春宿に売り飛ばされていたかもしれない。いや、冗談じゃなく、そういう人を知ってるの、わたし。

ロジャーが彼の仕事仲間を連れて店に現れたときのことは忘れられないわ。いろいろな思い出がよみがえった。子供の頃のことから、日本を離れる瞬間のことまで。生きていてよかったと思ったし、あきらめずに希望を持ち続けて、本当に本当に、よかったと思った。だけどそのときのわたしってば、とにかくすさまじい幸福感と、嬉しさと驚きと興奮と、その他のいろいろな感情の洪水に飲み込まれてしまって……その場で貧血を起こして倒れちゃったの。おかしいでしょ。頭から床に激突しそうになった瞬間、わたしの体を支えてくれたのが、他でもないロジャーだった。

でもね、ロジャーは、わたしが彼に気づくより前に、わたしのことを見ていて、いい印象を抱いてくれていたみたい。後になって話してくれた。とにかくその後ロジャーは、食事中に何度となくわたしの様子を気にかけて、声をかけてくれた。それでもとくに個人的なことを聞かれるわけでもなく、その日は二時間ほどで帰っていった。その三日後のことよ、もう一度、一人で店にきてくれたのは。そして、仕事が終わった後、最上階のバーで、二人きりで会わないかって、誘ってくれたの。

あれほど遠い存在だったのにね、いざこうなると、不思議なほど、二人の出会いは必然だったと思える。それでもいまだに、ふいにおかしな気持ちになるわ。ほんの数年前まで憧れの存在でしかなかったロジャーが、このわたしにプロポーズしてくれたなんて。だまされてるんじゃないかって、ときどき死にそうなほど不安になる。だけどね……なんていうのかな、はじめて二人、見つめ合って話したときにね、家族みたいな親近感を抱いたの。ああきっと、わたしはこの人とともに年老いていくんだわって、強く思った。

そう、今ロジャーは映画の撮影でロンドンにいるの。監督二作目よ。本当に楽しみ。きっと前作以上に世界中で話題になるわ。式は多分、撮影も編集も終わって、全てが落ち着いてからになると思う。わたしとしては、バハマとかハワイとか、海のある場所でやりたいと思ってるんだけど、彼はヨーロッパのお城に興味あるみたい。そうなの、あの人は意外とロマンティストなのよねえ。日本？　日本はありえないわ。あっちには二度と帰る気はないの」

何を一人でブツブツ言ってるのだ、男は北京語《ペキン》で初音に話しかける。別に、と彼女はわざと日本語で答えた。すると男は初音の肩甲骨まで伸びた髪をつかみ、引っ張って、そのまま体を壁に投げつけた。あ、鼻血が出た、と初音は思う。男は息を荒らげることもなく、何事もなかったかのように煙草を吸うのを再開した。

「そろそろ仕事だろ。はやく準備しろ。それから、その顔なんとかしろよ」

だったらどうして暴力をふるったりするんだろうと初音は思ったが、もちろんそんなことは口に出さなかった。汚れた洗面所で顔を洗い、化粧をする。男は化粧品だけはいいものを与えてくれる。いいもの、とはいってもそれは新しいもの、という意味であり、決して高級品ではない。香港に着いてすぐに自分で買った欧米ブランドの化粧品は、もうほとんど使い果たしてしまった。残っているのは香水だけだった。

初音はそのシャネルクリスタルをほんの少量、手首と耳の後ろにつけた。ボトルをポーチの中に大切にしまうと、洗面所の小さな窓から外を見た。正面には四六時中稼働している大きな工場がある。その前の道を、派手な格好をした三人の少女が歩いている。初音はふいに、自分の高校時代を思い出した。自然と涙がこみ上げた。遠い昔のことのようであり、またつい昨日のことのようでもある。養父母に愛され、希望に充ち溢れていた。雑誌の編集者に憧れていただけの自分が、何の因果でこんなところにいるのだろう。上を向くと、そこには相変わらず濁りきった空がある。鳥さえ飛ぶのをためらうような汚染された空。昨日、ロジャーの夢を見た。ロジャーと芝生の上でバドミントンをしている夢だった。夢の中でだけで生きていられたら、本当に本当に幸せなのに。現実って何か、嫌だ。嫌いだ、そんなもの。ずっと眠っていたいのに、どうしてあの男はわたしを無理やり起こすのか。

部屋に戻る途中、台所の壁に貼られたカレンダーが視界に入って立ち止まった。カレンダーは月めくりのもので、背景には動物の写真が載っている。今月はサバンナで休憩するライオンの姿だった。大きな木の下で、オスライオン一頭とメスライオン六頭がのんびりと寝そべっている。いわゆるハーレムというやつだ。このオスはよほど優秀らしい。このようないい男に女が集中したばかりに、あぶれてしまった男は一体どうしているのだろう。そもそもいくらこの男が優秀だからといっても、六人でわけ合って幸せを感じられるとは思えない。できるだけいい男と一緒になりたいという気持ちはわからないではないが、早々に自分のレベルを理解して、妥協することも大事なのではないか。いや、妥協したからといって、その先に幸せがあるとも限らないのだが。

欲望は、どこでとめたらいいんだろう。

あぶれてしまった男と、女は、どうしたらいいんだろう。

そこまで考えて、バカバカしさに初音は苦笑する。動物の生態になど興味はない。

そのとき、初音はあることに気がついて、わずかに声を漏らした。自分の旧暦の見方に間違いがなければ、明日は結婚記念日だ。何年か前のこの日、初音はこんがり焼いた肌を奇跡みたいに真っ白なウエディングドレスに包み、グアムの恋人岬を望むチャペルで、永遠の愛の誓いを立てたのだった。

「何してるんだ、いくぞ」

男が言う。明日が結婚記念日ということは、来月の同じ日は自分の誕生日だ。日本を出て三年目だから、三十四歳。その誕生日までに、ロジャーが自分を見つけてくれなかったら死のうと決めている。こんなことになるのなら、やっぱり裕之にトドメを刺しておけばよかったと思う。この生活がはじまってからというもの、毎日のようにそのことを後悔している。不思議と新之助のことはあまり思い出さない。

男に腕をつかまれ、引っ張られるようにしながら、初音はアパートを出た。

エース3

あまりのうるささに叫び出しそうになり、すんでのところでこらえた。もう十月も半ばだというのに暑くてたまらない。加奈子を起こしてしまわないよう、そうっとダブルベッドを抜ける。

闇の中で、新之助は女の寝姿を見下ろした。ブタのようだ。というか、目の前で大いびきをかいている生き物は間違いなくブタだ。また太った気がする。俺が絶対に自分の元を離れないと決めつけて、油断しているのに違いない。新之助はわざと大きく舌打ちをした。加奈子は目を覚まさない。

台所へ移動し、冷蔵庫を開けてペットボトルのコーラを取り出す。一気に喉に流し込むとゲップをした。新之助自身も加奈子と出会ってからかなり太った。わき腹の肉を手でつまめるようになったのは生涯初のことだ。加奈子は見た目はゼロ点、いやマイナス二百点だが、料理の腕は百点を与えてやってもいいと新之助は思っている。もともとそれほど食に対する欲求が強いほうではない新之助も、彼女の作る鶏のから揚げは毎日食べても飽きないと思っていたし、現に付き合いはじめの頃は毎日のように作ってもらっていた。

こんなふうに夜更けに目が覚めてしまったとき、いつも考えることがある。それは、過去にセックスした女たちをランク付けするとしたら、一体誰が一番になるだろうかということだ。加奈子に関しては、下から数えたほうがはやいのは確かだった。加奈子は上背があるデブなので、セックスで上に乗られたときの威圧感がすごい。何度かそれとなくダイエットするように勧めてみたものの、そのたびに「胸が小さくなるからイヤ」などと言って拒否する。自分がどれほどデブなのか、正確に把握できていないらしい。自分のレベルを認識していない女ほど、新之助にとって腹の立つものはなかった。しかし、今はこの部屋以外に居場所がない。

加奈子は確かに最悪な女だ。が、歴代の女たちと比べると、最下位ってほどではない。他にもダメな女はたくさんいた。漫画家の妙子もそうだ。スタイルは悪くはなかったし、今までの女の中で一番金を持っていたが、新之助を過去もっとも屈辱的なやり方で見限ったことが、何よりもの減点ポイントだ。マイナス一万点だ。あれは成田から帰ってきた直後のことだった。様子を見に仕事用のマンションを訪れると、見知らぬ男を連れ込んでいた。その二時間後には、妙子から一方的な別れを宣告されていた。処女が恥ずかしいといって泣くほどウブだったはずの彼女が、新之助と付き合うことによって無駄な自信をつけたらしかった。間男は若く、美しい体を持っていた。どうひいき目に見ても金目当てであることは間違いなかったが、そんなことを指摘したところで何も変わらないことは、新之助も十分承知していた。

それでも、妙子ですら最下位たりえない。レベルの違う女が一人いる。最下位は文句なく、中川響子だ。

新之助は響子の、あらゆる人々が発する妬《ねた》み嫉《そね》み僻《ひが》みをかき集めてこねて丸めて作られたような恐ろしく暗い笑顔を思い浮かべる。鈍そうに見えて、ときどきのぞかせる何かを見透かしたような目。あっと思ったときには、死神か何かに変身して、この世ではないどこかへ連れ去られるのではないかとふいに恐怖した。あの女を罠にはめるのは自分でも賭けだと思った。やるかやられるか。今になってみれば、それは途方もない杞憂だったと笑えてしまう。響子はただのどうしようもない愚かな女だった。

ラブホテルで、あたかも彼女が一人で死体を損壊したかのように会話を誘導し、それを録音したボイスレコーダーごと警察に届けた。マスコミにも送りつけようかと思ったが、自分も容疑者候補の一人である以上、危険な行為と判断しやめた。ああいう未解決事件で表に出てくる奴は、のちのち逮捕されるケースが多い気がしたからだ。できるだけ大人しくしておいたほうが身のためだと思った。

良子の遺体が発見されたと報道が出てすぐ、警察が新之助のところへ現れた。そのときには、プランの全てはできあがっていた。一つ予想外だったのは、響子とラブホテルへいった翌日、初音が姿を消してしまったことだ。しかしよく考えれば、初音と二人きりで海外逃亡生活をすることなど、新之助の望むところではなかった。少なくとも四十八時間以内には大喧嘩が勃発しただろうし、いざというときに今度は向こうが裏切りかねない。彼女にあんな電話をしてしまったのは、妙子にふられたことで、心が一時的に弱っていたせいだと新之助は思っている。初音がいなくなればなったで、とくに惜しくもないし、さみしくもなかった。むしろ十七歳の頃から自分の体をゆるく縛り付けていた鎖みたいなものから逃れることができたような、そんな解放的な気分になった。

捜査の目が響子に向けられると、新之助は予定していた通り、彼女に全てを打ち明けた。この計画の、最大の難所だった。これに失敗したら、新之助は指名手配を覚悟で国内逃亡の旅に出なければならなかった。手持ちの資金はほとんどなく、初音の夫のアウディと、初音のエルメスのバッグを売った金は、以前から抱えていたギャンブルが原因でできた借金の清算でほとんど消えた。いざとなれば養父母に頼る手もあったが、結局それはできそうになかった。電話をしようと思うだけで手が震えた。どうしてそうなってしまうのか、新之助自身にもわからなかった。もしかすると自分は彼らに対して申し訳なさのようなものを感じているのかもしれないと思ったが、その発想はあまりに自分を買いかぶりすぎているとも思う。多分、ただ単に照れくさかったとか、その程度のことだったのだと思う。

公衆電話から、響子の携帯に電話した。その頃、響子は警察の影に完全に怯えきって、ファッションヘルスの仕事をさぼり続けていた。響子は黙って新之助の話を聞いた。さすがの新之助もこのときばかりは頭に血が昇って、今となれば自分が何を言ったのかほとんど覚えていない。とにかく、響子を説得することで必死だった。相槌すら打たない彼女が不気味すぎて、最後まで冷静さを取り戻すことはできなかった。電話を切ると、新之助は水揚げされたタコのようにその場にふにゃふにゃにくずおれ、しばらくの間立ち上がることができなかった。

プランが成功に終わったのかどうか、新之助にはあまり自信がなかった。むしろそんなものはうまくいきっこないと思い、意識はほとんど逃亡の道へと向いていた。しかしその翌日、響子はあっけなく出頭したのだった。その日から今まで、一貫して共犯者は女友達一人だけであるとし、新之助の関与は否認し続けている。

以前から響子は新之助に対し一方的な好意を寄せており、彼と被害者との恋愛関係が続いていると勘違いした彼女は、被害者に憎悪を募らせ殺害、その後友人の助けを借りて死体を損壊し遺棄した、というのが、殺害動機とだいたいの犯行内容とされた。要するに、響子は新之助の指示の通り自供したということだ。警察は当然、共犯者である初音を追ったが、すでに彼女は海の向こうに渡っており、行方を知っている者は夫を含め誰もいなかった。

響子の逮捕後も何度か警察から事情を聞かれ、中には本気で新之助を疑っている捜査員もいたようだったが、彼を容疑者とする証拠は見つからず、逮捕されることはなかった。公判がはじまると、徹底して経過を見守り続け、今でも定期的に響子に手紙を出し続けている。彼女からの返事は三通に一度程度だったが、面倒臭がらずに何度も読み返す。そうしないと次の手紙が知らず知らずのうちに白々しくなるからだ。本当は裁判を傍聴して、自分がずっと気にかけているということを彼女にアピールしたかったが、一部のマスコミに共犯者ではないかと書きたてられてからは、公の場から足が遠のいた。

しばらくすれば二審の判決が出る。一審では懲役十五年の判決が下され、弁護人が不服とし控訴した。争点は響子の犯行時の精神状態、要するに責任能力の有無であり、第三の共犯者の存在については、今のところ裁判では一切言及されていない。

新之助にしてみれば、どんな判決が出ようとどうでもよかった。響子の心変わりでも起きない限り、少なくとも十年は自分に猶予が与えられる。それだけの時間があれば、きたるべき不幸ゾーンの終焉《しゅうえん》、すなわちラッキーゾーンへのスタートに向けて、十分な力を蓄えられるはずだ。すでに幸運の風はこちらに吹いている。だって、バカバカしいほど無茶な計画が、あっけなく成功したのだ。何もかも思い通りに進んだ。人一人殺しておきながら、こうして無事でいるのが何よりの証拠だ。十五まで苦労したおかげだと思う。俺は十五まで人の何倍も苦労しながら、ラッキーの貯金をしていたのだと思う。

ただ、響子は一体何を考えているのか。それを思うと少し不気味だった。本気で俺のことを信じているのか。それとも何か企んでいるのか。

まあ、いいや。考えるのは面倒臭い。

響子がシャバに出てくる頃、俺はどこまで上り詰めているだろう。考えるだけで、カゴからあふれる摘みたてのイチゴのように、ぽろぽろと笑いがこぼれる。


その後、新之助はもう一度眠り、目覚めると正午を過ぎていた。加奈子は当然仕事に出かけた後だった。彼女は大手菓子メーカーでスナック菓子を開発研究する仕事をしている。働き者で過去一度も病欠をとったことがなく、収入の半分以上を貯蓄に回し、無駄遣いせず、料理も上手で綺麗好きだ。このところ、いっそこのまま彼女と結婚してしまってもいいかと思うことがある。少なくともあの女はそれを望んでいる。この間、はじめて避妊をせずにセックスをした。加奈子はそのときやたらと濡れて、三回もいった。

いや、やはりいつか、俺はここを脱出するだろう。新之助はそう考えなおす。

洗顔と歯磨き、掃除を終えると、いつも通り、夕食の買い出しに出かけた。

ものすごい夕焼けが広がっていた。西の空が地獄のように燃えている。ふいに、初音のことを思い出す。というより彼女のことは毎日思い出す。生涯でもっともたくさんセックスした女。これから先も俺は何人もの女とセックスするだろうが、あれほど長く続く女はきっと、いや絶対にもう現れない。あいつはどうして、俺とずっと付き合ってくれたのだろう。俺があいつのためにしてやれたことって、セックス以外に何かあるのだろうか。そもそも、人は人に、何かを与えることができるのだろうか。

バカバカしい。そんなこと考えたって仕方がない。俺は俺のためにしか生きられない。

新之助は鼻歌をうたいながら、今日の晩ご飯はハンバーグにしようと決めた。

愉快犯

祐樹君へ

久しぶり。まだ、あのディスカウントショップで働いてるんだね。ていうか、まだ店がつぶれてないことにおどろいた。まさか祐樹君が手紙をくれるなんて、思ってなかったよ。本当に、何度も手紙をくれてありがとう。気持ちはうれしいよ。

祐樹君の言いたいことはわかる。百人が聞いたら、百人ともそう言うと思う。でもね、私はもう、彼を信じるしかないの。私がこうしている間、彼は将来、私と生活するための準備をしてくれているんだ。そのショウコに、手紙もたくさんくれるんだよ。私は、彼の言うとおりだと思うの。どちらか片っぽが犠牲になることで、もう片っぽは将来に向けての準備ができる。彼は、私に全てを話してくれたんだよ。それが彼を信じるただ一つの理由なんだ。だから、私も彼を信じてる。死ぬまで信じてる。どんなことがあっても信じてる。彼は今、私のために生きてくれてるから、私も彼のために生きるって決めたの。今ね、彼、スポーツジムでトレーナーの仕事をしながら、レストランのバイトもしてくれてるみたいなんだ。

お願いだから、彼のことを追い回したりしないでね。それは心からのお願いです。

ところで、弁護士から聞いたんだけど、私と父のことがどこかに書かれてたって話は本当？　そのこと、ぜひくわしく教えてください。弁護士は関係のないことだからって、教えてくれないの。

とにかく、彼とのことはもう心配してくれなくてもいいから。わたしなりにね、一応、いざというときのために手段はとっておいてあるの。万が一、彼が私を裏切ったときのことを、きちんと考えてある。

でもね、彼のことを信じられなくなったら、私はもう生きていくことができない。だから、お願いだから、もう手紙に変なことは書かないでね。でも、手紙自体はうれしいから、よかったらまた送って。

中川響子

山本祐樹は薄暗い自分の部屋で、ここ数日何度も読み返した手紙を封筒ごとくしゃくしゃに丸めて捨てた。それから、わわわわっと叫び声をあげた。やっと返事がきたと思ったら、あの男と父親のことしか書かれていない。「俺に関する質問は一切なしか」と吐き捨てるようにつぶやいて、灰皿の中に痰を吐いた。

窓際に立ち、一年中閉じたままのカーテンをわずかに開けて外を見る。豪雨だった。道を汚水がどろどろと流れ、向かいの家の庭に並んでいる植木鉢が風でいくつもなぎ倒されている。店をさぼってよかったと思った。どうせ客もこないだろうし、自分一人休んだってどうってことない。雨の日は床掃除をやらされるから嫌だった。それに今月からお歳暮商品の売り出しがはじまり、包装だの熨斗《のし》書きだのが多く面倒臭い。入社して十年以上経つのに、いまだに包装作業が苦手で、普段からなるべく頼まれないように逃げ回っていた。

山本祐樹はアパートの一階に住んでいる。就職してからというもの一度も引越しをしていない。家具もほとんど替えていなかった。金は必要なところにだけ贅沢に遣い、興味のないものに対しては徹底的にケチる主義だ。だから食事はカップ麺か菓子パンのみで済ませるし、洋服も季節によって二着か三着を適当にローテーションさせる。洗剤代がもったいないので、基本は水洗いだ。決して、元からこうだったのではない。はじめの頃はきちんと掃除をしていたし、自炊もしていた。長い一人暮らしの中で、徐々に無駄を省いていくことを覚え、今の生活様式が完成した。店がつぶれない限り、一生死ぬまでこうして生きていくのだろうと山本祐樹は思っているが、あまり深くは考えないようにしている。

一度だけ、この暮らしから抜け出そうと決意したことがある。中川響子と付き合っていた頃のことだ。山本祐樹は他人と生活することが苦手で、だから家族と暮らした十八年は地獄そのものだった。しかし彼女となら、それほどのストレスを感じないでともに生きていけるのではないかと思った。彼女は自分と同じぐらいケチで、友人が少なく、性根が暗かった。自分と背負っているものが似ている気がした。

プロポーズを断られたときの屈辱感は忘れがたい。この世の全ての人間に腹が立ち、店に火をつけてやろうかと思ったこともあった。が、今となっては、彼女が拒否した気持ちも理解できる。こんな男となんて、金を積まれたって結婚したくはなかっただろう。彼女はまだ若かった。これから先の人生、自分にはまだたくさんの可能性が残されていると信じていたはずだ。だから、響子のことはもう恨んではいない。

山本祐樹は立ったまま煙草を一本吸い、それから自作パソコンの前に座って、響子が自分の父親だと思い込んでいる男の名前をネットで検索した。隠し子騒動に関するニュースやサイトがわんさと出てきた。あるニュース番組のディレクターとの間でやりとりしていた手紙に、自分の父親が現職の内閣官房長官だと響子が書いたことが発端となり、世間をにぎわす一大スキャンダルになったのは今から約ひと月前のことだ。当初、世間はほとんど響子の主張を信じておらず、裁判を有利に進めるための、要するに響子が何らかの精神障害を患っていると見せかけるための、弁護側の策略だともいわれた。しかし、マスコミが執拗に官房長官の過去を嗅ぎまわった結果、彼は一人の女の隠し子の存在を認めることになった。女は現在三十四歳で、養子縁組をした夫婦の元をすでに離れており、数年前からなぜか行方不明になっているということだった。どこかの三流週刊誌が、その女とは響子の共犯者ではないか、などといい加減な記事を書いていたが、それに関しての後追い報道は今のところ出ていない。官房長官は、隠し子は一人きりで、その他の子供の存在は一切認めなかった。殺人事件の被告人である響子がＤＮＡ鑑定を申し込むことは不可能だ。だから真相は藪の中に閉じ込められたかと思った。ところがあるワイドショー番組が、アメリカで暮らす響子の実母を発見し、単独インタビューに成功した。実母によると、響子の主張は全くの彼女の思い込みであり、彼女の実父は近所の魚屋の主人だった男だそうだ。実母は官房長官には会ったこともなければ、名前を正確に言うことすらできなかったという。ただ、言われてみれば、魚屋と官房長官の顔は少し似ているということだった。

山本祐樹にはこの情報が、彼女にとってどれほど重要なものなのかわからなかった。交際していた頃も、父親が政治家などという話は一切聞いたことはなかった。あるいは、聞いたことがあったかもしれないと、山本祐樹は思いなおす。彼女はしょっちゅうわけのわからない作り話をしては山本祐樹を辟易させていた。ほとんど聞き流していたが、覚えているものもいくつかある。高校時代は有望なテニスプレイヤーで、ウィンブルドンに誘われたこともあるという話を聞いたときは、思わず噴き出してしまった。また、渋谷で百回近く芸能スカウトに声をかけられたと聞いたときも激しい衝撃を受けた。彼女はそれを、きわめて真剣な顔をして語るのだ。話の内容の間抜けさと、表情とのギャップはすさまじく、思い出すだけでいまだに笑いをこらえきれない。それらに比べると、父親が政治家などという嘘はちょっとインパクトに欠ける気がする。記憶にないのも当然のことといえた。

何もかも嘘なのは本人が一番よくわかっていることだろう。だから実際にどのように報道されていようと、大した問題ではないし、本人もそれほど気にはしていないのではないか。それよりも、彼女が目を背けずに見つめるべき真実がある。

堺新之助のことだ。

あの男はジムのトレーナーの仕事などしていない。ましてレストランでのアルバイトなどでかせもいいところだ。あの男は今、別の女と同棲している。その旨を書いた手紙を響子に送り、返ってきた手紙があのザマだ。響子の妄信ぶりは異常としか思えなかった。堺新之助に洗脳されている。確かに彼女の言う通り、今さらだまされていると気づかされたところで、どうすることもできないのだろう。心理用語でいう、コミットメントの一貫性というやつだ。彼のことを信じてここまできたのだから、最後までやり抜こう、でなければ何のために逮捕されたのかわからない。今気がついても不幸だが、このまま貫いても、その先にあるのは不幸でしかない。

目を覚まさせてやるには、もっとわかりやすい形で現実を見せつけてやるしかないと思った。先週の土曜日、山本祐樹は休みをとって上京し、探偵から得た情報を元に彼らのアパートを見にいった。たかだか奴の住所を知るためだけに百万円近くの金をつぎ込んだことになったが、無駄ではなかったと思っている。

十二月の半ばのとても寒い日だった。夜行バスを利用したので朝六時前に都内に到着していた。山本祐樹は高校時代から着用しているダッフルコートのボタンを全てとめ、安物のマフラーを二枚、首に巻いた。その姿で、彼らのアパートの横の駐車場の隅で、朝の七時から張り込んだ。

午前十時過ぎ、新之助と女が現れた。山本祐樹は駐車場に停められていた車の中でもっとも車体の大きなものの陰に隠れ、持参した一眼レフカメラで二人の姿を盗み撮りした。

手をつないで歩く新之助と女は、新婚の夫婦そのものだった。二人は仲良さそうにおしゃべりをしながら、アパートの敷地を出た。散歩にでもいくのだろうかと思いながらなんとなく後をつけてみると、十分ほどして二人が当たり前のように入っていったのは、白く真新しい産婦人科医院だった。

できあがった写真をよく見れば、女は妊娠しているようにも見えた。しかし、ただ太っているだけかもしれないと思い、よく見なおしてみると、だんだんどちらなのかわからなくなった。女の腹は確かにつき出ている。だが、ぴちぴちのジーパンに包まれた脚も、腕も、首も、同じように太いのだ。

結局どちらなのか判断はつきかねたが、二人のツーショットをおさめた写真に、新之助が今付き合っている女は妊娠しているようだとの旨を記した短い手紙をそえて、近々響子に送るつもりでいる。

これで目を覚まさなかったら、もう救いようがない。

もしかすると、写真は検閲のようなものではじかれてしまうかもしれない。そうでなくても、たとえこの写真が彼女の手に渡ったとしても、もう響子は自分の目で現実を見るということはしないかもしれない。山本祐樹はそう考える。あの女はもう何を見ても何を聞かされても、たとえ新之助自身から直接真実を知らされても、耳の穴と瞼の上に鉄のように重たい蓋をして、自分の信じる理想の世界の中で生き続けようとするのかもしれない。そしてそのまま、地獄へと向かう道の途中でのたれ死ぬのだろう。

山本祐樹はキャスター付きの椅子から立ち上がり、小学校の頃から使っている汚れたちゃぶ台を見下ろす。

おととい夜、数年ぶりに爆弾を作った。

数年前、山本祐樹は自宅でパイプ爆弾を作製しては、一般家庭に送り付けるといういたずらを繰り返していた。ただの憂さ晴らしだった。当時、店ではお中元のカタログ無料配送サービスをはじめたばかりで、山本祐樹は客が記入した申込用紙の管理を任されていた。当然、そこには申込者と届先の住所が記載されている。その中から適当に送り先を選んだ。世間ではかなり大きな騒ぎになり、いまだにテレビ番組でこの事件がとり上げられることがある。この間はあるタレントが、イスラム組織のテロ説などというものを偉そうにぶち上げていて、笑ってしまった。今のところ、警察は犯人の手掛かり一つつかめていない様子だ。

爆弾といっても、決して死人を出すようなものは作らなかった。一番被害の大きなケースで、三十代の主婦が右手の指を全て失うという程度だったと記憶している。自分が鼻歌まじりで作ったものが、一つの幸せな家庭に一つのささいな不幸を与えたと思うとスカッとした。しばらくやって、飽きてやめた。リスクに比べて、リターンがあまりに少ないと思った。ネット掲示板に芸能人や大企業の悪口でも書き込むほうが、よほどお手軽なストレス解消になる。以来、犯罪らしいことは何もしていない。

数年ぶりに作製したそれは、殺傷能力を格段にパワーアップさせていた。開封した人間は間違いなく死亡するし、半径一メートル以内にいる人間の命も、決して保証はできない。

中川響子を本当に目覚めさせるには、堺新之助にいなくなってもらうしかなかった。というより、正直なところ、実はもうすでに響子のことなどどうでもよくなっていた。ただ、堺新之助という男、恵まれたルックスを武器に、自由自在に女をかどわかし、人殺しと死体解体などというとんでもない罪を犯しておきながら、その全ての罪を響子という不幸な女になすりつけ、自分は今や平穏な家庭という幸せを手に入れようとしている。要するに、山本祐樹にないものを全て兼ね備えている。それが許せなかった。幸せの絶頂期を狙ってやる。お前の大切にしているものものろとも、俺の爆弾で死んでしまえばいい、そう思った。

祐樹君へ

もう彼のことをつけまわさないでっていったのに、どうしてそういうことをするんですか。ひどいと思います。一体何の恨みがあってそんなことをするのですか。彼のことをつけまわして隠し撮りをしたということでしょう？　ひどい。信じられない。刑期を終えて外に出たらあなたのことを訴えます。私が彼みたいな素敵な人と恋人同士になったから、やきもちを焼いているの？私みたいなブスを彼みたいな素敵な人が好きになるはずはないと思っているの？　彼は見た目で人を判断するようなひどい人じゃありません。あなたはそうかもしれないけど。わたしのこと、自分と釣り合うと思ったから付き合ってたんでしょう？　自分と同レベルだから、断らないと思ったから告ってきたんでしょう？　わたし、はっきりいってそういう考え方大嫌いなの。あのときは断りきれなくて付き合ったけど、あなたのことなんて全然好きじゃなかったし、死んでも結婚したくないと思った。

写真もどうせ得意のパソコンを使って、合成写真を作ったんでしょう。そんなものでだまされない。わたしをだますなんて百年はやいよ。あんたなんか一生あの変なダサイ店でテレビとかエアコンとか売ってればいいよ。ばか。

中川響子

手紙を二度読み返したが、書かれていることの意味が一切わからなかった。山本祐樹はそれを手で細かく千切って、ベランダから外に撒いた。

その日の夕方、二審の判決が下りたとニュースでやっていた。

エース4

記事を一通り読んでから、新之助は週刊誌を閉じた。

響子が昔、小説を書いていたなんて話は聞いたことがなかった。そもそも名前と生年月日以外の彼女に関する全てのことは、裁判の過程で知った。せめて手紙で再び執筆しはじめたことを教えてくれていたら、あれこれ理由をつけて是が非でもやめさせたのに。新之助は舌打ちをした。

もっとも、彼女からの手紙はあるときを境に、ぱたりと途絶えていた。検閲ではじかれ続けているのか、彼女の中で何か心変わりがあったのかはわからない。はっきりしているのは、響子は二審判決後上告をせず、とっくに刑が確定しているということだ。

獄中で書かれた響子の小説が、ある文芸誌に掲載されることになった。そのことを教えてくれたのは加奈子だった。加奈子は事件の真相を知らない。無関係の人間たちが真実だと思い込んでいることを、そのまま真実だと思い込んでいる。しかし、加奈子なりにうすうす何かを感じ取っているようではあった。日常生活においても、彼女はうっとうしいぐらい勘がいい。

その文芸誌は来週発売される。週刊誌の記事によると、事件の真相を描いたものであるという。

こうして全ての準備が整った今でも、新之助は最後の決断をできずにいた。

加奈子は明後日、臨月に入る。お腹の子供は男らしい。妊娠したみたい、と告げられた瞬間、自分でも意外なほど心が揺れた。この部屋で、専業主夫として暮らす自分の姿がすぐに脳裏に浮かんだ。ここにとどまることが、俺の限界なのかもしれないと思った。決して悪い生活ではない。加奈子は出産ぎりぎりまで働いて、産後もひと月以内に職場復帰したいと言っている。子供は一人で打ち止めにするつもりのようだ。要するに、加奈子の会社が倒産するか、加奈子が死ぬか病に倒れるかしない限り、一生、新之助は働かずに済むということだ。

子供だって、実はそれほど嫌いじゃない。大家族で育ったから、赤ん坊の世話もお手の物だ。実際この腕に抱いたら可愛いだろうと思う。自分でも戸惑ってしまうほど、自分の子供を愛すると思う。

決断をくだせないまま、ずるずるとここまできてしまった。

少なくとも三年以内には家を買うつもりらしい。おそらく都心から少し離れることになるだろう。車はすでにチェロキーから国産のステーションワゴンに乗りかえた。これからは親になるのだし、多少の贅沢は我慢してほしいと、妊娠してからの加奈子は毎日呪文のように繰り返す。それは当然の主張だと、新之助も思う。年収が一億あった妙子とは違い、加奈子は高給取りとはいえただの会社員だ。

籍はまだ入れていない。出生届と一緒に婚姻届を出すことにしようと新之助が提案したとき、加奈子は当然同意しなかった。今でもたびたび文句を言われる。

響子の小説の内容が、新之助の恐れているものではない可能性もある。逃げる必要などないのかもしれない。

ただ、もしそうだとして、俺はここで小さくまとまる、それでいいのか？

悩んでいる間に、日が暮れかけた。

さっきまで雨が降っていたが、ほんの数分前にやんだ。白と赤とピンクと青が入り混じった空は、鯉のうろこみたいだ。新之助は寝室に正座して、ベランダから空を見ていた。体の右側には、加奈子が大学の卒業旅行の際に購入したというトランク、左側には、二ヶ月前に彼女に買ってもらったリュックが置かれている。トランクの中には、この部屋にあった金目のものを入るだけ入れた。リュックには自分の私物と、トランクに入りきらなかった小物や貴金属を入れた。加奈子はブランド物のバッグや小物を丁寧に保管するタイプだった。処分すれば結構な額になるはずだ。

俺はこの部屋を出ても、不幸ゾーンから抜け出すことができず、そのうちのたれ死にするのだろうか。あるいはこの部屋を脱出することが、ラッキーゾーンへの突破口になるのだろうか。

どちらへ転ぶかわからない。

これほど迷ってしまうのは、歳のせいかもしれない。十年前の自分なら、ためらうことなく外へ飛び出した。恐怖心など一切感じなかったはずだ。

いつか初音に言われたことを思い出す。人は配られたカードがどうのこうのというやつ。確かにその通りだと思った。そしてそのときの俺は、それでも、それだからこそ、最後まで勝負をあきらめたくはないと思った。何度負けて、何度破産をしても、死ぬまであきらめたくはない。

そのとき、ピンポーンとインターホンの音が鳴り響いた。加奈子が帰ってきたのかと思って陰嚢が縮こまった。鍵を持って出ているのだから、インターホンなんか押すはずはない。

出ようかどうしようかためらっていると、ドア越しに男の声で「宅配便でーす」というのが聞こえた。そういえば数日前に加奈子が、ネットでブランド物の香水を注文しているのを見た。どうせだったらそれも持っていってやろう。新之助は立ち上がり、玄関へ向かった。そのとき、ぱちぱちと音がして振り返った。再び激しい雨が降りだし、それが窓を叩いていた。雨の中、出かけるのは嫌だな、やっぱりこの家にとどまろうかな、と考えて、首を振る。

〈著者紹介〉
南 綾子　1981年愛知県生まれ。2005年「夏がおわる」で第4回「女による女のためのR-18文学賞」大賞を受賞。著書に『ほしいあいたいすきいれて』(新潮社)、『ベイビィ、ワンモアタイム』(角川書店)がある。若い女性の不安や焦燥感、あやうい自意識を疾走感あふれる筆致で描く。今、注目が集まる気鋭の若手作家。

本書は書き下ろしです。
原稿枚数567枚（400字詰め）。

GENTOSHA

嘘とエゴ
2010年3月10日　第1刷発行

著　者　南 綾子
発行者　見城 徹

発行所　株式会社 幻冬舎
〒151-0051 東京都渋谷区千駄ヶ谷4-9-7

電話:03(5411)6211(編集)
03(5411)6222(営業)
振替:00120-8-767643
印刷・製本所:中央精版印刷株式会社

検印廃止

Printed in Japan
ISBN978-4-344-01796-2 C0093
幻冬舎ホームページアドレス　http://www.gentosha.co.jp/

この本に関するご意見・ご感想をメールでお寄せいただく場合は、
comment@gentosha.co.jpまで。